解讀瓊瑤愛情王國

林芳玫◎著

臺灣商務印書館

新版序

追憶那失落的浪漫年代

本書最初由時報出版公司於一九九四年出版。當時台灣社會脫離解嚴才數年，猶如學步的民主小孩，搖搖晃晃走向未來，對未來充滿熱情憧憬；社運、婦運勃興，政治反對運動有機會走入體制，而我個人也沾染著這樣的熱情氣息。這樣的時代氣息，本身就有著浪漫色彩。

十二年後此書由商務重新出版，整體環境起了很大的變化；公共領域裡批判性的論述被政黨惡鬥的口水戰與爆料痞取代。我個人以閱讀文學作品充實乾枯的心靈，也因而願意讓舊書再次出版，重溫文學的樂趣。

本書寫作初期建立了一個問題意識：所謂的通俗言情小說，和嚴肅文學究竟有何不同？是文本寫作方式不同？或是文學社區與評論界在制度化過程中對眾多文學作品的分類、並且在分類過程中進行象徵性的權力運作？本書寫作目的就文化社會學理論而言，就在於回答雅俗之分的這個問題。

以瓊瑤小說為分析對象，在具體層次上更富挑戰性，我們可以看出數十年間一個家庭企業形式的文化產業成長茁壯，隨著外在社會的變遷而以雜誌連載、電影、連續劇等不同形式出現，帶動了整個時代流行文化的風格與氛圍。無論個人層次我們是否看過或欣賞瓊瑤小說，她的小說、電影、連續劇都成了台灣社會的集體回憶。

而浪漫愛情又是什麼呢？一方面愛情似乎是兩人間最私密的關係，時代劇變的波濤洶湧與政治軍事的詭譎多變，更強化了愛情的魅力。瓊瑤最早期的小說上溯至五四時代與北伐抗戰時代；新舊時代交替的衝擊下，激起熱血青年從軍報國的理想情懷，兒女私情也同時更形炙熱。沒有流離顛沛的時代變局，似乎襯托不出兒女私情悲歡離合的激烈與動人肺腑。浪漫，既包含了美感成分，更少不了危險、冒險的行動。愛情與大時代的變動緊緊相連，奠定了早期作品《窗外》、《幾度夕陽紅》、《煙雨濛濛》這些作品歷久不衰的經典地位。

中期作品已不復見戰亂遷移的時代悲劇，當時台灣社會由農業轉型為工商社會，經濟起飛，造就許多企業家，瓊瑤世界也就成了所謂「客廳、餐廳、咖啡廳」的三廳電影。企業小開與富家千金在物質豐裕的世界談一場快樂的戀愛——過程難免有些甜蜜的鬥嘴與誤會。這是一個快樂的園地，也是一個可以忘卻政治與時代大環境的溫馨小世界。政治上白色恐怖仍持續著，台灣退出聯合國、台美斷交、黨禁報禁戒嚴也仍存在。但是小市民生活的溫飽不成問題，各式娛樂讓人民抒發壓力。

對照著二〇〇〇年政黨輪替以來，政壇口水噴遍社會每一個角落，有些人們竟也興起一股懷舊風，想念昔日的單純。林青霞清亮的大眼睛、鳳飛飛與劉文正的歌聲、咖啡廳裡男女主角互訴衷曲，這曾被視為膚淺幼稚的大眾通俗娛樂，也有了復古價值。只是，大眾集體潛意識需要的是去政治化純粹的愛情、純粹的休閒娛樂。這和瓊瑤小說剛興起時，讀者隔著文本安全距離體會時代動亂，是多大的差別啊！

愛情包含著浪漫與危險；政治也是。言情小說所直接或間接呈現的時代經濟社會背景，有可能激起更熱烈的火花，就如同《亂世佳人》裡白瑞德擁吻郝思嘉，背景是被戰火染成紅光滿天的亞特蘭大城，真是傾國傾城的烈愛濃情。

但言情小說大部分是逃避現實，營造一個自有其邏輯的溫暖小天地。愛情小說與政治、與現實，兩者的距離可近可遠。

本書緣起於我的博士論文。九〇年代初期解嚴後的台灣，充滿多少蓬勃的社運、學運、政治改革的激情。我人在美國費城，閉居斗室埋首博士論文。感謝賓大指導教授Diana Crane博士，給我思考的自主以及論文結構的建議。回台不久後，此書翻譯改寫成中文，於一九九四年由時報出版。當時我個人一面在政大新聞系任教，一面追隨幾位婦運前輩，在街頭搖旗吶喊。經由性別議題而和政治沾一點邊，也可說是學術蛋頭（書呆子是也）尋找浪漫能量的方式吧。

當了八年的副教授、教授，二〇〇〇年政黨輪替後，我也因緣際會、莫名其妙地跟著換頭路。二〇〇〇年總統大選民進黨的競選歌曲非常動聽，催化了我的浪漫細胞。二〇〇四年總統選舉不但沒有好聽的音樂，選前選後社會上都瀰漫著焦躁不安的肅殺之氣。在政府部門工作幾年下來，與其說是理想破滅，不如說是身心健康帳戶已透支，必須多儲存健康本錢，否則無以為繼。我的生活有了很大的轉變，每天晚上作息規律，在家聽音樂、閱讀文學作品、點著精油蠟燭、喝紅酒吃乳酪。此外看一點點電視新聞，與外界維持若即若離的關係。

在這樣的狀況下，商務印書館盧金城先生希望已經絕版的此書能重新出版，已經逐漸淡出繁忙公事的我，正好也有這個心情喚起風花雪月的情懷，於是同意出版，並由李俊男先生以編輯身分協助我更新資料。此外，台大圖書資訊系陳書梅老師多次邀我到她課堂演講言情小說，也讓我在寫書多年後，有機會用一種比較溫暖輕鬆的方式來看待言情小說這個現象。十多年前這本書的出現是因為撰寫博士論文，寫作架構一定要有學術訓練的嚴謹。而今時空環境已變，我也有這份餘裕來重拾閱讀小說素樸的喜悅。在此感謝這些人的支持鼓勵。

展望千禧新世紀，也許人們渴望返璞歸真，在家庭、社區、宗教的領域追求平等與善意的互相對話，而對話的形式是詩歌、音樂、藝術。這是日常生活的民主實踐，也是真正的愛與浪漫。

林芳玫

二〇〇六年一月於台北

目錄

第三部分 八〇年代

圖表目錄

導論
文學社會學的多重互動模式

壹、前言

在當前文化商品多樣化的消費社會中，回顧六、七〇年代瓊瑤對大眾文化的影響，她似乎成了那個時期台灣社會中一個鮮明的文化圖騰，代表的不只是單純的少男少女的浪漫幻想，而是負載著沉重的有關台灣社會發展的文化、政治、經濟各方面的象徵意義。本書即企圖以瓊瑤此文化圖騰為個案研究，並由此個案形成一套可廣泛應用的文學社會學研究架構，可說是經驗研究與理論架構二者間互相辯證、互相對話的過程。

六〇年代初期加拿大公司禾林(Harlequin)首開風氣，在加拿大、美國、歐洲大量出版廉價平裝的言情小說。這些言情小說銷售管道不限於書店，擴及便利超商、日用品及藥店、報章雜誌攤。言情小說的生產就如工業社會的其他產品，標準化、規格化、大量生產。美國所做的學術研究因此視言情小說為非常容易辨識的文學類型，也毫無疑問是女性的通俗文化。

但台灣的言情小說則呈現一個不同的發展歷程，也因此牽涉到更多的問題。首先，浪漫愛這個觀念起源於西方。男女間的愛情是古今中外、世界各地的文學作品都一致歌詠的，但身為一種制度化的擇偶機制並成為婚姻的基礎，這是起源於十八世紀的英國中產階級(Stone, 1977)。

這樣一個源自西方的觀念及制度——戀愛自由與婚姻自由——是如何局部性地及選擇性地被中國社會所接受？如何被移植到我們原有的家庭制度？當禾林公司於六〇年代初期大量印行標準化、規格化的言情小說，約會和自由戀愛在歐美社會已是根深柢固的年輕人文化。但同一時期瓊瑤所寫的所謂言情小說，往往敘述的並不完全以愛情故事為主，而是家庭滄桑史。這是因為浪漫愛在當時的台灣社會尚未普及，尚未建制化。其次，瓊瑤於一九六三年發表她的第一本小說《窗外》，獲得熱烈回響，但並不是所有的書評都一開始就把此書認定為「言情小說」，有的認為此書探討家庭問題，有的則視為處理教育問題。隨後數年，瓊瑤的知名度及小說創作量不斷提升，她才開始被視為商業化的言情小說家。

言情小說的研究因此牽涉到文學社會學中一系列重要的議題，例如高級文化（「嚴肅文學」）與大眾文化（「通俗文學」）之間的區別；文化研究中組織制度的研究取向和詮釋的研究取向孰輕孰重；文學內容和社會結構之間的關係。本研究追溯台灣言情小說這個文學類型從一九六〇至一九九〇年間的發展與演變；關注的焦點是文學社區、出版業，以及較大的社會變遷和言情小說之間錯綜複雜、互相影響的多角關係。瓊瑤的作品在台灣言情小說市場上獨領風騷二十餘年，流傳的範圍更遍及中國大陸及東南亞的華僑社區。因此本書所從事的台灣言情小說研究幾乎也可說是瓊瑤研究。

作為一個文學類型(genre)，言情小說具有看似互相矛盾的雙重面相：和嚴肅小說關係密切，但另一方面又是極端公式化的文學商品。從清末民初的鴛鴦蝴蝶派到瓊瑤，都或多或少的沿襲了《紅樓夢》的風格；在西方，如今被視為英國文學史上重要的小說，在十八、十九世紀時也曾是風靡廣大女性讀者群的言情小說。既然愛情、婚姻、家庭是文學作品常處理的基本題材，受人推崇的所謂「嚴肅文學」和被貶為膚淺瑣碎的「言情小說」二者究竟是如何區分的？顯然題材並不是決定因素。把文學區隔為嚴肅與通俗並由此而產生了物質與象徵酬勞上的差異，這個現象觸及了社會學裡很基本的一個問題：權力、資源，和權威的不平等分配以及社會階層化。

本研究從文學社區的組織結構來看作者、出版商、批評家三者間的互動關係以及文學聲譽形成的過程，這可以勾勒出瓊瑤的作品從「小說」逐漸被定位為「商業化言情小說」的社會過程。換言之，我不主張從題材、寫作手法、風格等來區分嚴肅與通俗文學，而是把文學作品的區隔視為知識分子的象徵性權力鬥爭(symbolic power struggle)。嚴肅與通俗文學的分野，關係到文化正當性(legitimacy)的問題：知識分子藉著批評、攻擊通俗文學，而能替社會整體定義出什麼是理想的、有價值的、值得追求的文化。本書的研究取向之一，即是從知識社會學的觀點提出並回答以下問題：在文學社區中，占據什麼樣結構位置的個人或群體如何動員物質及象徵資源取得文化的定義權？在文化定義權的爭奪過程中，什麼樣的作家／作品得到推崇與認可？什麼樣的作家／作品受到排斥貶抑？

嚴肅文學與通俗文學的區隔是社會動員及象徵性權力鬥爭的結果，女性的言情小說則是這場鬥爭的關鍵。因此研究瓊瑤也就是研究過去數十年來台灣文化場域中不同團體、不同勢力的競爭與消長過程。

研究通俗小說常遭遇到一個方法上的困境：即詮釋分析(interpretive analysis)與制度分析(institutional analysis)之間的對立，也就是內部分析與外部分析的對立。如果社會學也能詮釋小說作品的內部意義，那麼它和傳統的文學研究有何不同？是否優於文學研究法？如果不是，社會學是否應放棄詮釋的企圖而專注於外部研究，如文學出版的市場結構、讀者群的組成成分等問題？如果文學社會學只關心作品的生產及消費組織，那麼如何解釋生產一本書和生產一輛汽車之間的不同？我們是否能發展出一套方法與理論架構來處理文學作品的多重面相？一本書是一件物品，由紙張及印刷裝訂工業所製造；它也是一件商品，在書店裡經由金錢交易到達讀者手中；它更是一組象徵建構，在閱讀過程中由讀者賦與意義。本章企圖整合內部詮釋研究與外部組織研究，同時處理文學作品的多重面相。

瓊瑤的小說展現出文學作品身為商品及意義結構的雙重地位。本書尤其著重不同的社會情境如何產生出不同的意義詮釋。首先，文本的意義被不同的知識分子／批評家所動員以發動文化論戰或意識形態批評，如六〇年代李敖藉著批評瓊瑤小說來從事其反封建、全盤西化論戰。其次，不管有多少批評家曾大肆抨擊瓊瑤，她的小說依然吸引了無數的少女讀者，在她們疲於應付聯考及課業壓力的成長過程中，提供了一點青春的幻想與歡樂。最後，這些小說改編成電影與電視劇，在一再重複與大量生產的過程中，原本豐富的意義被文化工業化約為符碼(codes)及公式(formulas)。讀者／觀眾對這些節目常有先入為主的觀念，能預測故事情節的發展，把一切都嘲諷地解釋為「瓊瑤公式」或是「製作單位的噱頭」。至此，我們看到了意義如何被文化工業襲用而挖空的過程。上述的例子指出文本意義如何在批評家、讀者、文化工業的互動下被建構、動員、使用、掏空。

在下一節中，我將詳細討論如何建立一個互動模式來整合內部詮釋研究與外部組織研究。這個模式不僅適用於研究通俗小說，也可擴大其應用範圍，而包括各種文學、藝術、大眾文化等不同的媒介及類型。

貳、文學社會學的互動模式

一、文學作品與社會學研究取向

以往有兩種主要的研究取向來探索文學與社會的關係(Laurenson and Swingewood, 1971; Templeton and Groce, 1990)。第一種取向是檢視作品內容中所呈現的社會現象，如某本小說如何描述了種族衝突與歧視，某個劇本刻畫階級躍升的過程並嘲諷暴發戶的粗魯不文。這可說是由文學作品來看社會現象與人生百態，把文學作品化約為社會概念的具體化，使我們能以具體的例子了解抽象的社會概念，如什麼是中產階級的興起，什麼是人口遷移與都市化。嚴格說來，這並不是「文學社會學」

(sociology of literature)，而是由文學了解社會現象(social understanding through literature)。

第二種研究取向則是探討社會環境與結構如何影響作品的生產與流通。研究項目包括：作家的來源(recruitment)及其社會地位，文學贊助(patronage)的形式，出版業的結構，讀者群的人口與社經地位組成成分……等。這方面的研究可說是「文學生產社會學」或是「文學消費社會學」，嚴格說來，仍然不是「文學社會學」。

我們需要一個概念及方法架構來綜合處理文學的每一個面相：從它的內在文本形式到它的生產與接受過程，以及在整個社會與歷史環境下集體意義的建構。在本章中，我提出一個多重交互作用的模式來整合文學社會學的不同層面，這個模式不僅適用於研究文學，也可廣泛應用於文化分析，如對電影、電視、建築、宗教……等任何象徵符碼的研究與分析。我首先提出文化分析的四個階段，這四個階段分別是：(1)形式／文本分析；(2)制度分析；(3)社會／歷史分析；(4)批判／二度詮釋分析。這四個階段主要是依據湯普森於《意識形態與現代文化》(Thompson, 1990: *Ideology and Modern Culture*)一書中所提出的文化分析模式。這四個階段又可再延伸為八個單位：文本、作者、讀者、類型、文學社區（或其他專業團體）、文化工業、制度，以及社會。最後，我提出流程式的意義建構概念(a processual model of meaning construction)，來對上述多元的分析階段及單位做一整合。

二、文化分析的四個階段及其相互關聯性

上述文化分析的四個階段（形式、制度、社會、批判）中，任何一個階段都可被單獨加以研

究；不過，當一個研究者選擇某一特定分析方法時，應該明瞭它在整個分析架構中所處的位置以及與其他方法的關係。此外，這四個分析階段中的每一部分都是意義建構過程的組成分子。也就是說，制度或社會的分析並不只是補充性的提供對文學作品的背景式了解，而是**直接**影響文學作品的詮釋；同樣地，文本分析只占意義詮釋的一部分而不是全部。

對文化現象——尤其是文學——的研究通常是由形式／文本分析開始。一個文學作品是由不同的元素以規律性的方式組織起來；形式／文本分析即是檢視這些元素彼此之間的關係；記號學、敘事結構分析、對話分析、句型分析等，都屬於這一類的方法。小說這個文學類型是藉著一連串的動作與情節來說故事，最適合用敘事分析法。這種方法起源於波若普(V. Propp)對俄國民間故事的研究，後經人類學家李維史陀(Levi-Strauss)應用於部落神話的研究，迄今已廣泛應用於分析文學作品、電影、甚至政治論述。

一個「敘述」是對一系列事件的記述，這些事件附著於栩栩如生的故事人物及其行動而表達出來，並朝著某一方向推展（亦即「情節」的進行）。藉著檢視眾多事件被編排的方式及其先後次序的安排，我們可找出這些人物及其事件的深層意義。敘事分析的第二步是找出敘事結構中成雙成對的二元對立概念(binary oppositons)，由對立中的分殊性與歧異性而了解某一特定概念的意義。在通俗文學中，我們常發現的二元對立概念包括：好／壞；自然／文化；男性／女性；年輕／年老；個人／社會。

二元對立概念的探索會使對文本意義的分析較具客觀性，不至於淪為研究者不受任何拘束的自由心證。例如，如果我們把瓊瑤小說中「愛」這個元素孤立來看，可能會產生很多種不同的詮釋。可是在小說敘事結構中，愛／家庭是經常出現的一對相抗衡的敘述元素，那麼關於「愛」這個概念的可能解釋範圍就窄化了許多。當我們繼續深入檢視敘述結構的開始、中間及結束，我們發現愛情出現於敘述的開端，接下來是兩代間的衝突及家庭的暫時崩解，故事結束於兩代之間的妥協及家庭重組。這時「愛情」的意義就清晰的顯現出來；我們不必再以漫無邊際的方式去談「愛情」這個看似虛無縹緲的現象，而是由它和「家庭」之間的衝突對立找出它的社會意義。

形式／文本分析經常被誤認為等同於詮釋。我要強調完整的詮釋包括文本、制度、社會等不同的階段。文本分析只能提供有限度的詮釋。在上述例子中，我們由敘述結構得知愛情與世代衝突是二元對立的，接下來我們必須對中國的家庭制度有所了解，才能深入體會這種二元對立的意義，這就超出了形式／文本分析的狹窄範圍。

文化分析的第二個階段是制度分析(institutional analysis)，也就是文化產品如何被生產、傳遞、接受及評估。這又可細分為兩方面。第一是文化生產的組織層面：初級生產者（作家、藝術家）和次級支援生產者（編輯、出版家）之間的合作或衝突；生產過程中可得到的資源或受到的限制；市場結構與競爭；讀者組成方式……等。這是美國社會學中所謂文化生產學派(School of the Production of Culture)。第二是研究文化社區的理念及傳統如何影響其成員（即所謂「藝術家」）的定義與培養；並進而影響到資源及榮耀的分配。在此處嚴肅文學／通俗文學的區隔被視為文化行動者間的象徵性權力競爭，這方面的研究主要來自於受馬克思主義影響的歐洲社會學家，尤其是布笛(P. Bourdieu)的研究，使我們更加了解文化、不平等、社會階層化之間的關係。

此外，文化分類（高級文化／通俗文化）也直接影響我們對特定文學作品的詮釋。瓊瑤的小說在台灣社會被視為高度公式化的通俗文學，小說中的某些次要主題就會被忽略或被貶為無深刻意義的符碼；但對初步接觸瓊瑤的大陸讀者而言，這些小說是新鮮而富有內涵的，而不是僵硬重複的公式化通俗小說。又如瓊瑤部分小說以民初或對日抗戰等動盪不安的時代變局為背景，對台灣讀者而言增加了故事的可看性與刺激性；但大陸讀者則可能將之視為民族近代史與民族認同的一部分。

文化分析的第三階段是社會／歷史分析，也就是社會結構和歷史時期的研究。表面上看來，這似乎接近前文所提過的「由文學了解社會現象」所形成的化約主義，如某小說隱含階級鬥爭，某劇本描繪階級躍升；這種分析要不是把外在的社會現實強行套在文本上，要不然就是從文本中抽取某些元素而由此推演延伸到外在社會。這都不是我所提出的社會／歷史分析。此處的社會／歷史分析是指社會及歷史結構如何影響文學作品的生產、傳遞與接受，也就是說，第三階段的分析和第二階段的分析是不可分的。我們詢問出版市場結構、作家來源、讀者組成是如何著床於(embedded in)整體社會結構，而此結構也同時影響著政治、經濟等活動。我們也詢問文化分類與區隔如何受到學院等機構的支持，或是被外在社會潮流所侵蝕。以台灣文學為例，在過去嚴肅作家擁護社會參與或人道關懷的理想，並以此為區分嚴肅文學／通俗文學的標準之一。但隨著執政黨的民主化並合法化反對政黨，嚴肅文學所扮演的功能之一——抗議政治迫害——遂逐漸減弱。由此可看出時代或政治環境的變遷也會影響文化的區隔，並進而改變嚴肅文學與通俗文學間的相對重要性。

好的社會／歷史分析也可指出社會結構是文學詮釋過程中的一部分。以瓊瑤小說常出現的主題——世代衝突——為例，在六〇年代，這被異議分子視為對封建父權的局部且失敗的反抗，對他們而言世代衝突是深具意義的。隨著時間的改變，瓊瑤小說日趨公式化，世代衝突與青年人的反叛其意義被掏空(emptied-out)，成為電視劇中製造戲劇衝突的符碼。

文化分析的最後一個階段是批判／二度詮釋。我會先解釋何謂二度詮釋，其次闡述什麼是文化批判。在此我引用約翰・湯普森的著作：《意識形態與現代文化：大眾傳播時代中的批判理論》(John B. Thompson; *Ideology and Modern Culture: Critical Social Theory in the Era of Mass Communication*)。此書的主要論點是文化形式中的意涵如何被動員來支持、維持不平等權力關係；換言之，意義的生產如何服務及增強支配關係。

湯普森認為文化分析的最後階段是做創造性的整合。基於下列理由，這是一個二度詮釋。第一，所有前述階段本身就已經是詮釋：文本、制度、社會歷史分析都構成詮釋的一部分；所以最後階段的綜合性分析是植基於前面已形成的詮釋。第二，文化分析的客體（object，指研究對象）本身並非被動存在的物體，而是具有思考與了解能力的主體；文化分析因此是對一個已經被詮釋過的領域做再詮釋。以一本言情小說為例，它是某個小說作者根據他以前讀過的小說加上自己的想像與觀察而創造出來的，這個特定的文本就包含了作者對小說傳統的詮釋，研究者去分析此文本，已經是二度詮釋。如果我們是通過言情小說的讀者來了解言情小說，則文本已被讀者詮釋過了，我們再去研究讀者，所以說是二度詮釋，甚至是三度詮釋。

韋伯(M. Weber)有句名言，人類就像是織網的蜘蛛，附著在自己所編織的意義之網。實證主義式的研究不關心意義與詮釋的問題，研究者的立場就好像一個觀察蜘蛛如何織網的自然科學家，科學家的研究結果一點也不影響蜘蛛織網的方式。然而詮釋學式(hermaneutic)的文化分析則認為研究者自己就是這張網的一部分；研究者並不是被動的記錄其研究對象的活動方式，也不是自己隨心所欲的愛怎麼解釋就怎麼解釋。研究者須具備反思、反省的能力，檢視自己的觀點隱含何種前提與假設，並從了解文本、作者或讀者之中，和自己的觀點產生互相修正、對話的辯證性關係。也就是說，文化分析的二度詮釋是研究者的主體性，通過特定媒介（語言、文本）和其研究客體（作者、讀者）的主體性，產生相互交流甚而融合，使得當事人（研究者本人及其研究對象）對自我及其周遭的世界有更深入的體會與了解。

至於文化分析的批判性，則是指探索意義與權力之間的關係，也就是意義生產的結果如何建造並維持宰制關係。藉著揭露意義如何服務於權力宰制，文化批判具有一種潛力，可以改變人們對其周遭世界的了解。例如，在言情小說的浪漫幻想中，女性的幸福及其一生的命運是維繫於和一個單一男性所形成的愛情及婚姻關係，言情小說的意涵因此維持了男性對女性的支配以及女性對男性的依賴。這樣的分析可能會改變言情小說讀者對他們自己以及對兩性關係的了解。但文化分析的改變力量是一種潛力，不一定能發揮出來。本書的最後一章將討論批判性分析如何影響文化政治的動員(the mobilization of cultural politics)。

此處我們必須體認到，並不是所有的象徵結構都具有維持宰制關係的功能（通常所謂「意識形態」「功能」）。文化產品也可能是基進的(radical)；顛覆的(subversive)；抗拒的(resistant)；或爭執性的(contestatory)。批判的觀點當然也有其局限。意義包含不同的層面：認知的、情感的、美學的層面。由於著眼於意義與支配宰制的關係，批判分析過度強調意義的認知層面而忽略情感與美學層面。

我們已介紹過文化分析的四個階段，下面我們將介紹文化分析的八個單位。它們主要是用來研究及分析文學現象，但也可擴及應用到其他文化現象。

三、文學社會的八項分析單位

1.文本：敘事結構與感知結構

內容分析一向是社會學家慣於使用的文本分析法，但它實際上是質化類目的數量化，比方說一本小說中某個形容詞或某種角色形象出現的次數，這對意義的詮釋並無多大的幫助。敘事結構與感知結構的探討一方面可做系統性的分析比較，一方面又能發掘出深層意義。敘事結構研究情節的安排、事件發生與敘述的順序，以及二元對立的概念。瓊瑤小說的主要敘述結構如下：**墜入情網**——**家庭解組**——**妥協**——**家庭重組**。二元對立的概念有愛情／家庭以及年輕一代／年長一代，這說明了愛情的發生及進行是附著在一個較大的家庭關係網絡，因此愛情本身缺乏內在獨立的意涵。

敘述結構的分析提供給我們一張認知圖像，使我們知道那些事件及問題有助於情節推展。但意義的詮釋並不只是認知的了解：我們讀小說是為了尋求樂趣，對小說人物做情感的投射及認同也是意義建構的一部分。敘事分析的局限是它無法告訴我們小說中與情節發展無關的部分，如氣氛與意境的營造。為了彌補這個缺陷，我使用「感知結構」來探索文本的情感層面。

「感知結構」(structure of feeling)這個概念是威廉斯在《馬克思主義與文學》(Williams, 1977: *Marxism and Literature*)一書中提出的。他在此書中第一三二頁有如下的解說：

> 這是個困難的詞彙，但「感知」一詞被用來強調和其他較正式觀念之不同，如「世界觀」或「意識形態」……我們關心的是人們積極地體驗到並感受到的意義與價值，尤其是意識中屬於情感方面的元素。這並不是說感覺和思想是相對立的，而是兩者的不可分。我們定義這些意識之中情感方面的元素為一組「結構」，有其特定的相互關聯性，環環相扣而又充滿張力與衝突。

由上面引文可知，感知結構不像世界觀或意識形態是一組正式的思想體系，也不是獨立於實際經驗之外的抽象想法，感知結構是人們在日常生活中「積極地體驗到並感受到」的情感元素。

瓊瑤的小說顯示了三種感知結構：通俗劇式的誇張想像(melodramatic imagination)、浪漫愛的幻想(romantic fantasy)，以及感性家庭主義(affective familialism)。通俗劇式的想像以多愁善感及誇張的觀點，來看待體會生老病死等基本存在問題；浪漫愛的幻想則預設了男性對女性提供無條件的、全面的情感滋潤與保護；感性家庭主義則把理想家庭及親情作為人生的避風港及情感的最終歸依。這三種情感取向普遍存在於瓊瑤的所有小說中，大部分時候加強並支持敘事結構，但偶爾也會和敘事結構產生矛盾。

以《匆匆、太匆匆》一書為例，由敘事結構可看出女主角已日漸獨立並和男主角疏離，但女主角的獨立行為終究是被小說情感氛圍所湮沒，這種情感氛圍強調男性對女性的奉獻與保護，因此《匆匆、太匆匆》一書的情節雖然較新穎，但仍維持一貫的瓊瑤式感知結構。

2. 作者：背景與生涯發展

瓊瑤於民國二十七年生於大陸，三十八年隨家人來台，童年在對日抗戰及國共內戰的烽火離亂中度過。很巧的是，她和白先勇屬於同一世代的作家，年紀相若，發表作品的年紀也相似。這兩位作家，一位是享譽極高的「文學家」，受到學院派批評家極力推崇及熱烈研究；另一位卻成了名氣雖響亮但備受輕視及負面批評的「商業作家」。作家的創作生涯和文壇組織之間的互動關係，值得我們深入研究。

瓊瑤早期的小說，從長篇的《幾度夕陽紅》到短篇集如《幸運草》，都記載了渡海來台的外省人的懷舊懷鄉愁緒，只是這些歷史與社會變亂的軌跡逐漸被讀者所忽略，而被遮蓋在談情說愛此一主要敘述之下。瓊瑤除了曾參與過《皇冠》的編務以及自組電影公司，可說不曾真正在社會上有過正式職業。她是純純粹粹的專業作家，除了頗具戲劇性的感情生活外，日常生活可說極為簡單，故事中乃不可免的包含著一些她實際生活周遭的人、事、物、動物（如她養的寵物）。如果不是平鑫濤一再的鼓勵與鞭策，也許瓊瑤的創作量不會如此豐富而又前後持續數十年。很諷刺的是，從社會組織的角度出發去看作家的創作，到最後卻往往發覺個人的因素仍是十分重要，作家的生活史及其個人經驗並非社會組織分析所能完全涵蓋。

不過，八〇年代中期以來，希代出版社持續推出一系列新進作家的言情小說，言情小說市場不再為瓊瑤或玄小佛等少數幾人所占據。如果目前的趨勢持續發展下去，也許將來我們可以將言情小說作者視為一個群體，看看他們是否有些相似的背景及特性。

3. 讀者：日常生活中的閱讀活動

傳統的文學批評往往從批評者專業精英的立場對作品做鑑賞、分析、批評；文本是研究的對象，讀者本身的認知過程並不受重視。文化分析以及文學社會學則提倡對讀者的重視。每一特定的文類有其約定俗成的成規，不熟悉言情小說成規的學院派批評家雖然讀得懂字句的意思，卻可能無法充分了解某些看似平凡的敘述背後所代表的意義，或是會錯過作者所安排的伏筆。

外行人看言情小說覺得都大同小異，陳腔濫調；小說迷卻可體會出每個不同的故事之間微妙的區別，如男主角個性的塑造、故事發生地點的風景描述、男女主角溝通互動的模式……這些細節上的區別在言情小說迷看來，就是很重要的差別。因此，批評家與研究者雖然也是廣義的讀者，但文化分析所真正在乎的是一般的讀者以及閱讀在他們的整個生活情境中的地位。這樣的研究取向把閱讀視為一個積極主動的活動，是認知的形成過程與意義的詮釋，而不是被動的接受訊息。

由於大眾媒體的普及，看電視、看報、閱讀小說、漫畫、雜誌已成為我們日常生活的一部分；對閱讀活動的研究也就不應將它視為孤立的活動，而應置放在整個日常生活的情境中。這方面的研究最負盛名的是瑞德薇的《閱讀羅曼史》(Radway, 1984: *Reading the Romance*)。她以家庭主婦為研究對象，探討婦女讀者的閱讀行為和她們的婚姻生活、家庭生活有何關係。瓊瑤小說的讀者可說是囊括主要女性社群：就學的少女、工廠女工、公司行號的職員、家庭主婦。瑞德薇研究對象的家庭主婦，以看小說來暫時逃避主婦生活中瑣碎繁雜的家事。就青春期的就學少女而言，看瓊瑤小說不只滿足了對愛情的憧憬與幻想，也可暫時脫離學校課業的壓力。閱讀瓊瑤因此可從校園文化這個情境來探討。

研究瓊瑤讀者的另一個重要面相是知識分子對她的看法。過去三十年來有無數的文人、批評家、教育工作者撰文對她大肆抨擊。這些人嚴格說來並不是言情小說讀者，他們批評的對象與其說是瓊瑤小說的文本，不如說是瓊瑤受到大眾歡迎的這個社會現象。從了解知識分子對瓊瑤的看法，我們可以分析這些人如何從事劃分嚴肅文學及通俗文學的文化論戰。

4. 類型：作者與讀者間的共識

一個文學類型(genre)規定某一特定寫作方式的成規。這些成規可以幫助讀者的詮釋工作——假設讀者已充分明瞭其成規。如果讀者對這些規則並不熟悉，或者是規則根本不存在，那麼就會引起眾說紛紜的多重詮釋。某個特定類型的成規及傳統並不是一開始就存在於文本之內，而是經由作者及讀者間的互動與交涉，逐漸累積出關於某種文類的成規。類型因此可說是建構共識這個社會過程下的產物。它使得讀者在讀一本言情小說或偵探推理小說時，對小說人物、情節、主題有預存的期待，而作者在寫一本小說時，也會預期讀者的心理及反應。

關於作者與讀者間的共識與互動，瓊瑤的處女作《窗外》，給予我們一個很好的例子，顯示缺乏共識時會造成什麼後果。這本小說有三個主要人物：還在念高中的少女江雁容、雁容的母親，以及雁容的國文老師康南。有的讀者認為此書的主題是家庭及教育問題，書中的中心關係是雁容和母親間的互動。有人認為這是一個師生戀的愛情故事，把江母看成專制霸道、妨害女兒戀愛自由的母親。此書剛出版時（一九六三年），讀者缺乏關於言情小說的共識，上面提及的第一種讀者反應根本就不把《窗外》當作言情小說。第二種看法則預示了往後瓊瑤小說的發展方向。年輕一代的愛情加上兩代間的親情與代溝，形成了瓊瑤言情小說的中心題旨。這樣的人物及主題成規一旦建立後，讀者就可輕易確立誰是主角誰是配角，並且區分故事的主線及副線。

5. 文學社區：象徵性權力鬥爭的場域

文學作品不只是被讀者私下閱讀，它們也受到文學社區成員公開的評鑑。表面上看來這是對作品從事美學的賞析，但評斷孰優孰劣的活動也是一種分配酬賞與榮譽的社會運作。界定什麼是「文學」（亦即「嚴肅文學」），這個工作本身就是一種爭取權威以及正當性的象徵性權力鬥爭，而文學社區就是這個鬥爭的場域。如果文學的生產與收受沒有和外在的社會及政治結構有所隔離的話，那麼這種權力鬥爭會更激烈。在高度民主及多元化的社會，大學、美術館、媒體等文化機構享有或多或少的相對自主性，免於執政者的直接干涉。然而，在台灣官方機構也參與文學書籍出版，但並未能全面的支配出版業；官方與民間機構並存，使台灣的文學社區有不同的組成成分，不同的生產與評鑑組織，以及互異的文學價值與意識形態。

我們都知道台灣的文化事業中，官方與半官方機構占了很大的一部分：出版社、報社、電視台、廣播電台、電影製片公司。六〇及七〇年代作家中有許多是在這些官方機構中工作。但國內的兩大報——《聯合報》與《中國時報》——則是民營企業，它們的文學副刊一直是文壇上最受重視的發表園地，此外則是一些激進異議分子所經營的小型期刊及出版社。上述三類機構各有其優勢與弱勢。官方機構很穩定，長期存在，但他們的作家不見得享有崇高文學聲譽；相反地，小型的基進刊物如六〇年代的《文星》起起落落，壽命不長，但其作家往往在文學界聲勢奪人。兩大報的處境則位於官方組織與基進組織之間。文學社區中這三個不同的區位——官方、兩大報、小型基進異議組織——固然各有特色，但彼此間有頻繁的互動與接觸。

一件文學作品如何被接受及評鑑，可成為社區中不同區位成員間的論爭。當然，並不是每一件文學作品都會引起文化論爭及象徵性的權力鬥爭——絕大多數的作品都不會引起這樣的後果。根據第麥久(DiMaggio, 1991)的說法，一個文化產品若踰越了文化區隔間的分界線（高級文化／通俗文化）而引起強烈的反感，那它就具有象徵力量(symbolic potency)或是儀式力量(ritual potency)。很明顯地，瓊瑤的作品具有很強的儀式力量，它們往往激發了文學社區成員熱烈討論各類文學作品的正當合法性。她被視為通俗作家，但卻不像玄小佛那樣由租書店生產及流通作品，她的存在使六〇至八〇年代上半的文學社區必須經常從事劃清界線的儀式工作。隨著希代出版社旗下言情作家群的興起，八〇年代後期以來，這種區分楚河漢界的儀式也漸漸消失了。由此我們可看出文學社區組織結構的改變。

6. 組織與文化工業

「文學社區」一詞指的是以寫作為共同興趣而形成的自發性象徵社群，但寫作這一個私人活動須透過集體公眾的組織來生產及傳遞其寫作成果，這些組織若規模日漸龐大，追求商業利潤成為其主要目的，就形成了文化工業(the culture industry)。文化工業起初只是被動的製造源自文學社區的文化產品，但勢力茁壯後往往能積極動員人才及資源，反過來影響或整合文學社區，使得文學社區成為受制於文化工業的上層結構。

不過，這在台灣是極為晚近的現象。現在在大型連鎖書店隨手可得的漫畫書、武俠小說、言情小說，在八〇年代以前主要是由租書店供應，而租書店——文化地攤而非文化工業——可說完全隔絕於文學社區之外。由研究文學社區、租書店、文化工業三者間的消長關係，可看出嚴肅文學與通俗文學相互地位的變動，可由下圖顯示：

圖〇・一：文學生產組織的互動關係

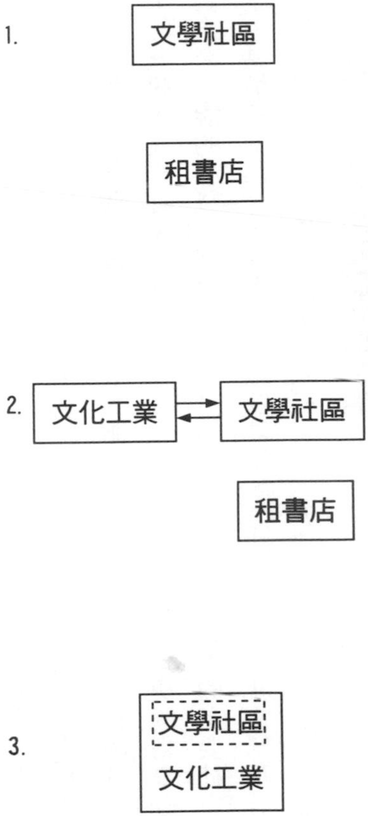

第一階段代表八〇年代以前，文學社區和租書店毫不相干，前者高高在上，無視於後者的存在，後者的存在卑微、低下，不曾引發任何注意力。此時的文化論述中「文學」一詞意指嚴肅文學。位於文學社區的瓊瑤成了社區成員眼中的異數。第二階段代表八〇年代以來大型連鎖書店及文化工業的興起，文學社區與文化工業互相影響，而嚴肅文學與通俗文學的論戰進入白熱化。第三階段代表未來可能的發展：文化工業成為無所不在、勢力強大的主要社會制度，文學社區萎縮為文化工業上層結構的一部分，其界線以虛線表示，意味著文學與非文學及其他文化形式間的分野日漸模糊，此時文學同時包含嚴肅文學及通俗文學，更甚者，此二者互相混雜，難以區分。

7. 制度：未達全面建制化的台灣文學

制度(institution)常容易和組織(organization)相混淆。此處我採用彼得・柏格(Burger, 1985)的用法，把制度當作一個抽象的概念，泛指在歷史變遷過程中藝術的整體社會功能與地位。柏格在其論文〈論文學社會學中關於「藝術制度」的概念〉("The Institution of 'Art' as a Category in the Sociology of Literature", 1985)中，研究歐洲布爾喬亞社會其主導性藝術觀形成的歷史背景。在此主流藝術觀中，藝術被視為獨立於日常生活之外的美感經驗，和工具性及實用性經驗不同，並具有相對自主性，超越政經現實。在歐洲，這種布爾喬亞的美學觀被大學所建制化（主要是透過英文系、法文系等語言及文學系所）。學院創造並發揚光大所謂「光輝偉大的文化傳統」。

作為一個分析的單位，「制度」指的是全面性的藝術觀，規範什麼是文學、什麼是偉大的文學。但這種抽象的藝術觀是藉著學院及文壇等具體機構來加以實現、具體化。比如說大學所開的課程，「歐洲文學史」、「文藝復興時期戲劇」、「十九世紀寫實主義小說」、「現代主義小說」，這些課程建立了一份文化傳統的名人榜，讓世人以恭敬崇拜的態度看待這份名人榜及其代表作。

在現代中國及台灣，獨立自主、為藝術而藝術的文學觀雖然存在，但並未取得支配主導的地位，文學和政治有密切關係，而大學中文系又不強調現代文學的研究。文學缺乏學術上的建制化，也因此沒有相對自主性。嚴肅文學的地位雖崇高但並不穩固；一方面有文學與政治的複雜關係，另一方面又須面對商業的滲透。這都是因為缺乏學術機構的文學建制化所能帶來的中介及隔離作用。文學社區成員因此時常有嚴肅文學／通俗文學方面的論戰。知識分子在六〇及七〇年代對瓊瑤的強烈抨擊，可說是社區成員動員聯盟，來護衛嚴肅文學岌岌可危的地位。

時至今日，文化工業興盛，後現代文化更傾向於把不同的文化品味混雜在一起。「藝術」或「文化」身為一種整體的概念已大大不同於以往，也不必依靠學院做建制化工作。這種藝術觀念及藝術建制化過程的轉變，當然會影響到我們對特定作家及其作品的詮釋。

8. 社會

社會結構對文學的影響是透過文化機構及作者與讀者社群的中介。比如說社會的人口組成會影響作者及讀者的來源。此外，經濟發展影響印刷品的生產製造，識字率及教育水平影響讀者對文學作品的接受。在言情小說這個個案，一個社會的家庭制度會影響小說中關於約會、婚姻、兩性關係的描寫。文學與社會的關係並不是文學被動而直接的反映社會現狀，而是社會結構本身就積極的涉入文學生產與接收的過程。

參、意義建構的歷史軌跡：一個流程式的概念

我們已描述過文化分析的四個階段：形式／文本分析；制度分析；社會／歷史分析；以及批判／二度詮釋分析。我們並進而檢視了文學社會學的八個分析單位：文本、作者、讀者、類型、文學社區、組織／文化工業、制度，及社會。我曾提出意義並不是存在於文本之中或是讀者心中；我也一再強調組織、制度方面的分析不僅是要顯現文學作品如何出版、如何流通，而且也會直接影響到意義的詮釋。

我並不主張在文本、作者，或讀者等孤立單元中尋找意義的所在；也就是說，意義不是被動的存在物，而是社群成員互動過程中所共同構築起來的，沿著上述的八個分析單位而形成一道意義建構的軌跡(trajectory)，意義在這條軌跡上來回移動，經歷建構、符碼化(codification)、解構、消失、變形……等種種階段——這是一個活動的、進行中的過程觀念(a processual concept)。意義是一社會建構過程，而非僵硬固定的存在物體。以下我以瓊瑤小說中的世代衝突為例，說明其意涵的建構及變化過程。

瑞登在《文學聲譽的政治》(John Rodden, 1989: *The Politics of Literary Reputation*)中指出，文學反應(responses)有別於文學聲譽(reputation)。反應是指個別讀者一連串散漫零星的初步印象，聲譽的形成與建立則是將散漫的讀者反應經過刪選後加以系統化及組織化，由此看出集體讀者反應過程中所

顯現的關鍵性時刻與階段。

瓊瑤的第一本小說《窗外》，描述母親阻止女兒的師生戀而引發的一連串母女與家庭衝突。就個別讀者的層次而言，母女間的衝突可被看作源於不同的動機、個性、價值觀、心理狀況。但六〇年代以《文星》雜誌為主的一批知識分子由李敖帶動，發起了一場反父權壓迫的意識形態論戰。瓊瑤小說的風行在知識界觸發了一個關鍵性的時刻，在此時進步開明派的知識分子企圖動員並啟蒙青年人加入其反父權、反傳統的文化運動。瓊瑤小說中的世代衝突，在六〇年代時被這些人賦與了意識形態的意義，干涉子女婚姻及戀愛自由的父母被視為壓迫者，妨害下一代人的精神及行動自由。李敖等異議分子的反父權論戰，把零星散漫的讀者反應帶入一個關鍵性時刻，將其系統化為保守與前進意識形態之爭，李敖等人對瓊瑤固然強力抨擊，但依前述瑞登的論點，則李敖替瓊瑤建立了一個系統化的聲譽。

上述的例子是瓊瑤小說中「世代衝突」的眾多意涵之一，而文化組織與工業也同樣會影響到這個概念的詮釋。如果業界發現某種風格或主題受到讀者歡迎，他們會一再推出這種主題，最後它乃逐漸變成符碼化的公式。六〇、七〇年代小說中干涉子女戀愛自由的父母，能使某些知識分子借題發揮，製造一場文化論戰，但到了八〇年代，如《煙雨濛濛》或《雪珂》電視劇中出現的兇惡霸道的父親形象，卻不再引起觀眾反感，大家只把這當作誇張的演戲手法，不過是早已耳熟能詳的瓊瑤公式，不會有大驚小怪的反應。最後，就社會整體而言，世代衝突及父權壓迫所代表的意識形態內涵，在現在已經失去其時效性，父權／反父權這個議題成為女性主義論述的中心焦點，但不再是男性異議分子的口號。

對台灣讀者及觀眾而言，瓊瑤公式已無法貼切處理親情／愛情的兩難情境。至此世代衝突已失去早先豐富的社會意義，成了人人皆知但不屑於深究其義的小說與戲劇公式。然而，在台灣已失卻其原始吸引力的瓊瑤小說，換了另一個社會情境——中國大陸——卻仍能獲得廣大讀者熱烈的回響。作為一種互動及社會建構下的產物，意義可以不斷的被詮釋而挖深、延長，也可能經一再重複使用而被掏空，更可能因時空情境的轉換而被賦與活力。

在本章中我提出一個關於文學社會學的互動模式，企圖整合外部／制度觀點與內部／詮釋觀點這兩大相互排斥的研究取向。我提出流程式的概念，在此概念中，意義沿著眾多分析單位（文本、讀者、文化工業……）所形成的軌跡，在互動過程中形成。在實際文化分析的研究案例中，當然不是所有的分析單位都應用得上；事實上，研究者往往只能專注於某一特定單位，如文本或讀者。不過，一個研究者必須對他所面對的文化場域（文學、表演藝術、電視……）有一張全盤的認知地圖，知道自己的分析方法在此圖中的相對位置，也就是說，自己所選的分析方法有何優點及缺點，和其他的方法又有何關係。本章所提的互動模式及意義的社會建構過程，可避免傳統文學社會學的化約主義，這種化約主義把文學簡化成記載社會狀況的文獻，忽視了文學的象徵、美學、感性特質。同時我們也增進了組織生產研究的詮釋能力，把意義建構帶進了文化生產、流通、消費方面的研究。我避免把意義定位在文本或讀者身上，而將它視為一個互動過程：意義由讀者創造，經文化工業廣為傳播（並可能因此招致僵化、公式化的結果），由知識分子社團轉化為意識形態體系，然後在社會變遷的過程中被遺忘或重新復活。

肆、關於本書的組織方式

本章所介紹的文學社會學的互動模式可由瓊瑤研究獲得最廣泛的應用。浪漫愛情的觀念如何由西方傳遞至中國並與本土傳統接枝？這需要社會／歷史方面的分析。嚴肅文學缺乏學術機構的中介與保護，使得嚴肅／通俗文學界線模糊而後者亦備受攻擊；這方面需要組織／制度分析。最後，瓊瑤漫長寫作生涯中豐富的小說產量值得我們細察其內容；文本分析可以幫助我們深入了解小說內容。

本書以年代（十年）為單位，探討六〇、七〇、八〇三個年代間對瓊瑤小說及其他言情小說在台灣的發展。每一個年代又包含三個主要的研究面相。第一是小說的生產，主要是出版業和文學社區的研究；第二是小說的內容、主題，及其敘事結構；第三是讀者反應，這裡的讀者不是指言情小說迷，而是知識分子，如作家、文評家、社會評論者。

本書第一部分處理六〇年代。瓊瑤於六〇年代初期開始寫作長篇小說，此時的社會尚籠罩在一片泛政治的氣氛中。五〇年代政府遷台以來雷厲風行的反共政策持續至六〇年代，政府藉著直接控制或經營文化機構來操控文化界，但是有高壓就有抗拒與反對力量，因此從事反抗運動的異議分子所辦的小型獨立刊物也傲然挺立。所謂的「文學評論」，往往反映著文化圈中不同派別的文人之間的意識形態論爭，連瓊瑤的小說也不免會被若干文人泛政治化。此時瓊瑤的小說世界是作者過去大陸經驗的再現，她的人物填詩作詞，有著舊式中國文人的遺風，也掙扎於家庭束縛及追求愛情兩者間的對立衝突，「台灣人」在她的早期小說中是一種異質的存在。

本書的第二部分處理七〇年代，此時瓊瑤的小說世界開始呈現出一個雛形的、自給自足的台灣社會，而不再是相對於大中國的一個異質體。書中人物年輕的一代都生長於台灣，不像以前的人物那樣背負著懷鄉及回憶的重擔。七〇年代的瓊瑤世界是個新興的台北中上階級夢境：物質生活富裕安逸，精神充實愉快，親情、愛情都很圓滿，毫無現代主義文化所顯現的虛無、倦怠、疏離狀態。此時她自組電影公司，從寫作到拍片一貫作業，充分顯現個人化企業經營的作風，然而又有別於八〇年代著重組織企畫的文化工業。七〇年代文壇對瓊瑤的反應較少泛政治化，此時的文化論爭主要是嚴肅文學與通俗文學之分。

八〇年代是本書第三部分的研究對象。文化工業的興起帶動了作家及文學次類型(subgenres)的多元化，言情小說及其他的小說都有更多的新種類。在瓊瑤及其他作家的筆下，愛情、婚姻、家庭都出現危機及種種問題。就文學反應而言，文評家不再是主要的發言人，「瓊瑤」成了一種集體社會現象，社會學家、心理學家都有話要說，企圖從瓊瑤及通俗文學中看出社會發展的脈絡。文學評論不再像以往充滿著道德理想性，而漸漸成為分析性及解釋性的論述，而分析解釋的對象，與其說是特定的小說作品，不如說是它們背後所代表的整體社會現象。

在本書的結論這一章，我會討論本書的研究與文化分析的整體關聯，也會探索一個女性主義文化分析的中心議題：閱讀言情小說是否會更加鞏固父權制度的穩定性？

最後，由於本書側重於研究瓊瑤小說，以及知識分子對這些小說的看法，顯然未能觸及九〇年代的瓊瑤現象——亦即電視連續劇。為了彌補這項不足，本書最後加上一章關於電視觀眾的研究（附錄一）。

本書企圖引發對女性通俗文化有興趣的人彼此討論，思索如何對通俗文化抱著同情了解的態度而又不失批判的立場。傳統的人文主義者以理想性及規範性的概念來看待文化，並輕視貶低通俗文化，視之為膚淺瑣碎。本書的社會學觀點固然揚棄人文主義式的精英文化觀，但這並不表示無條件的擁抱通俗文化。在本書各個章節中，我一方面肯定言情小說本身所具有的自給自足的內在意義，以及它帶給個別讀者心理上的舒暢享受，但另一方面仍提出批評的觀點。本書不僅關切高級文化與通俗文化的辯證關係，也探索女性主義與父權主流文化之間若即若離的曖昧關係。

第一部分

六〇年代

第一章

作家類型與影響文學聲譽的因素

壹、女性與嚴肅文學

十八、十九世紀以來在歐洲及美國，文學與藝術逐漸凝聚成一系列高級文化的傳統，再經由大學或美術館等組織形式來保存、發揚光大此傳統(Burger, 1985)。然而，過去數十年間隨著女性主義思潮及文化研究的興起，這套看似鞏固的高級文化傳統開始受到挑戰與質疑。不論是女性主義研究者或是社會學家，開始探索學院背後隱藏著什麼樣的意識形態而以此支撐文化傳統；他們並進而研究某些團體——如女性或是少數民族——在何種篩選機制的運作下，被排除於正典(canons)之外。他們也許曾經有豐富的創作，但是由於不符合正典傳統的美學標準，因此作品未能保存下來，逐漸為人所遺忘，成為歷史中不存在的群體。

塔克曼和福爾亭合著的《把女人擠出去》(Tuchman and Fortin, 1989: *Edging Women Out*)一書，就

是針對上述問題研究英國維多利亞時期的小說。其研究顯示，在十八世紀及十九世紀初小說被視為不登大雅之堂的文類，高貴的文學紳士不屑於創作小說，倒是有不少女作家寫小說，而小說讀者也以女性為主。到了十九世紀中葉，小說逐漸被視為具有藝術潛力的文類，越來越多的男性作家參與寫小說而占據了這一行，女性逐漸成為次要作家，她們的作品很少被列入正典之中。塔克曼稱此現象為「把女人擠出去」。學者們想問的是：正典是否真的是一套超越的、純粹客觀的價值標準？「把女人擠出去」——不論是在文學史上或是藝術史上——只是個自然的「良幣驅逐劣幣」的過程嗎？

瓊瑤於六〇年代早期首度發表其長篇創作《窗外》，起初此書也曾得到若干好評。那時她尚未全面性的被定位為「言情小說家」。後來她的小說創作逐漸增多，終於被視為一個純粹的、毫無疑問的言情作者，內容不外乎是愛情、婚姻、家庭。不僅是瓊瑤的作品，一般女性作家的作品往往被視為膚淺、瑣碎。如果女性書寫是瑣碎的，那麼所謂的「嚴肅文學」是以怎樣的標準決定的？那一種類型的作家比較可能得到文學認可與聲望？性別是否為唯一的決定因素？本章的目的在檢視六〇年代女性作家在整個文學社區中所處的位置，藉此了解嚴肅文學與通俗文學的區隔與性別分化及性別階層化有何關係。

六〇年代在台灣文學史上是個具關鍵性的年代，許多社會結構上的改變直接間接影響了嚴肅文學與通俗文學的區隔。首先，出現了一批受過學院文學理論薰陶的作家——也就是如今文學愛好者耳熟能詳的現代主義作家，如白先勇、王文興等人。在另一方面，國民義務教育的普及使得識字率提高，看書的人口也大為增加，學生往往是最熱心的閱讀大眾。工業化、都市化帶來了人口的集中以及對簡易休閒讀物的需求。瓊瑤本人也常常藉由她筆下的小說人物，表達她對暴力、色情等低俗刊物的不屑與輕蔑。此外，台灣第一家電視台也於一九六二年成立，開啟了大眾傳播文化的一個新紀元。

因此六〇年代同時出現了這些看似矛盾的現象：一方面是學院派作家的興起，另一方面則是工業化、都市化，以及新傳播科技引進後所帶來的大眾文化。暢銷女作家的次等地位是否和學院派作家所享的盛名有關？也就是說，學院派現代主義的文學觀是否形成文學的正典，因而排斥了與它特質相異的作品——包括女作家的作品？到底台灣文學中，正典的標準為何？接受與排除的機制及過程為何？

要回答這些問題，不只是看文學社區中作家及批評家本身的文學觀，也要分析文學社區的組織結構，或甚至整個文化生產的體系。以六〇年代而言，政府部門對文化生產的介入與控制相當深，不僅擁有三家電視台及為數眾多的廣播電台、報社，也出版文藝刊物，建立作家的組織，擁有出版社，這是延續五〇年代就開始的以政府資源來鼓勵符合政策要求的文學。如成立於一九五〇年的「中國文藝協會」，其宗旨是「除團結全國文藝界人士，研究文藝理論，從事文藝創作，展開文藝活動，發展文藝事業外，更以促進三民主義文化建設，完成反共抗俄復國建國任務為宗旨」。一九五三年在青年反共救國團的支持下，「中國青年寫作協會」成立，一九五五年「台灣省婦女寫作協會」成立。

這些官方輔導成立的社團組織平時提供作家間的交誼聯繫，並在必要時被動員起來從事政令宣導的文化運動，如提倡戰鬥文藝，或是興起掃黃、掃黑運動。這些社團壟斷了五〇年代的文藝活動。到了六〇年代，這些官方或半官方的作家組織雖然不似五〇年代那麼活躍，但是仍吸收了不少作家人口。六〇年代中仍有超過三分之一的作家受雇於政府的文化機構，包括出版社、報社、雜誌社、作家協會等。

六〇年代台灣的文學社區因此可說是政府與私人部門的同時並存。在私人部門中又有不同的派系，和政府部門形成不同的關係。《聯合報》、《中國時報》等大型機構和政府維持互惠合作的關係，而一些小型激進刊物則採批判或抗拒的立場。要想了解及解釋六〇年代台灣的文學生產及評價標準，我的切入點是去看官方與私人不同派系間的關係及其所引發的象徵性權力爭奪，爭奪對於「什麼是文學」以及「什麼是好的文學」的定義權。不同派系間的關係有多種面相：合作、收編、衝突、妥協、交涉，或是漠視對方存在而加以排除。在本章中，我要申論的重點就是對女性文學的批評（尤其是來自於基進派系的批評），往往是民間基進派與官方部門間的長期緊張關係之下的作用結果，和女性文學本身並無直接關係。

文學聲譽的形成尚有其他影響因素：作家的培訓過程及其個人社經人口背景；是否直接參與文化組織；在什麼樣的管道發表作品。如果學院作家辦的小型刊物——如《現代文學》，似乎是建立文學聲譽的一個途徑，相較之下，擁有較多物質資源的官方組織旗下的作家地位又如何呢？處於不同派系、不同組織環境下的作家，是否有不同的途徑取得象徵資源（聲譽）及酬賞呢？

在我對整個作家群的性別、職業等方面做具體分析前，此處我們有必要先從歷史及文學史的角度，討論中國現代小說的主流到底是什麼。六〇年代來自台大外文系的一批現代主義的作家，對後來台灣文學正典的形成有所影響，但在他們出現以前，什麼樣的小說被視為有價值、嚴肅的小說呢？

傳統中國社會中，小說是個通俗而無崇高地位的文類，通常是失意不得志的文人才去寫小說，到了晚清時期，面臨中國內部的衰敗與帝國主義的威脅，知識分子在從事救亡圖存的改革運動中，發現小說具有重大潛力，可以潛移默化，移風易俗。嚴復、梁啟超等人把小說視為文化工具，用以改革政治、破除迷信、啟迪民智。教育與啟蒙成了小說創作的目的。在整個中國近代史上，知識分子、作家、社會改革者數種身分往往互相重疊。知識分子有感時憂國的情懷，也實際投入文化運動或社會運動，並以小說的形式表達他們對腐敗社會現狀的批判。而作家在他們的作品中流露出道德使命感及民族意識。這當然不是說所有的作家都是嚴肅的知識分子或是都實地參與社會改革。作家可分成很多不同的類型，文學作品的特色也是各有千秋。重點是，富有社會譴責及人道關懷色彩的作品被視為近代小說的主流。「為藝術而藝術」雖然也常被討論，但這種文學觀並沒有占據主導地位。

近代中國文學的主流傳統因此含有強烈的民族意識以及人文、批判的精神。即使是我們拋開清末民初以及五四以來的這個大陸傳統，而以台灣本位的立場看近百年來台灣文學的發展，在葉石濤、彭瑞金等人的台灣文學史著作中，他們也同樣凸顯憂患民族意識的重要性——當然，他們對

「民族」的界定不同於一般的中國文學史。

不過，這樣的「傳統」近年來也逐漸受到文學史研究者的質疑與挑戰。清末民初的鴛鴦蝴蝶派小說重新被發掘而受到注目，學者們開始認為看似通俗淺薄的鴛鴦蝴蝶派小說，其實與當時整個晚清小說發展脈絡——包括所謂的嚴肅小說——有密不可分的關係。此外，更有來自女性主義學者的挑戰。在《女性與中國現代化》一書中(Rey Chow, 1991: *Women and Chinese Modernity*)，作者企圖把女性和她們看似私密的感情及家庭生活，置放在整個中國社會變遷及現代化歷程的情境之中，以此建立女性生活與整體社會的關聯性，此書也是對備受輕視的鴛鴦蝴蝶派小說重新詮釋及評價。

然而，這些較新的觀點尚未全面取代存在已久的文學史觀。現代文學的「傳統」仍是以民族主義為出發點，強調社會參與與人道關懷，就如以下的分析結果所顯示的，現代主義作家替嚴肅文學的標準加入一些新的東西（如寫作藝術的精緻），但是並未根本改變此一傳統。女性通俗文學的邊緣地位因此可說是被兩大傳統所擠壓出去：民族主義與現代主義。

貳、六〇年代作家的來源及其背景

介紹過中國現代文學的主流傳統後，這一節我會分析六〇年代作家群的背景及組成成分，亦即他們的性別、省籍及組織歸屬(institutional affiliation)。組織歸屬指的是作家是否曾服務於文化機構，如報社、雜誌社、出版社；組織可分為官方（或半官方）組織及民間組織。在此提醒讀者注意的是：此處所謂「文化機構」泛指所有性質非常不一樣的文化生產單位，包括規模龐大的報社、電視台，以及只有三五同仁的小出版社或是雜誌社。所謂的「組織歸屬」也因此包括性質互異的工作：一個作家可能是受雇於政府的報社而被我歸類為「官方作家」；另一個作家可能身分是小學老師，但他積極參與某個小型刊物的編務，因而被我歸類為服務於私人／民間組織。換言之，組織的規模可大可小，服務的意思也不一定是正式的雇用關係，而是包括積極的參與。

檢視性別、省籍及組織歸屬這三個變項，主要是想了解女性作家的地位如何？男性及外省籍作家是否較占優勢？在官方組織服務的作家（簡稱官方作家）其地位又如何？是否與男性外省籍作家重疊？換言之，我們要看的是影響文學聲譽的建立有那些因素？女性作家是否被排除？什麼樣的人作品最受推崇而形成正典？

我以一份總人數為二百七十人的作家名單為分析對象。這份資料刊於《文訊》十四期與十五期（薛茂松，一九八四）。由這份資料再參考《中華民國作家作品目錄》，以得知作家的生平簡歷。《文訊》的這份六〇年代作家名單選擇標準是：凡是曾於六〇年代出版過書籍的均列入，因此是客觀、齊全的名單，不考慮作家的流派、風格、評價之好壞。從這份總數二百七十人的名單中，我選出三十位產量最豐的小說家，依其出版數的多寡由多而少排列。然後再參照四種不同的文學史資料，選出三十一位最具聲望的小說家。

我本人所列出的具有聲望的小說家名單可能最具爭議性，因為不同文學觀的批評家見解差異頗大。然而，如果我們不管不同的學者是否對同一作家有正反兩極化的評價，而只看他們花了多少篇幅來描述某一作家，我們會發現其實不同學者在這一方面頗類似。比如說，台灣本位的學者會對現代主義作家提出較負面的看法，但仍花頗長的篇幅來討論；反之，「反共文學」則在各種版本的文學史上都未得到詳盡的分析。因此，我對文學聲望的標準是作家被討論的篇幅長短，而不管其評論內容是褒或貶。所參考的文學史資料則包括尹雪曼（一九七六）、古繼堂（一九八九）、齊邦媛（一九八四）、葉石濤（一九八七）的著作。這四位研究者分別代表了官方、大陸、學院、台灣本位四種不同的立場。

根據二百七十位作家在性別、省籍、組織歸屬上的分布可看出，六〇年代作家大部分是外省男性。七〇%的作家是外省籍男性（一百八十八位），外省籍女性占十六%（四十二位），本省籍男性十二%（三十三位），本省籍女性只有二%（二位）。只以性別而論，八十二%是男性（二百二十一位），十八%是女性（四十九位）。只以省籍而論，八十五%是外省人（二百三十位），十五%是本省人（四十位）。由於整體人口上而言本省人占大多數，因此在作家人口中，很明顯的外省人比本省人成為作家的機率更大。

以組織歸屬而言，約一半的作家曾服務於文化機構（一百三十六位），三十六%的作家（九十八位）曾服務於官方機構（簡稱為官方作家）；十四%的作家（三十八位）服務於民間機構；其餘五十%（一百三十四位）沒有附屬於任何文化組織。由此我們亦可看出省籍與組織歸屬之間有密切關聯。男性外省籍作家服務於官方機構的百分比最高（四十四%，八十三位），服務於民間機構的百分比最低（九%，十七位）。男性本省籍作家正好和上述團體相反；很少參加官方機構（十二

%，四位），但常參與民間機構（三十三%，十一位）。外省籍女性整體而言隸屬於文化機構的比例低於前兩個團體，且較無官方／民間組織的強烈差異。

表一‧一列出三十一位最具聲望的作家（小說家）。我根據文學史中討論篇幅的長短而認定其聲望與重要性。表一‧一也顯示了作家的性別（是否女性）、省籍（是否本省籍）、組織歸屬（官方或民間組織）。由表一‧一可得知，最具聲望的前三分之一作家多為隸屬民間組織的男性本省籍作家。中間三分之一的作家通常是不具任何組織歸屬的外省籍女性作家。整個名單中只有四位官方作家，四位中的兩位（司馬中原與朱西寧）列於聲望最高的三分之一，另外兩位則在名單中較後面的位置。

這三十一位作家中，現代主義作家只有三位：第一號白先勇，第二號王文興，第八號歐陽子。白先勇與王文興占了名單上的頭兩位；他們都是外省籍男性，且曾參與私人組織《現代文學》。他們創辦了《現代文學》這本深具影響力的刊物，一方面引介當代西方文藝思潮，另一方面也吸引網羅了本地青年作家的創作。《現代文學》及其創辦人形成了台灣文學史上一段為人津津樂道且稱頌的神話。王文興、白先勇兩人的作品多年來一直受到批評界的注意，有不少的學術論文或專書以他們為研究對象。他們可說是達到文學聲譽的高峰。值得注意的是，整個名單上現代主義作家數量並不多，只有三位；反倒是非學院派的本省籍男性作家（到了七〇年代被歸為鄉土文學派）人數較多。我們可因此推斷，現代主義陣營出了少數幾位燦爛耀眼的人物，然而以學院為基礎的現代派這個團體，並沒有全面性、持續性的影響力。鄉土文學雖然在習慣上被視為七〇年代的文學主流，但

表一・一：六〇年代最具聲望的小說作家

	姓名	省籍	性別	組織歸屬
1.	白先勇	外	男	民
2.	王文興	外	男	民
3.	鍾肇政	本	男	民
4.	黃春明	本	男	民
5.	七等生	本	男	民
6.	陳映真	本	男	民
7.	林海音	本／外（成長於大陸）	女	民
8.	歐陽子	本	女	民
9.	朱西寧	外	男	官
10.	司馬中原	外	男	官
11.	李喬	本	男	民
12.	王禎和	本	男	無
13.	張系國	外	男	無
14.	楊青矗	本	男	無
15.	李昂	本	女	無
16.	於梨華	外	女	無
17.	葉石濤	本	男	民
18.	鄭清文	本	男	無
19.	季季	本	女	民
20.	施叔青	本	女	無
21.	彭歌	外	男	官
22.	王默人	外	男	官
23.	蔡文甫	外	男	官
24.	孟瑤	外	女	無
25.	邵僩	外	男	無
26.	子于	外	男	無
27.	司馬桑敦	外	男	無
28.	隱地	外	男	官
29.	王鼎鈞	外	男	官
30.	張曉風	外	女	無
31.	林懷民	本	男	無

黃春明等人在六〇年代就常發表作品，因此在這份六〇年代傑出作家名單中，我們看到鄉土派與現代派並存。

接下來我們比較享有聲名的作家和全部作家人口其構成方式有何差異。全部作家人口只有十八%的女性，然而傑出作家中女性卻占二十六%（八位），表現不差；本省籍（包括男性與女性）在全部作家中占十五%，在傑出作家中占四十二%（十三位），表現優異；外省籍男性在全部作家中占七十%，在傑出作家中只有四十二%（十三位），表現不佳；曾於官方組織服務的在全部作家人口中占三十六%，在傑出作家中只占二十三%（七位）；曾於私人組織服務的在全部作家中占十三%，但是在傑出作家中占三十五%（十一位）。由此可見組織歸屬本身並不重要，差別在於屬於那一種性質的組織。屬於私人組織的作家聲譽較高。

表一・二列出了三十位最多產的小說家。由於缺乏暢銷書的可信資料，我以「多產」這個標準來看那些作家較受歡迎。多產的作家其作品與暢銷或受歡迎無必然關係。但他們能持續寫作且得到出版社的支持，顯出並不乏人購買閱讀。此外，多產作家常和通俗作家的刻板印象連接在一起，因此我列出多產作家的表，看看他們的組成背景是否和傑出作家相似或相異。

由表一・二可看出，這群作家的特色和傑出作家相當不一樣。名單中只有一位本省籍作家，但是有一半是官方作家（十五位）。瓊瑤在名單中排名第十一，顯然不是最多產的，女性作家在名單中也不少（九位）。文學界、一般社會大眾持有一個多產、通俗女作家的刻板印象，的確可在這份名單中得到支持。不過我們不要忘了，這份名單中男性——外省籍男性——仍占了大多數（二十一

表一・二：六〇年代的多產小說作家

	姓名	省籍	性別	組織歸屬	出版小說數目
1.	郭良蕙	外	女	無	32
2.	郭嗣汾	外	男	官	30
3.	繁露	外	女	無	27
4.	南宮博	外	男	民	24
5.	孟瑤	外	女	無	22
6.	墨人	外	男	官	19
7.	田原	外	男	官	18
8.	吳東權	外	男	官	15
9.	徐速	外	男	民	14
10.	司馬中原	外	男	官	14
11.	瓊瑤	外	女	無	14
12.	盧克彰	外	男	官	14
13.	高陽	外	男	無	13
14.	張漱菡	外	女	無	13
15.	童真	外	女	無	13

	作家姓名	省籍	性別	組織歸屬	出版小說數目
16.	楚軍	外	男	民	12
17.	畢珍	外	男	官	12
18.	鍾肇政	本	男	民	11
19.	黃海	外	男	官	11
20.	姜貴	外	男	官	10
21.	南郭	外	男	官	10
22.	臧冠華	外	男	官	8
23.	蕭白	外	男	官	7
24.	費蒙	外	男	無	7
25.	姜穆	外	男	官	6
26.	徐薏藍	外	女	無	5
27.	朱西寧	外	男	官	5
28.	林海音	本／外	女	民	5
29.	呼嘯	外	男	官	5
30.	蕭傳文	外	女	民	5

位）。而這些外省籍男性作家又隸屬於官方作家。六〇年代時他們曾寫了這麼多書，如今卻成了歷史塵封中被遺忘的一群。

由全部作家人口、傑出作家、多產作家這三個面相來研究，我們可以歸納出以下幾個結論：第一，屬於私人組織的本省籍男性有較高的比例成為傑出作家；第二，較少參加組織的女性作家成為傑出作家的比例不低，但也有一些成為多產作家；第三，外省籍男性官方作家成為傑出作家的比例最低，但常成為多產作家；第四，白先勇與王文興兩位是學院派外省籍男性，他們本人的聲譽極高，但是所代表的現代主義整體而言沒有廣泛的影響力。

參、四種不同類型的作家

由上述的資料及分析結果，我把作家加以分門別類，目的是建立理論上的「理念型」，以便深入探討文學社會學上的一些基本問題：那一類型的人得到那一類型的酬賞？由那些因素決定？這和作家在文學社區中的結構位置有何關聯？什麼樣的文學被視為「嚴肅文學」？什麼是通俗文學？文學社區的酬賞結構為何？女性文學和嚴肅文學、通俗文學有何關係？把作家分類只是為了分析架構的方便，並不等於完全符合現實狀況。如「官方作家」指曾服務於政府文化機構或出身於軍中；整體而言，這類作家成為傑出作家的比例最低，但仍產生了幾個頗負聲名、備受推崇的人。

根據傑出作家及多產作家的背景特色（性別、省籍、組織歸屬），我歸納出四種作家類型：官方作家、傑出作家、次傑出作家、商業作家。傑出作家指達到文學聲譽的高峰，其作品成為學術界及一般文化界廣泛閱讀的對象（如白先勇）；次傑出作家指出現於文學選集及文學史之中，但較少成為學術研究的對象；商業作家不但多產，作品也常被改編為電影或電視劇；官方作家則是曾服務於政府文化機構者。以下我再個別描述四種類型，我的分類是**著重於作家的活動及組織歸屬而不是他們的文學風格**。例如現代派與鄉土派風格不同，但作者都活躍於自辦的小型文學刊物。

第一型作家是官方作家。「官方」是個籠統名詞，也使人有刻板印象，以為他們是權力龐大的文化官僚或政府的意識形態宣傳者，但事實上這只是其中一小部分。有的在全國性的大報社工作（如《中央日報》），有的則編輯地方性的小刊物，或者是在出版社工作，組織環境可說各有不同，「官方」並不意味著他們都盛氣凌人，一呼百諾，倒不如說他們是服務於文化界的公務員，並對寫作有興趣。

這一型作家可說是名、財皆無。他們成為傑出作家的比例最低，雖然是多產作家，但作品被搬上大眾媒體的機會遠不如商業作家（通常是女性，如瓊瑤，或是非官方的男性，如費蒙）。在政府「反共文學」及「戰鬥文藝」的號召下，他們寫了不少長篇故事，運用戰爭、諜報、情愛混合的公式。六〇年代女性暢銷作家的部分作品如今市面上仍在印行（如瓊瑤、郭良蕙、徐薏藍），但官方作家成了被遺忘的一群。在文學史中他們被提及，但沒有人對他們做深入的分析。這一型的作家不像現代派那樣，把自己定位為「藝術家」並進而介紹新的文藝思潮，也不像本省籍的鄉土派那樣，有社會及政治抗議的色彩。同時，他們的作品又不像某些女作家那樣備受大眾媒體的青睞。他們所屬的組織在五〇及六〇年代掌握了不少文化資源，但是到了回顧式的文學史中，這一群作家的地位可說是微不足道。

第二種作家類型——傑出作家，主要是由外省籍及本省籍男性作家所組成，通常都曾參與獨立小型文學刊物的編務。這些人也就是常被稱為現代派以及鄉土派的代表人物。乍看之下，這兩派的風格很不一樣，但他們的共通之處是自組或參與文學刊物以鼓吹他們的文學理念，前者介紹西方文藝思潮，後者則從事文化批評、社會運動、政治抗議等活動。現代派及鄉土派作家可說是廣義的文化運動者，而不是孤立的寫作者。他們不只是寫小說，也直接或間接帶動文學及社會風潮。本省籍的鄉土作家作品有明顯的社會批判或抗議色彩，現代派作家的作品表面上看來與外在政治、社會現實無關，其內在精神卻往往有或多或少的顛覆力量。不論是外省籍的現代派，或是本省籍的鄉土派，都相當疏離社會上的主流價值及勢力。這群作家的作品形成了台灣文學上的嚴肅文學正典。

第三類作家是次傑出作家，主要是本省籍及外省籍女性，再來則是外省籍男性，他們是表一・一傑出作家名單中排名較後面的。他們的共同特色是沒有組織歸屬。基本上他們的作品頗受肯定，但在風格或內容上缺乏鮮明的立場，所以雖然常出現於文學選集上，但文學史上分析的篇幅並不長。**次傑出作家有許多女性，可見女性作家在文學社區中相當受到重視，並未處於邊緣地位，但她們的作品未能達到「正典」的地位，也是不爭的事實。**

第四類作家是多產的商業作家，幾乎全是外省籍女性，如郭良蕙、瓊瑤、徐薏藍。她們和多產的官方作家不同之處，在於作品常被搬上銀幕。除了瓊瑤之外，她們甚少受到批評界的注意，由於人數少，也不成為一個團體。這樣的女性作家在八〇年代人數增多，再加上當時引人注目的暢銷書排行榜現象，使得八〇年代女性作家成為備受攻訐的一群。

由以上我對作家背景的分析結果顯示，以人數而言，「嚴肅文學」的傳統主要由本省籍男性鄉土作家所形成，外省籍男性現代派則形成另一股重要典範。官方作家由於現在不再高喊反共抗俄的教條，而失去其時代適切性。女性作家有不少成為次傑出作家，但未能進入正典，因為她們不像鄉土派或現代派那樣成為文化運動者，既無明顯的感時憂國或批判抗議的民族主義情懷，也沒有引領文學風潮去從事文學語言的實驗與創新。女性平時就已被從公共領域中排除，更談不上積極參與社會運動或文化運動，因此她們雖然活躍於文壇，創作是不少，卻往往與「偉大文學傳統」無緣。當然，如果我們使用不同的解讀策略，我們也許可以從瓊瑤等通俗女作家的作品中，發掘出許多與整個社會脈動、民族命運攸關的故事背景或主題，如《幾度夕陽紅》一書有一大部分是敘述抗戰時期重慶流亡學生的生活。瓊瑤的小說（尤其是早期的小說）呈現出怎樣的歷史及社會脈絡？下一章及本書結論部分，會討論女性主義的解讀策略是否有助於瓊瑤文學地位的提高。

結論

本章研究影響文學聲譽的形成因素。我探討性別、省籍、組織歸屬對文學聲譽的影響。研究結果顯示，外省籍男性官方作家成為傑出作家的比例最低；本省籍男性最易成為傑出作家；女作家介於上述兩者之間，傾向於成為次傑出作家。是否有組織歸屬本身並不重要，但如果隸屬於組織，則官方／私人的區別甚為重要。傑出作家通常都曾參與編輯小型獨立刊物，這些刊物對文學及文化思潮的推動有積極的貢獻。我們可因此而推知，被排斥於嚴肅文學大門之外的，是那些被視為與政治社會無關的作品，或是被視為政府的宣傳教條。雖然現代主義的作品有些乍看之下屬於個人內心世界的探索，與外在世界關聯不大，然而他們致力於推展新觀念及新的文學技巧，因此也蔚為文壇上的一股風潮。本省籍鄉土派的作品可說是台灣文學正典的主流，現代主義則形成另外一股引人注意的次要主流。

由於我所倚重的文學史資料都著重於八〇年代，以回顧的方式重建作者認為重要的個別作家及文學流派，即使是在官方色彩的尹雪曼所著的《中國新文學史論》一書中，對現代派及鄉土派也是著墨甚多，並未一味地偏向反共戰鬥文學。可見不管六〇年代當時政府對思想的箝制多麼嚴酷，並未造成影響深遠的後果。

文學是一個小眾媒體，它的生產與消費又大都集中在台北，少數幾個人湊合辦一個小出版社或一份發行量不多的雜誌，很有可能日後就形成文壇上的傳奇，培養一批文學新秀。這使得政府部門的文化組織對文學聲譽的建立不但沒有正面影響，反而有負面影響。此外，由於整體政治及社會上的禁制與壓抑非常嚴重，反抗與抗議也相對尖銳，具批判色彩的鄉土派文學也因而備受推崇。就當時的狀況而言，民間小型刊物的作家面臨許多困難，從言論自由受到限制到物質資源的匱乏，他們因此在主觀心態上有或多或少的受害者情結。然而，從文學史的觀點而言，他們畢竟得到了認可與推崇。

整體而言，女性作家在台灣文學史上具有相當重要的地位，女性作家並未處於邊緣位置。然而，女性暢銷作家卻常成為異議知識分子的批評對象。對女性文學的批評——尤其是六〇年代李敖對瓊瑤的批評——不只是表面上那樣是通俗與精英主義之間的對立，而應從深層結構的觀點來詮釋。所謂深層結構指的是不同群體的作家在不同文學社區占有不同的結構位置，這些會影響到資源與酬賞的分配方式，使得作家間興起一陣陣象徵性權力鬥爭。男性、「嚴肅」的批評家（通常帶有政治反對的色彩），對女性、「通俗」作家的批評與攻擊不只是性別的歧視（批評家為何很少詆毀武俠小說？），更是一個自認物質資源及發表流通管道不夠充裕的團體，對另外一個這方面較具優勢的團體所做的攻擊。其他文化圈、文壇上曾出現過的論戰（如全盤西化、如鄉土文學），也可從爭奪文化定義權這種象徵性權力鬥爭的觀點來解釋。在第三章中，我們由李敖對瓊瑤的批評可深入闡揚這個觀點。然而，不管是在什麼時期，當文化社區內不同群體間的勢力均衡有所失調，往往會提高文化論爭的激烈程度。到了八〇年代，嚴肅文學與通俗文學之爭雖然仍時常針對女作家及暢銷書排行榜，但此時真正的批評目標已轉向所謂「文化工業」，文化工業的出現給向來在文化生產上具優勢霸權地位的知識分子帶來重大的威脅與挑戰。這一部分將在本書第三部分、第九章討論。

第二章

浪漫愛的雙重面相：革新意識與女性幻想

威廉・古德由比較的觀點研究世界各地現代核心家庭的出現與崛起，他的研究成果出書後定名為《全球革命與家庭模式》(Goode, 1963: *World Revolution and Family Patterns*)。在西歐及北美，年輕人自由選擇婚姻對象是件理所當然、天經地義的事，但在世界上其他地區，自由戀愛與自由擇婚的觀念及其實踐，卻形成一股變革的潮流，影響之深巨，可說是觸及了最根本的家庭人際關係：老年人與青年人的關係；男性與女性的關係；成人與兒童的關係。一名男子與一名女子經由愛情而形成婚姻關係，這個觀念在今日看似簡單，其實意味著親屬組織方式及權力關係的全面重新調整。在自由擇婚的家庭制度下，家庭關係的主軸不再是兩代間的血緣關係，而是夫妻配偶的關係；家庭成員一律平等的理想也取代了長老的支配地位(Goode, 1963)。古德所描述的「全球革命」主要是二十世紀的現象，發生於亞洲、非洲及世界各地。這種家庭制度的變遷起源於十八世紀的英國，在當時就已被視為威脅舊有制度的革命力量。

浪漫愛這個概念，在中國以兩種不同的風貌出現。在清末民初時，浪漫愛是一種公共、集體性的意識形態，和改革維新的社會運動有密切關係；然而，在瓊瑤的言情小說中男女之愛是去政治化的(depoliticized)，是私人世界中的情感流露。本章首先介紹浪漫愛這個意識形態在中國大陸興起的歷史與社會背景；其次則針對瓊瑤六〇年代的小說內容加以分析。瓊瑤的貢獻在於創造了專屬於女性／私人觀點的愛情觀，愛情具有其獨特的價值，不須依附於泛政治的社會運動。

壹、歷史背景：浪漫愛的興起與傳播

二十世紀初浪漫愛與自由戀愛這些觀念在中國的興起，可說是全面性社會、政治、文化革命中的一部分。十九世紀以來清朝持續遭受西方及日本帝國主義的侵略與羞辱，引起了社會要求改革的呼聲。清朝的維新政策失敗了，民國繼起，可是國家依舊處於貪污、內鬥、腐敗之中，外國的勢力依舊支配著中國的許多地區。此時的知識分子身懷重大的危機感，許多人紛紛投入政治及社會運動，企圖將他們視為墮落退化的舊社會改變，成為能夠抵禦外侮的現代化強國。很諷刺的是，雖然改革的動機是基於民族情操，革新的理念內容卻往往是移植自西方。科學、民主、自由這些觀念給改革分子不少啟發與激勵作用。在這一連串的社會改革浪潮中，代表著青年學生運動的五四運動最為人所熟知，甚至一直到六〇年代的台灣，五四時期及其精神，仍是異議分子的精神圖騰，象徵著青年人求新求變的反叛精神與改革理想。

清末民初的改革派知識分子以及後來的五四青年，一方面有澎湃的愛國熱忱，另一方面又全盤攻擊詆毀他們眼中落後腐敗的傳統社會，而家庭制度則是此傳統社會的磐石，也是他們批評的首要對象，集體性的社會運動也由他們身體力行，化成一幕幕兩代衝突的家庭劇。就如絲蝶茜在《中國的父權制度與社會主義革命》(Stacy, 1983: *Patriarchy and Socialist Revolution in China*)一書中所指出，所有的農業文明都奠基於父權家庭制度，但儒家思想與父權制度結合，在中國歷朝歷代形成長達千餘年的霸權支配，其歷史之悠久與制度設計之複雜精密，可說是在人類文明史上難出其右。家庭組織是中國社會及政治秩序的基礎，以子女孝順父母、臣子效忠君主為此社會結構的中心倫理。而這種重視上下長幼次序的家庭、社會倫理備受革新派知識分子的攻擊，被視為阻礙自由、平等、民主價值的發展。

傳統中國家庭制度重視宗族系譜的延續以及男性團結。個人的存在是為了實踐在親屬結構中被分派的角色及其義務，以便使家族綿延不絕。在親屬結構中最重要的關係就是父親與長子的關係，女性間的關係或是夫妻關係都沒有制度上的重要性。父子關係固然具有制度上的重要性，但實質上往往缺乏親密的情感交流，因此容易成為緊張關係及壓力的來源。

民初及五四以來的大規模青年運動關切的是救中國、對抗帝國主義的侵略，由政治運動而擴展為對整個中國社會的文化批評，家庭成了中國積弱、落後的象徵，阻礙國家社會的進步。家庭長老的權威代表頑固的舊勢力，他們可以決定下一代的就學、就業、婚姻問題。自由戀愛、自由擇婚因此成了青年人反抗舊社會的一項中心議題；浪漫愛也就不只是個人的情感表現，而成了象徵個人自由及個人主義的現代意識形態，代表前衛與進步，也成為五四文學的重要主題。茅盾曾就一九二一年出版的文學作品做一個非正式的統計，發現一百一十五項作品中有七十項與浪漫愛有關（李歐梵 Lee, 1973: *The Romantic Generation of Modern Chinese Writers*），在五四時期浪漫愛成了「新道德的象徵」，代替了舊道德中「禮」的地位，因為禮已失卻其意義，被視為人性的束縛。浪漫愛代表著自由與解放，釋出久受壓抑的熱情與活力。

然而，五四青年由於急切地把浪漫愛當作反抗父母與反抗舊社會的思想武器，對於愛情的本質是什麼並沒有清楚的概念。另一方面，對於與異性交往、約會的技巧他們也十分生澀。五四時代的青年運動及其追求戀愛自由的努力，引起全國的注目，但其實際影響局限於上海等沿岸都市中的少部分大學生，只有這些人才有機會與異性約會來往，而不少大學生根本在家鄉就已娶親了。三〇及四〇年代時浪漫愛的觀念逐漸向內陸擴散。八年抗戰時政府遷都重慶，大批的學生也跟著向內陸遷移，把沿海的都市生活觀念帶往了內陸。在離鄉背井的流亡學生生涯中，年輕人遠離家庭及父母的約束力，自由戀愛、結婚也因此較為容易。這正是瓊瑤《幾度夕陽紅》一書中的時代背景。

根據歐迦・蘭於三〇年代末期在上海及北平所做的調查(Lang, 1946)，就她所研究的三百三十三宗婚姻，十九%是當事人自己選擇的。階級的差異相當明顯；中產階級有四十二%是自由擇婚，勞工階級只有十二%，而上層地主階級則完全是父母及媒妁之言。至於內陸都市地區，到了四〇年代末期，大約十七%的婚姻是自由擇婚(Whyte, 1988)，相當於三〇年代的沿海地區。

我們可大致推論，到了五〇年代初期，自由擇婚在都市受教育的階層中已相當普遍。但是在鄉村地區，幾乎所有的婚姻都是父母之命、媒妁之言。三〇及四〇年代浪漫愛的流傳，比較不像之前的五四時期那樣充滿著意識形態的狂熱。瓊瑤自己的父母屬於此愛情革命的第二波，她早期小說中部分人物也是第二波時期的（亦即一九三〇及四〇年代）。

吳惟滋在六〇年代後期對台灣高中生所做的調查顯示，外省籍學生有四十四%的成員其父母是自由擇婚，而本省籍學生則只有七%的成員其父母是如此。這些外省籍學生的父母極有可能相識、成婚於三〇年代至五〇年代初期。我們可因而推論浪漫愛的革命到了三、四〇年代的後五四世代已大致成功（至少在都市中產階級）。八年抗戰及國共內戰所帶來的戰禍、人口大遷移、生離死別，造就了瓊瑤早期小說中的一連串悲歡離合、刻骨銘心的淒美故事。他們屬於小說中的父母一代，後五四的時代思潮啟蒙了他們對愛情的追求，戰亂造成他們感情及家庭生活的殘缺，以及離亂後的恩怨情結，其影響延續至六〇年代他們的子女。

三〇年代後五四的青年其愛情觀和五四時代的熱情理想主義有所不同。持續惡化的政治與社會混亂帶來了種種絕望、挫折、理想幻滅的情緒。大部分學生失卻了社會改革的熱情，極少數的人則變成基進的社會主義者。根據《疏離的學院》(Yeh, 1990: *Alienated Academy*) 一書中的看法，失望、幻滅的學生視愛情為逃避醜陋外在現實的桃花源，他們的世界觀呈現著自我與社會的對立：權力 vs.愛情；壓迫 vs.和平寧靜；不道德 vs.道德。愛情意味著遠離外在不公不義的腐敗世界，在私人天地中建立和諧世界。至於左派學生，男女間的熱情和革命熱情其精神是相通的，都是不滿足於現狀而追求創造更新、更美好的境界。就如李歐梵(Lee, 1973)所言，在這個時期（五四及後五四時期），左派知識分子傾向於感情的泛政治化。

至於一般的學生，他們最關切的是如何結交異性朋友，而不是浪漫愛與社會革命的關係。這些學生遭遇了許多實際的困難。沈愛麗(Chin, 1948)於一九四三年分析上海某開明前進雜誌的讀者信箱專欄。這份雜誌的讀者主要是中等階級的高中及大學生。沈愛麗分析讀者投書內容及編者的回答，發現讀者所關心的問題主要有兩大類：世代衝突，以及缺乏異性互動時所需的行為規範。沈愛麗從分析中發現青年人和父母、家庭的衝突導致心理上的焦慮及罪惡感。此外，他們對婚姻與愛情也抱著既憧憬又害怕的矛盾心理；他們不知道如何去接近異性，即使有初步的約會經驗，往往也伴隨著大量受傷、挫折、幻滅的情緒。總之，焦慮與不安全感充斥於他們有限的異性經驗中。當一方不再與另一方來往時，對方會感到被拋棄，深覺羞恥，甚至視之為被侮辱。另一位研究者研究三〇年代北平一家醫院的一千四百七十三個精神異常病人。他發現這其中有六%的個案涉及年輕人在兩性關係上所遭到的挫折(Dai, 1941)。在某些案例中，當事人甚至因嚴重的羞辱及挫敗感而以自殺了結。

浪漫愛的觀念開拓了青年人的視野，使他們的感受力更敏銳豐富。然而，這只是觀念上的革命，並未形成一套規範約會與男女交往的社會制度。青年男女縱然有滿腔熱情，卻常無所適從。上述研究者因此認為，缺乏表達情感的管道，造成了當時中國青年人格上的不平衡及適應不良。而這也反映在瓊瑤的六〇年代小說中。由這些社會心理學上的案例可看出，愛情看似浪漫唯美，實則仍需一套行為規範的引導，才能使男女雙方的交往順利展開且持續。

瓊瑤七〇年代小說的愛情描繪理想中的約會文化及其社會情境，如夜總會的舞池、咖啡館、西餐廳、郊遊，雖然這不是當時一般青年實際的異性交往方式，但的確是為約會與兩性交往提供一套規範性文化，而這正是長久以來中國的青少年所欠缺的。浪漫愛的概念及其實踐，真可說是歷經一段漫長的發展路途：開始於民初及五四時期，其作用為前進知識分子的革命義理，最後成為小說虛構世界中制度化的異性交往規範，以及女性的個人遐想，不再是青少年的集體反叛。討論過二十世紀上半自由戀愛在中國大陸發展的情形，讓我們看看瓊瑤開始寫小說時（六〇年代），台灣的狀況如何。

貳、浪漫愛與台灣社會：漸進式的社會變遷

五四運動對當時受日本殖民統治的台灣並無太大影響，從日本殖民政府到國民政府的統治，台灣一直沒有大規模的政治、社會運動，比起大陸來可說是社會秩序較為穩定。六〇年代政府以「出口替代」、設立出口加工區、獎勵投資等多項政策，開啟了往後台灣急速的工業化以及經濟成長。工業化、都市化、經濟成長帶來了各方面的變動，但這些變動是漸進式的（如農業人口減少、工業產值增加、勞動就業率提高），並未造成大規模勞工運動、學生運動等革命性現象，當然這也可說是經濟繁榮加上政治高壓，使反對的勢力不容易興起壯大。

異性交往、自由戀愛這些問題在五四時代曾蔚為青年反抗的風潮，中共政權成立後也頒行「新婚姻法」，企圖以國家干預的方法確保青年人戀愛與婚姻自由。這類問題在台灣則沒有被泛政治化，而是被視為私人的問題。人口調查的資料顯示，在台灣自由擇婚的比例隨著時代的前進穩定上

升，但是其成長速率並沒有什麼戲劇性變化。在婚姻的三種形成方式中，六〇年代時有近半數（四十八%）是由父母決定。一直到七〇年代「父母和自己共同決定」才成為主要形式，「父母決定」的方式比例逐漸下降，而「自己決定」則逐漸提高。但一直到七〇年代末期，「共同決定」仍占有最大的比例(Thorton et al., 1984)。可見台灣這方面的社會變遷是溫和漸進式的，往往傳統與現代並存。

在瓊瑤開始寫作時，自由戀愛與自由擇婚在當時的台灣社會並不普遍。不過大學生與一般民眾則有明顯差別，在六〇年代時，自由戀愛的觀念已普及於絕大多數的大學生。調查顯示，超過九成的大學生贊成自由戀愛，但只有過半數的人預測自己能夠做到。觀念和能力之間有相當大的差距。以全國資料來看，仍有近半數的新婚者是父母安排的。「自行決定」的婚姻在大學生的比例是五十八%，全國人口則只有八%是自行決定。大學生與其他社會大眾固然有所不同，就大學生本身而言，自由戀愛與自由擇婚仍是期望多於實踐的行為（以上資料請參考吳惟滋，一九六九；Marsh and O'Hara, 1961; Thorton et al., 1984; Whyte, 1988）。

除了看人口調查數據之外，人類學家的田野調查也提供我們對異性交往、婚嫁風俗方面的了解。根據胡台麗在〈媳婦入門〉一文（胡台麗，一九八二）中所歸納的數位人類學家的研究成果，婚事的安排在日據時代是媒妁之言。一九五〇年左右開始，男女雙方可在正式安排下打個照面，對婚姻對象的選擇有部分決定權。六〇年代台北市常見青年男女約會，但在鄉間則罕見。但胡台麗本人於一九七七年在台中縣農村做田野調查時，異性交往在農村青年間已很普遍。

參、瓊瑤與浪漫愛：去政治化的女性幻想

整體而言，作為青年反抗運動一部分的自由戀愛觀念，主要是男性知識分子所發起及參與的運動。瓊瑤的小說代表了浪漫愛的私人化及女性化。在五四運動時期，浪漫愛象徵對舊式封建社會的反叛，是邁向中國現代化的一部分。六〇年代瓊瑤的小說則探索愛情本身的內涵及其意義，這是完全屬於私人感情領域的。有趣的是，李敖等人對瓊瑤的批判仍繼承著五四遺緒，以意識形態及文化政治的觀點看待戀愛問題。這一點會在下一章詳述。下面這一節我們可以開始仔細分析瓊瑤的小說內容。

我把瓊瑤小說分成早期（六〇年代）、中期（七〇年代）與晚期（八〇年代）。早期小說包括一九六三年出版的處女作《窗外》，至一九七一年的兩本書《白狐》與《水靈》。這兩本書是早期和中期很好的區隔點，它們是短篇小說集，主要以歷朝歷代的民間傳奇為底所發展的古人的愛情故事。從此以後，瓊瑤一直是以當代台灣為背景，直到一九九〇年的《雪珂》才又把背景放回過去。早期小說常以悲劇、死亡、分離來結束故事。中期小說從第十八本書《海鷗飛處》（出版於一九七二年）到第三十七本書《燃燒吧，火鳥》（出版於一九八一年），可說全部有好的結局，唯一例外是《我是一片雲》。八〇年代以後，她的創作量變得稀少且不穩定，內容也脫離了中期公式化的快樂故事及早期悲劇宿命的色彩，八〇年代，她企圖處理變遷中都會男女愛情觀，但其努力不是很成

功，也未引起廣大的注意力。晚期小說可說是有求變的企圖，但無具體的成果。

屬於早期的十七本小說中，五本是短篇小說集。去掉這五本書，我以十二本長篇小說為研究對象，從事敘事結構的分析，在此我以《幾度夕陽紅》及《菟絲花》為例。選擇《幾度夕陽紅》是因為它是瓊瑤作品中最膾炙人口的一部，時空交錯、人物眾多、情節複雜，最能闡揚文本多義性(textual polysemy)這個觀念。《菟絲花》是較不引人注意的作品，可是恰巧具備了早期瓊瑤小說的一些鮮明特色：宿命、悲劇、女性的柔弱及對愛情的強烈依附。

一、《菟絲花》與《幾度夕陽紅》內容簡介

《幾度夕陽紅》有兩條故事主線，分別發生於抗戰時期的重慶及六〇年代的台北。第一個故事是女主角夢竹的年輕時代。她和來自昆明的大學生何慕天相戀，由於母親反對不惜離家出走，和慕天同居。後來慕天回昆明省親，杳無音訊，夢竹長途跋涉，由重慶到昆明尋找慕天，到昆明後，夢竹才知道慕天不但已婚，而且有個懷孕的太太。夢竹回到重慶後發現自己也有身孕，絕望中企圖投水自盡，被慕天的好友楊明遠救起。之後夢竹嫁給了明遠，最後定居於台北。戰時重慶流亡學生的生活在此書中有生動的描述。

小說的第二部分是夢竹的女兒曉霜的戀情。曉霜和年輕有為的青年魏如峰熱戀，夢竹見了如峰後起初感到很滿意，繼續談下去後發覺如峰原來是慕天的外甥，隨慕天來台，並任職於慕天開設的公司。此後即是一連串舊恨新愁的交織，慕天找到了多年未見的夢竹，向她解釋過去的種種誤會，

也發現自己和夢竹有個女兒——曉霜。夢竹則掙扎於對慕天的愛與對丈夫明遠的情義兩種矛盾情緒。最後曉霜與如峰有情人終成眷屬，夢竹仍留在明遠身邊，慕天則隱居山上，不問世事。

此書內容及結構都類似電視連續劇的通俗劇模式(melodrama)，亦即情節複雜、高潮迭起；情感表達方式強烈而誇張；人物關係因家庭夙怨而糾纏不清；人與人之間的誤解造成種種終生憾事及恩怨情仇：主角的身世之謎及其謎底的揭曉；以及戰亂、分離、重逢。這些複雜的事件扣人心弦，賺人熱淚，不僅引起讀者對主角人物的同情與投射，更為抗戰時期的重慶大學生活勾勒出一份烽火中的浪漫情懷。

《菟絲花》中也包含類似的故事元素，如身世之謎和兩代之間的家庭恩怨。故事一開始，女主角憶湄剛遭喪母之痛，從南部北上投奔從未謀面的羅教授，這是憶湄之母臨終時告訴她的。憶湄在羅教授家安頓下來，和羅家的另一年輕人徐中枬產生感情。徐中枬是羅教授女兒的美術老師，也住在羅家，兩人很快就彼此產生好感，只是，羅教授的兒子皓皓也對憶湄有意思，常和憶湄說笑調情。憶湄覺得羅家的氣氛很詭異：羅太太常神情恍惚，對憶湄時而親切友善，時而充滿敵意；羅教授脾氣暴躁，常對兒子皓皓大吼大叫；尤其是他撞見皓皓企圖接近、勾引憶湄時。但是暴烈的羅教授對羅太太卻非常有耐心，以溫柔體貼的態度對待她。羅教授告訴憶湄，羅太太有精神異常的現象，請憶湄多加小心，不要刺激羅太太。羅家是個深宅大院，院子裡林木蔥鬱，到了晚上就顯得鬼氣森森，再加上羅太太奇怪的言行舉止，更使身為外人的憶湄感到不安。一連串的怪事接連發生，危及憶湄的生命安全。徐中枬幫助憶湄抽絲剝繭，解開謎題，推測羅教授就是憶湄的生父。羅教授最後把家人召集起來，敘述憶湄的身世之謎。

原來憶湄的母親和羅教授在大陸原是對恩愛的夫妻，憶湄的母親把病弱的小表妹接來家中養病，楚楚可憐的小表妹卻和表姊夫墜入情網。憶湄的母親於是帶著憶湄離家出走，最後輾轉來台，就此和羅教授斷絕音信。羅教授後來娶了小表妹，生兒育女，一家人也來到台灣。只是繼任的羅太太始終心懷愧疚，長期下來演變成心理異常，當憶湄投奔羅教授而安頓在羅家，羅太太的病情就更嚴重了。羅教授的故事才說完，大家發現羅太太已不知去向。經過一番搜尋，原來她已上吊於院子裡的大樹。《菟絲花》一書的書名指羅太太，性格柔弱，必須如攀附在大樹上的藤蔓般依賴在羅教授身上，沒有羅教授她就無法生存。柔弱與依賴造成她的性格悲劇。故事的結局是憶湄與徐中枏結婚，過著幸福快樂的日子，皓皓本來對憶湄有點意思，現在和她既是同父異母的手足關係，只好打消此意，遠赴美國留學。

這兩本小說就像瓊瑤其他的早期小說，同時記述兩代的愛情故事，而上下兩代所經歷的社會、歷史背景不同，成長與生活的地區也不一樣，同一本小說常交織著抗戰前後的大陸以及六〇年代的台北，時空交錯，過去與現在夾纏。早期小說豐富的內容、複雜的情節形成一層層不同的文本意義，不同的讀者會注重不同層面的文本，而產生多樣的詮釋。但是在時間的過程中，某種詮釋會取得主導性的地位，也就是某一層面的文本特別受到重視，而其他層面則逐漸被遺忘、忽視。然而這些被忽視的文本層面並非就此完全消失。就如考古學家從地下挖掘出被埋沒的遺址，不同時代或不同區域的讀者也可能重新去注意這些久受忽視的文本層面。

瓊瑤的小說共有四個層面，它們得到的注意力參差不均。第一是傳統中國文化與社會，亦即讀者用以辨識瓊瑤小說與翻譯小說的不同處。第二是過渡期，即小說中父母一輩的成長時期。他們成長於三〇、四〇年代，在家接受傳統嚴謹的家教，但離家後則受後五四思潮的啟蒙而有追求愛情的嚮往，想要掙脫傳統禮教的束縛，而其實際生活經驗又充滿戰亂帶來的顛沛流離。《幾度夕陽紅》的慕天、夢竹，《菟絲花》的羅教授，《窗外》的母親都是這一時期的人。第三層面是現代社會，強調自由與平等的價值。這是瓊瑤小說中年輕的一代，大部分其成長經驗局限於台灣，未受戰火的煎熬。第四層面則是通過瓊瑤的描寫與觀察所塑造的一個個栩栩如生的人物，他們有其獨特的個性，並不能完全以其生長環境與歷史背景來解釋。如《窗外》一書中的母親，乍看之下是個干涉女兒自由的霸道母親，實則是個求好心切、意志堅強、對婚姻抱懷疑態度的時代新女性。

早期小說中有不少因受戰亂分離之苦而感情依賴的女性，但這種楚楚可憐型的柔弱女子在七〇年代小說中不乏其人，可說是瓊瑤的女性典型之一。自七〇年代以來，第二層面（過渡期）已逐漸消失，一方面是瓊瑤的中期小說已不再敘述大陸經驗，另一方面則是讀者對其早期小說的反應，往往也把傳統人物和過渡期的後五四人物混為一談。至於第四層面（小說人物的個人特質），由於大家對瓊瑤有先入為主的成見，將其視為寫作技巧平庸（甚或拙劣）的商業作家，因此這一層面也一直未受重視。

剩下的就是第一層面及第三層面，也就是傳統社會與現代社會的強烈對比。這使得歷年來對瓊瑤的評論都著重在世代關係的衝突與妥協。過去三十年來的瓊瑤評論本身就形成了一個關於瓊瑤小說的文本：**愛情、世代衝突、妥協**；有趣的是，**此評論家形成的文本逐漸和瓊瑤本人的文本接合**（尤其是七〇年代的）。其實，瓊瑤早期小說中反對兒女戀愛的父母，自己年輕時代也曾熱情澎湃，但由於過渡時期這個層面常被忽略，因此評論家乃建構出一個瓊瑤小說的敘事結構：愛情——衝突——妥協，而這個敘事結構其實奠基於評論家本身的意識形態結構——即傳統與現代的對立與衝突。我們在第十章時會看到；八〇年代時大陸的評論家注意起瓊瑤，常被台灣讀者忽略的第二層面受到大陸讀者的重視，早期小說中所描述的戰爭離亂對他們來說具有深刻的歷史意義。

瓊瑤早期的小說中充滿了疾病、自殺、死亡，以及其他病態的事件。事實上，早期她常遭受的攻訐之一，就是她的小說灰色、不健康。在我所分析的十二本六〇年代小說中，影響情節進展及結局的重大事件出現次數如下：

自殺	九次
精神疾病	四次
致命性絕症	二次
外遇、婚外情	六次
父母過去的戀情	七次
男、女主角成婚	八次

很明顯地，早期的小說世界並不是一個無憂無慮的夢幻世界。即使十二本小說中的八本男女主

角最後步入結婚禮堂，這也不見得是十全十美的結局。五本小說其結局牽涉到配角的死亡（如《菟絲花》中的羅教授之妻）；有兩本小說中男女主角的結合牽涉到第三者的退出；有四本小說其結局是男女主角戀情的結束。只有一個故事——《寒煙翠》——男女主角的結合沒有引發任何悲劇性或不圓滿的事件。在這些小說中，女性人物常被描繪成柔弱、無力、依賴。

表面上看來，父母反對子女的戀情是情節進行的重要推動力。但就如我們在《幾度夕陽紅》一書中可看出，父母的干涉與反對並不是他們完全不贊成自由戀愛。事實上，他們自己年輕時就曾為愛情而反叛家庭。他們的反對常是因為擔心自己過去的戀情曝光，而這段舊情往往與女主角的身世有關。瓊瑤早期的小說有如下的特色：神秘詭異的氣氛；情節的推動與秘密的揭露有關；秘密的揭曉導致主角或配角的自殺或退隱。

這些特色顯示瓊瑤受到歐美歌德式小說的影響。歌德式小說(Gothic novels)指有懸疑推理成分及異常人格描述的愛情小說。常見的故事組成元素有年代久遠的巨宅、幽深的園林、瘋女人、智障但忠心耿耿的女僕。十九世紀的英國小說《簡愛》、《咆哮山莊》是這方面的經典之作，已成為文學史上的重要作品，而二十世紀六、七〇年代的英國通俗作家維多莉亞•荷特(Victoria Holt)所寫的《米蘭夫人》也是膾炙人口的歌德式小說。瓊瑤寫於六〇年代的《菟絲花》、《庭院深深》、《月滿西樓》等，都顯示出一些歌德式色彩。

二、早期小說的敘事結構及其意涵

接下來我們開始討論瓊瑤早期小說的敘事結構。我先提出小說中常見的五個元素，然後再把此五個元素串連成一個敘事結構，在此結構中可看出五個元素之間的相互關係。這五部分是：⑴不滿現狀；⑵新出現的神秘情境，男女主角墜入情網；⑶謎題引起衝突，男主角解開謎題並拯救女主角；⑷衝突結束、謎題揭曉——女主角的真正身世暴露；⑸結局：結婚或分離／死亡／退隱。

故事的一開始通常是女主角處於悶悶不樂的情境。如《窗外》女主角雁容無法適應學校課業壓力，又感到母親不關心她、不愛她。《紫貝殼》中的珮青則有個不快樂的婚姻，丈夫野心勃勃、事業心強，卻不關心珮青。《煙雨濛濛》中的如萍則有個跋扈的軍閥父親，疏於照顧如萍母女的生活；《星河》中的心怡則受困於纏擾她的噩夢及頭痛（第一元素）。在這種種令人不滿、令人憂鬱的情境下，女主角由於命運的巧合或其他因素置身於一個新的情境，並和男主角墜入情網。這種新的情境卻往往帶來衝突、危險，或麻煩。女主角一方面沉醉在愛情的甜蜜中，一方面新環境下常發生的不愉快事件，又令她備受困擾及驚嚇（第二元素）。事實上，這些衝突事故的發生，往往是由男女主角間的戀情所刺激出來的，但通常女主角本人無法應付這種局面，往往有賴於男主角去追蹤調查事情的來龍去脈（第三元素）。男主角常是聰明機智，協助女主角撥雲見日、揭開謎底。《煙雨濛濛》中的女主角依萍例外，她的個性獨立進取，像個私家偵探似的調查父親姨太太的醜聞。小說中謎底的揭曉通常與上一代的戀情及女主角的身世有關，如《幾度夕陽紅》中的曉霜是夢竹和慕天的私生女；《菟絲花》中的憶湄則是羅教授之女（第四元素）。當秘密一揭曉，當事人之一便須撤退，方式是自殺、生病、發瘋，或是退隱於山林間，而男女主角則有情人終成眷屬。小說結局可說是幸與不幸的組合（第五元素）。以上這五個元素可串連成以下的敘事結構：

圖二・一：六〇年代瓊瑤小說的敘事結構

敘事元素	主題意義	範例
匱乏與不滿	女主角因缺乏愛而缺乏生命力	1. 渴望親情 2. 婚姻不幸福
墜入情網	緣；天生註定而無法抗拒的力量	1. 未婚青少年戀愛 2. 外遇
世代衝突	往日戀情引發的夙怨與世仇	1. 父母反對 2. 神秘危險事故發生
衝突結束	女性的柔弱與被動無能	1. 婚姻 2. 死亡、發瘋、生病
結局	愛情外在於家庭及其他社會制度	1. 婚姻 2. 分離

現在我們可以全面討論上述敘事結構的主題意義。在此我再複述一下本章第一節所介紹的浪漫愛這個觀念是在怎樣的社會歷史背景傳播的。第一，自由戀愛在五四時代（一九一〇及二〇年代）

時在沿岸大都市的知識青年中蔚為風潮，而在三、四〇年代時遍及全國各地。第二，國共內戰後國民政府遷移來台，大批軍民隨著渡海來台，造成人口的遷移及流動，歷史動亂下的家庭分裂，生離死別造就了無數的烽火戀情、悲歡離合。至於在台灣成長的年輕人，自由戀愛的觀念為大學生所普遍接受，但自由擇婚的行為並未全面普及。這是瓊瑤早期小說世界中的人物，他們成長的歷史背景。以下我們逐一討論敘事結構中的各項元素的主題與社會意義。

1. 匱乏與不滿：生命力與行動力的缺乏

故事的一開始女主角往往因欠缺親情或愛情的滋潤而感到憂鬱孤獨，其結果就是完全沒有任何行動力與生命力，也就是沒有意願去面對困難或改善處境。以《紫貝殼》一書中的女主角珮青為例，她當初結婚完全是因為和她相依為命的爺爺過世，她在台無依無靠，沒有任何親人，在惶恐無助下，她嫁給一個自己不喜歡的人。婚後丈夫汲汲於追求名利，珮青每天抑鬱地瑟縮在家中，對一切都不感興趣，直到她遇見了夏夢軒，才重新有了生氣。

對瓊瑤式的女主角而言，墜入情網是一種被動的狀態，她被一種不可抗拒的力量推動而陷入感情關係中，而不是主動去追求自己想要的幸福。瓊瑤完全站在女主角的立場，不惜抹黑其他人物。比如說珮青的婚姻不幸福，她自己並未做任何努力，可是也不求離婚，她的丈夫似乎要負起她不快樂、不幸福的全部責任。

從這些故事看來，女性似乎不必對自己的命運負責。如果一個男性不能使他的女朋友或妻子快樂，那麼就是這名男子的錯。當然，瓊瑤也極力將珮青的丈夫描寫成十惡不赦的大壞蛋，而珮青只是默默的承受一切，沒有離異的念頭，直到夏夢軒的出現。瓊瑤早期小說中的女性常有長期抑鬱的傾向，不說話，長時間臥床不起，或遊魂般漫無目的地四處晃盪。她們有不少是遭受戰禍離亂之苦，苦難並未使她們堅強，也沒有增強適應環境的能力，反而使她們顯得更被動與柔弱。雖然瓊瑤也塑造了個性獨立堅強的女性角色，如《煙雨濛濛》中的依萍，不過柔弱的女性似乎是早期小說世界中的多數。

2. 墜入情網：天生註定而難以抵抗的愛情力量

瓊瑤早期小說中有強烈的宿命色彩。男女主角戀情的發生非常自然、毫不遲疑，因為他們天生的氣質、才華、品味都配合得完美無缺。戀愛的過程充滿困難與障礙，但這並不是當事人本身內部的問題（如個性不合或欠缺更深的了解），而是外部的問題，如父母的反對或情勢的不利。男女主角的相識往往是在偶然的機緣下，而其結果常是具破壞性的，尤其是發生在配角身上的戀情，常是悲劇性的。愛情被描述成難以抵抗的力量，當事人（尤其是女性）無法控制自己的命運，也無法對墜入情網的後果負責。《菟絲花》中的羅教授雖然有幸福美滿的婚姻，仍然回應楚楚可憐的小姨子對他的愛慕之情；《彩雲飛》女主角的母親曾與人訂婚，卻又愛上未婚夫的好友；《紫貝殼》的男女主角都已婚。除此之外，愛上患有絕症的人或是愛上世仇之子／女也屢見不鮮。

早期小說中宿舍的愛情觀反映了傳統中國人對人際關係的一個概念：緣。本來緣指的是前生註定的關係；當兩人之間關係和諧，這是善緣，若是充滿齟齬衝突，則是孽緣。心理學家楊國樞（一九八八甲）曾研究過中國人在「緣」這個概念上的改變。傳統上緣是個宿命的觀念，不論關係的好壞，都歸因於非個人所能控制的外部因素：「緣」這個概念的功能因此是種歸因機制(attributional mechanism)。不過，在現代中國人的用法中，緣已成了一種形容詞彙，用來形容，而不是解釋，良好正面的關係品質。就這方面來說，瓊瑤早期小說中的愛情關係具有傳統的宿命色彩。她的女性人物往往被外發事件牽著鼻子走，被動的讓愛情及命運等強大的力量所推動。七〇年代及八〇年代的某些小說中，則可看出女性人物有意識的篩選、比較、分辨周遭的男士，不再是毫無抗拒的一頭栽進情網中。

3.世代衝突：往日戀情所引發的夙怨與世仇

世代衝突是敘事結構的中間部分，也是推動戲劇性高潮的力量。衝突的來源常在故事一開頭就埋下伏筆，也就是女主角匱乏與不滿的狀態。在女主角進入新情境並展開戀情之後，衝突也就隨之爆發。

值得注意的是，世代衝突的本質不見得是因為父母是老頑固，反對兒女約會戀愛。諷刺的是，這些出面阻止的父母自己年輕時也是熱情澎湃的。正因為他們自己過去的戀愛史曾種下錯綜複雜的恩怨，而其子女的戀愛對象又恰巧牽涉到自己的歷史，所以他們極力阻止。《幾度夕陽紅》中的母親反對女兒的男友，因為他是自己舊情人的外甥。類似的事件在《彩雲飛》、《星河》、《菟絲花》都曾出現過。

4.衝突結束：女性的柔弱與被動無能

各式各樣的衝突發生，給故事帶來一波波的高潮，而這些衝突的解決，常是以相當極端的方式

——自殺或死亡；精神失常則是另一種途徑。

當然，並不是所有衝突都如此解決。有些角色能夠面對困境，解決困難。大致說來，女主角同時包含堅強及柔弱兩種女性形象，而次要女性人物則幾乎完全是楚楚可憐型的。瓊瑤對什麼是理想的女性氣質抱著曖昧的態度。她塑造了許多令人難忘的堅強女子（如《煙雨濛濛》的陸依萍），她們個性倔強、富好奇心及冒險精神、伶牙俐齒、反應靈敏。然而，並不是所有的堅強女子都得到她們嚮往的愛情；反倒是那些柔弱依賴的女子，她們也許是現實人生的失敗者，卻是愛情領域的勝利者。在《菟絲花》一書中，羅教授雖然深愛他那開朗熱心的妻子，依舊是無法控制的回應楚楚動人、稚嫩清純的小姨子對他的仰慕。

這些弱女子為愛情遭受極大的痛苦，然而當初正是她們的柔弱吸引了男性的注意、關懷，與垂憐。瓊瑤小說的一個重要部分可說是「弱者美學」，細膩的刻畫出柔弱女子的美感特質，並進而描繪男性為保護所摯愛的柔弱女性而扛起一個情感重擔，赴湯蹈火，在所不惜。在這類故事中，愛情不僅是綺麗的，更是一段背負十字架的過程。女性主義者固然會抨擊瓊瑤小說中柔弱無能的女性形象，但也應深入體會這背後所隱含的道德幻境。愛情小說可說是女性在幻想的層次上對男性所做的道德呼求。

5. 結局：愛情不見容於家庭及其他社會制度

歐美的言情小說幾乎毫無例外的，一定以男女主角的結合來達成快樂圓滿的結局。瓊瑤小說的結局則變化較多，因為她描述各種不同的愛情形態：從未婚少男少女的初戀，到中年男女的婚外情，到年齡差距很大的師生戀或甚至亂倫。這些不為世俗所容的所謂畸戀往往也以自殺結束。瓊瑤的小說結局因此有結婚、分離、死亡等不同面貌。這顯示了愛情是外在於家庭及其他社會制度的情感力量，對既存社會制度往往有威脅性。瓊瑤並不認為愛情與婚姻制度是不相容的，但她也不認為兩者間有必然的連結。到了七〇年代，她建構了一個重要的文化神話，把愛情與婚姻、家庭制度加以結合，形成一個牢固的鐵三角。

結論

五四時代中，愛情的概念是一種公眾性的意識形態，是對中國父權制度的反叛；藉自由戀愛此議題來批判舊式家庭制度的問題，尤其是根據年齡、世代、性別所造成的資源及權力分配的不平等。浪漫愛可說是一革命性的觀念，將年輕人從無條件服從長輩、壓抑自我的舊式禮教中解放出來。

相對地，瓊瑤的言情小說完全屬於私人領域，她對愛情的描述完全是從女性的立場出發。更進一步說，是女性對兩性關係的幻想，在此幻想中規範男性應做些什麼來保障女性的終生幸福。在她的小說世界中，男性去愛，而女性被愛。女性被動的等待一個愛她的男人來提供照顧、保護、呵護。女性依附於男性，和他合而為一。

不分中外，言情小說中的女性人物都很被動，單方面接受男性對她們的體貼照顧，自己不用付出什麼。然而在現實世界裡，女性總是扮演提供情感滋潤的角色；閱讀言情小說因此滿足了女性自己也渴望被滋潤的這個需要。如瑞德薇(Radway, 1984: 97)所指出，言情小說容許其讀者以替代、假想的方式，體驗被照顧呵護的感覺。五四時代浪漫愛的觀念強調年輕一代的解放、獨立、自主，不再依附於老一代，女性的言情小說則意味著女性在幻想層次倒退至嬰孩階段，和另外一個人（男主角）完全融合為一，而男主角就好像是女主角的父母。在瓊瑤小說中，除了強調和男主角融合，又多了對親情的渴望，這是瓊瑤和西方言情小說作者不同之處。

在瑞德薇對美國言情小說所做的敘事結構分析中(Radway, 1984: 134-135)，小說一開始女主角的身分受到威脅或處於尷尬曖昧情況（最常見的例子是女主角父母雙亡，成為孤兒，來到一個新的地方謀生或是寄人籬下）。在小說的結局，女主角一度殘缺不整的身分與自我認同，由於和男主角的結合而重新恢復完整。瓊瑤某些小說也有類似的開端與結局，都是關於女主角身分認同的恢復重整。不過，恢復的方式是經由**愛情結合與世代親情結合兩者雙管齊下**，女主角和她的親生父親（或親生母親）相認，而改變了她原先的孤兒身分（如《菟絲花》的女主角）。**五四青年反抗他們的長輩，把老一代視為威權控制與壓迫的象徵，而在瓊瑤的小說中女性人物追求與父母間的情感認同。在中國現代史上浪漫愛因此可說是擺盪於兩極之間：解放與認同；分離與融合；獨立與依附。**

第三章

言情小說的社會建構過程與反父權的文化政治

在上一章我們已認識了瓊瑤早期小說中內容與情節的複雜性。可想而知，這些複雜的情節在當時（六〇年代）會引起分歧的讀者反應與詮釋。然而最令人匪夷所思的是，批評者不同的意見竟引發了一場意識形態的論戰，尤其是異議知識分子和官方作家之間的尖銳對立。瓊瑤的第一本小說《窗外》，引起了異議知識分子對傳統中國父權制度的攻擊，官方作家則反過來批評異議分子為破壞而破壞的傾向。這場表面上看似離題甚遠的反父權文化政治，為以後的言情小說發展埋下伏筆：小說的敘事及主題結構建立在親情與愛情兩者的衝突與妥協。

本書處理三項議題：第一，對《窗外》一書的不同讀者反應及造成詮釋分歧的因素；第二，從社會建構的觀點探討言情小說這個文類的起源及發展；第三，讀者反應所引起的反父權文化政治。

首先，我一一列舉對《窗外》一書的各種意見。這本小說描述一段高中女生和她的國文老師之間的師生戀，以及她的母親對這段戀情的干涉阻撓。有些讀者認為這是一本探討母女關係的家庭小說；有的認為這本小說描述校園生活與教育問題；有的則著重在師生間的戀愛。由於大家缺乏對言情小說的共同認定，因此眾說紛紜。隨著瓊瑤小說產量的增多，作者與讀者間建立了默契與共識，言情小說也就逐漸定型。最後我將討論母親干涉女兒戀愛這個故事，如何被異議知識分子扭曲誤解成傳統中國文化對青年人的壓迫。

壹、詮釋分歧：四種對《窗外》的不同反應

一、《窗外》一書所引起的反應

瓊瑤的第一本小說《窗外》出版於一九六三年，出書後就立刻大受歡迎，瓊瑤也在短時間內由沒沒無名成為知名作家，不過還不是像以後那樣具爭議性。在《窗外》出版不久後所發表的書評，把此書視為一本有優點也有缺點的小說，就如其他的小說一樣。在當時，此書尚未被貼上富有輕視貶低意味的「言情小說」或「愛情小說」等標籤。

《窗外》首先於一九六三年刊載於《皇冠》月刊，《皇冠》是當時頗負盛名的文學刊物，現在則已成為包括文學、藝術、幽默漫畫、雜文、報導文學的綜合性刊物。一九六四年四月，魏子雲在《皇冠》上刊登一篇長文，詳細分析《窗外》一書，並給予正面肯定。由於魏子雲也是《皇冠》作家，此文也許是編者邀稿，以求替《窗外》造勢。但由魏文本身看來，作者本人曾詳細閱讀此書，對人物心理刻畫、場景的描寫都做了深入的分析探討，因此這篇充滿讚美的書評並不是一般吹捧宣

傳的文章，而是作者衷心欣賞《窗外》一書。

《窗外》一書中的女主角江雁容愛好文學，厭惡填鴨式的學校教育，因為她在校表現不佳，成績低落，因此和望女成鳳的母親也處於緊張關係，並因缺乏母愛而把感情投注到國文老師身上。魏文因此認為此書主題是台灣的教育問題，以及聯考的壓力如何影響母女間的互動關係。魏子雲探討整個社會環境如何影響具體的個人，因此他對母親及女兒兩人的內心世界有深入的分析。江雁容的母親是個聰明進取、求知欲及企圖心旺盛的人，由於嫁了消極淡泊的窮教授，對婚姻生活品質格外不滿。她自己常自修英文，潛心繪畫，熱心學習各種知識及技藝。她對教育的熱心自然也轉移到子女身上，希望子女努力求學，不但要上大學，還要念研究所，出國深造，開創事業。

除了母親本身的個性，由於父親是教授，女兒是否上大學，更是攸關父母的面子。再加上競爭激烈的聯考制度，使得學生備受壓力，被繁重的課業壓得透不過氣來。在這樣的情況下，對課業不感興趣的江雁容常受母親嘮叨責備，加上下面弟妹都表現良好，備受寵愛，雁容因此覺得遭受冷落，得不到父母的歡心。

魏子雲因而認為雁容與國文老師康南之間的關係並無實質愛情基礎；雁容是因為與家庭疏離轉而向老師尋求感情的慰藉。小說中關於雁容與康南的愛情描述篇幅並不大，家庭關係的描述占了較大篇幅。魏子雲一一分析了雁容和各個家庭成員間的關係：如父親、母親、弟弟、妹妹的互動，交織成雁容敏感、期待、嫉妒、自卑、寂寞等複雜的情緒，而這些都和父母對子女的課業期望有關。

總而言之，魏文一方面強調小說中的社會背景（主要是學校與教育問題），另一方面則深入剖析各個人物的內心世界以及彼此的互動。在魏子雲看來，師生戀只是內部家庭問題外現的症候，而這些家庭問題則受到外在社會環境的影響。魏文開宗明義的指出（一九六四：三二）：

> 江雁容與康南之間的師生戀愛，只是結在《窗外》的「果」，而結成這粒「果」的原「因」，才是作者企圖……這則師生戀愛的主要原因，關鍵在江雁容的家庭方面。

對《窗外》的第二類反應則代表長久以來社會大眾對女性言情小說的典型看法：膚淺、瑣碎、沒有內容的白日夢。這種反應可以恨土發表於《作家》雜誌（一九六四）的文章為例。這篇書評幾乎全是負面看法。雖然作者也稍微提及瓊瑤對中學生校園生活的描寫相當生動細膩，恨土認為《窗外》一書感傷濫情、矯揉造作。他又認為書中的老師被描寫成一個隻身在台、失意落寞的中年男士，一點都不吸引人，江雁容卻仍然愛上他，真是不可思議。恨土因此認為雁容是個天真幼稚的少女，為愛而愛，一點不去管兩人是否真的適合在一起。

魏文強調家庭互動這個主題，恨土則認為這本小說呈現出愛情是至高無上這樣的一個夢幻。對他而言，《窗外》代表少女對愛情的憧憬與夢想，說穿了就是感傷濫情、多愁善感的白日夢。最後他又給瓊瑤一個忠告：擴大寫作範圍，走出狹窄的家庭與學校這個小圈子。

對《窗外》的第三種看法來自於一位文化界鼎鼎大名的人物——李敖。一九六五年七月，他於《文星》上發表了一篇長文〈沒有窗，哪有窗外？〉。這篇尖刻銳利的文章引起各方熱烈的回響，有贊同也有反對，這些論戰大大膨脹了瓊瑤的知名度。事實上，李敖不只是位常撰文抨擊政府並從事反對運動的異議知識分子，其獨特的個性與作風使他也宛若一顆引人注目、熠熠發亮的文化明星。六〇年代時他以《文星》雜誌為基礎，從事鼓吹全盤西化，爭取民主自由的一系列文化運動。

李敖的長文就像魏子雲的一樣，對《窗外》一書做詳細的分析，不過李敖的真正用意並不在於評論一本特定的書，而在於進行意識形態批判。他認為《窗外》一書背著「孝順服從」這個沉重的文化包袱，這對現代中國青年為害甚大。李敖認為台灣的青年猶如置身於令人窒息的暗室，瓊瑤的小說大受年輕人歡迎，但她不但未能給他們帶來光明，反而使他們陷於永久的黑暗愚昧之中。李敖認為他的任務就是要批判瓊瑤小說中保守的意識形態，宣揚進步開放的理念，給青年開啟一扇窗，讓他們走出黑暗。因此他的文章名為〈沒有窗，哪有窗外？〉。

這篇文章有四個主要論點：⑴李敖認為每個人不論年齡與身分地位，都有談戀愛的權利與資格；⑵提倡「靈肉合一」的戀愛觀，認為性關係是愛情關係的一部分；⑶子女對父母的孝順並不包括無條件屈服於父母的所有要求；⑷孝道及其他家庭與社會倫理禁錮了年輕人的活力與創造力。

李敖強調《窗外》一書中後半部的情節：雁容聯考失敗後企圖自殺未遂，雁容的母親在她獲救後得知女兒與老師戀愛，從此她展開了一連串阻撓行動：從直接質問老師康南與勸阻女兒，到向學校及管區警察控告康南行為不檢。最後雁容終於屈服，放棄和康南在一起的念頭，而康南也被迫辭職，離開台北，到南部任教。分離後兩人都過著愁容滿面、悶悶不樂的日子。數年後，雁容在父母的撮合慫恿下與另外一名青年結婚。

李敖大力攻擊的就是書中江母無所不用其極的阻撓手段，以及雁容的軟弱屈從。李敖認為這樣的小說對青年具有毒害作用。如果此書對女學生有影響力，這豈不是「面對瓊瑤為她們圈好的繩子，直伸著脖子往上套嗎？」（李敖，一九六五：六）這樣的故事情節誤導年輕人，使他們以為為了自己的幸福和父母起衝突是徒勞無用的，必須完全順從父母的安排。書中的老師和少女都為彼此間的戀情而充滿罪惡感，這似乎意味著瓊瑤認為中年男士與少女間的師生戀有違倫常。李敖就此而提出他對戀愛自由的兩點看法。第一，每個人都有戀愛的權利與資格，不論其年齡與身分；第二，父母無權過問干涉子女的戀愛與婚姻自由。

李敖並引用書中人物的話來批評瓊瑤保守扭捏的性態度。如康南對雁容說：「我如果真存心玩弄妳，這麼久以來，發乎情、止乎禮，我有沒有侵犯妳一分一毫？」當雁容被質問她和康南有沒有發生關係時，她氣憤的說：「他不會那樣不尊重我。」李敖顯然是六〇年代的性開放的鼓吹者，他故意以輕佻低俗的文字大力批評瓊瑤的「泛處女主義」：

康南和江雁容既然擁抱、接吻都來過，卻單把「發生肉體關係」看作特殊，實在沒有必要，也實在不通……我實在笨得不能懂什麼「發乎情、止乎禮」的玄理。我不知道這個「禮」是他媽的什麼？男女談情，是心靈的愉快；男女性交，是肉體的愉快。男女既可談情，為什麼不可性交？難道談情就是清高，性交就是「侵犯」、「不尊重」嗎？這又是那一門子的狗屁觀念呀？瓊瑤筆下之所以有這些「侵犯」呀、「不尊重」呀的字眼，究其原因，又要怪她傳統的「唯靈論」的偏見。（李敖，一五六五：一二）

李敖基於「靈肉合一」的觀點，而抨擊《窗外》人物保守畏縮的性態度。這種靈肉合一的論調是他整個追求自由、追求解放的精神之一部分。然而，他雖然提倡靈肉合一，卻未深入探討現實世界中雙重標準的性道德以及男女間的不平等。身為一位男性批評家，他不去批評其他看重處女的男性同胞，卻把矛頭指向自我保護的女性。瓊瑤小說中不乏從事婚前及婚外性行為的女性，甚至公然與情人同居。然而不管其行為是保守或開放，瓊瑤筆下的女主角（以及一般言情小說的女主角）性態度通常是保守的。在父權社會的雙重標準下，李敖等前衛人士片面宣揚性解放，而不顧女性所面臨的種種壓力與束縛，可說是前進意識形態對女性的另一種壓迫。

除了保守的性態度，李敖也批評了江雁容對母親的屈服順從。《窗外》一書中雁容也曾一再與母親溝通談判，試圖使母親改變心意。但最後她還是屈服了。她在心中吶喊著：「媽媽，我屈服了！一切由妳！一切由妳！……我只有聽憑妳了，撕碎我的心來做妳孝順的女兒！」李敖據此大力抨擊中國傳統的孝道倫理。他並進一步認為，如果瓊瑤的書如此受年輕人歡迎，那麼她的影響就是「在傳統的集中營裡面，為軟弱的一代編織了新的文網，使他們僵化了思想，走向順民之路。這些『罪狀』，又豈是善良的瓊瑤想像得到的嗎？」。李敖因此代表台灣的青年發出不平之鳴，他認為青年缺乏自由戀愛、獨立自主的精神，被灌輸以「性是骯髒的」這種落後觀念，又被教導著無條件服從父母。他撰文批評瓊瑤的用意，就是要喚起青年人的覺醒，不要再受傳統禮教的束縛。

李敖對《窗外》所做的意識形態批評隱含著一個重要的前提假設：那就是「傳統」與「現代」兩種價值體系的對立，書中人物的性格與行動都被化約為抽象理念的反映與具體化。李敖所忽視的是書中被他批評為傳統、落伍的母女關係及家庭價值其實是過渡期的，而非傳統的家庭特色。

被李敖形容成專制霸道的母親，其實她自己就是經由自由戀愛而結婚的，她反對女兒的戀愛以及其後想和康南結婚的打算，完全是因為這會使雁容學業中斷，更別提畢業後的事業發展了！她事實上是個有雄心大志的現代型女性，對自己的婚姻不滿，因此不希望女兒早婚。此外，為了勸阻女兒，她同時使用了傳統與現代的各種方法，從拿出父母的權威來鎮壓，到動之以情，使用心理戰術。她在勸服女兒時，時而雄辯滔滔，從理性的觀點逐一分析早婚的壞處，時而淚眼潸潸，從母女之情與養育之恩來打動女兒的心。與其說她反對自由戀愛這回事，不如說她反對高中生戀愛以及早婚對學業、事業的影響。她並不希望女兒婚後成為操持家務的家庭主婦；相反地，她期待女兒念大學、念研究所，然後有良好的工作。就這一點而言，她一點也不是傳統、保守的母親。

江母這個角色其性格之多面與複雜，堪稱台灣現代文學史上一個令人難忘的女性角色。可惜由於瓊瑤被打入「通俗文學」之流，她的作品除了被拿來當作社會現象分析之外，甚少得到文學界真正的重視，因此這個突出鮮明的人物，除了在六〇年代早期受到李敖等人的攻訐外，一直埋沒不為人知。

江母在勸服女兒時，並不只是威言恫嚇或使用眼淚攻勢，而是情理並用，循循善誘。她明白告訴雁容，等她到了法定年齡，她就可以自己決定是否要嫁給康南，但是在雁容未達法定年齡前，她絕不會簽字同意。在此她是拿出身為父母所擁有的法律權力來阻撓，可謂理直氣壯。一年後雁容即將滿二十歲，並期盼著南下與康南相聚、成婚，母親卻在雁容生日時大宴賓客，並在生日酒席上對著眾親友發表一篇感人肺腑的演說，口頭上給予成年的雁容充分的自由，但卻又以母親的身分為自己過去的疏忽向雁容致歉，可說是羅織一張情感的網將女兒層層包裹，意志不堅的雁容果然被打動而沒有離家。江母可說是聰明機智，長於以微妙的手法操控女兒的情緒，而她反對女兒早婚的理由是她對自己婚姻的不滿：

結婚對女人是犧牲而不是幸福……我最怕妳們兩個女兒步上我的後塵，年紀輕輕就結了婚，弄上一大堆孩子，毀掉了所有的前途！最後一事無成！……妳太年輕，將來妳會明白的，愛是不可靠的，妳以為妳爸爸愛我？如果他愛我，他會把我丟在家裡給他等門，他下棋下到三更半夜回來？如果他愛我，在我忙得不可開交的時候，他會一點都不幫忙，反而催著要吃飯，抱怨菜不好？妳看到過我生病的時候，爸爸安慰過我伺候過我嗎？我病得再重，他還是照樣出去下棋！或者他愛我，但他是為了他自己愛我，因為失去我對他不方便，絕不是為了愛我而愛我！

她是個後五四的人物，受五四新思潮的洗禮而選擇了自由戀愛、新式婚姻。然而，五四反傳統、反封建父權的改革思潮，畢竟是一個由男性知識分子針對世代關係的衝突所提出的文化運動，這對兩性關係以及男女平等不見得有重大改善。雁容的母親顯然對浪漫愛感到幻滅與失望，在她看來愛情只是引領女性掉進婚姻陷阱，埋沒於家務瑣事中。瓊瑤本人並沒有任何女性主義思想，然而她筆下這位不滿婚姻、求知心切、野心勃勃的母親，卻是走在時代的前端，或多或少呈現出新女性的面貌。

書中的江父是個被動消極的人，他雖然也不贊成女兒的戀愛，卻懶得採取積極行動。江母則積極進取，為了阻撓一樁她認為不智的婚事，可說是無所不用其極；向學校告狀，到警局控告康南……真是處心積慮，手段特多。她和《煙雨濛濛》中一心報仇的女主角依萍可說是瓊瑤筆下最具行動力的女性。她們是具體平凡的個人，不特別美麗，當然也談不上非常善良，也沒有超群的才華，但她們憑著堅定明確的目標與堅強的毅力勇往直前，做她們認為應當做的事。

最後談到對《窗外》的第四種看法，此看法著重師生戀發生的歷史與社會背景。書中的老師康南由大陸遷移來台，妻子則留在大陸。他思念著妻子，對她有濃重的歉疚，因此康南被形容成一位落寞孤寂的中年男子。趙剛飾演《窗外》一片中的男主角康南，他在《空中雜誌》一一二期〈《窗外》電影的前奏曲〉一文中，對這個角色以及整部小說由小說到銀幕的變化，做了如下的解釋，此處趙剛所著重的是時代動亂下所造成的個人悲劇。

> 我們把它處理成社會問題，是這個時代給男主角帶來了悲運，沒有時局的變遷，不會有發生這件事的可能，所以康南是時代的犧牲者；而女主角江雁容則代表著一般少女共有的典型，尤其在少女成長期中的一個特殊階段，由於她的幻想造成了這樣一個悲劇。

二、詮釋分歧的第一個因素：什麼是小說中的主要人物關係？母女之情或師生之戀？

《窗外》一書中最常出現的三個人物是：江雁容，雁容的母親，以及雁容的老師康南。此外，書中對校園生活及家庭生活也有生動翔實的描寫。雁容的同學、密友也常出現於書中。李敖甚至嘲諷此書為女同性戀小說，因為瓊瑤深入描繪了少女間親密的情感交流。雁容的父親、弟弟、妹妹也都有生動的刻畫。在這麼多人物所形成的複雜關係網絡中，讀者如何認定小說中的主要關係，這會影響他對小說主題的詮釋。

對魏子雲而言，母親和女兒間的關係是主要關係，因為其他的情節發展都可由此解釋。雁容是因為得不到母親的關愛才轉而投向老師。如果母親不只是一味苛責雁容，而和雁容多做情感的交流，那麼師生戀就不會發生了。江母發現女兒的戀情後也反省到這一點，因此極力謀求彌補以往對女兒的虧欠忽視，企圖挽回女兒的心。魏子雲因此認為師生戀只是不良母女關係所引發的結果。對恨土而言，《窗外》一書從一個渴望愛情的少女的眼光來看周遭的世界，其他的人物都是次要的。所要情節的發展都是因雁容對情感的追求而起。

對李敖而言，雖然他也指出母女關係在此書的重要，但由他所進行的種種批判看來，他是站在康南與雁容有權自由戀愛的這個立場，可說是替這一對戀人叫屈及打抱不平。他可看出《窗外》一書是描述母女之情，但他的批評則意味著這樣一個故事**應該是**描述男女之愛。至於第四種看法也指出了男女之愛的重要性，但淡化處理此段羅曼史的個人性，而凸顯了較大的歷史及社會情境。魏子雲認為康南和雁容的愛是家庭及教育問題的症候，而趙剛則認為這是由於時代動亂、家庭破碎、離鄉背井等環境因素下的產物。

由這四類不同的反應可看出其中的一個共同模式：以一組互相對照的人物來詮釋小說主題：第一組是母親／女兒；第二組是情人／父母；第三組是男主角／女主角；第四組是學生／老師。這些互相對照的人物代表著不同的概念類型及其價值觀。以母女關係而言，母親重視的是工具理性，強調教育及事業成就，而女兒則渴望以人與人之間的感情與親密。

成就／感情是瓊瑤小說中常出現的一個次題。瓊瑤的愛情福音並不限於男女間的浪漫愛，它也包括了親情。她小說世界中的愛情／親情幻想可說是對升學與工作所組成的公共領域的迴避繞道。同樣地，英美學者對在學少女及其閱讀習慣所做的調查發現，學業成績差或是來自低階層的少女較傾向於大量閱讀言情小說，因為她們要不然有學習挫折，要不然就是知道畢業後前途茫茫，只能從事低收入、無升遷遠景的工作，因此乾脆沉溺於閱讀言情小說，幻想著找到白馬王子而能脫離單調乏味的日子。她們很清楚現實生活中沒有小說中那樣十全十美的白馬王子，然而談戀愛及結婚的確是脫離眼前單調生活的好法子(Christian-Smith, 1990; Holland and Eisenhart, 1990)。

情人／父母這一組人物對照象徵自由／壓迫以及現代／傳統間的強烈對比。這些二元對立概念在李敖的論文中相當明顯，也是此文文字與思想威力的來源。不過，這在瓊瑤的早期小說中並不見得都如此明顯。最後，把老師／學生放置在時代動亂的背景下而視為一組人物對照的這個觀點，其中隱含著正常／不正常的前提，師生戀被視為需要加以解釋的不正常現象；它值得同情與諒解，但是這是一種不正常的感情。

值得注意的是，**男主角／女主角這組對照人物並沒有任何概念上的二元對立。男女主角代表著**

瓊瑤理想中的男性形象與女性形象，但二者是互相調和的，並無任何矛盾衝突。在瓊瑤的整個寫作生涯中，她幾乎從未把兩性關係視為問題，而批評家也沒有在這點加以著墨。瓊瑤的小說世界中有問題的部分是父母／子女間的矛盾關係，子女（尤其是女主角）一方面嚮往愛情的浪漫奔放，另一方面又渴望親情。男主角／女主角是一組概念上空白的對照人物，這也意味著瓊瑤的愛情觀是相當單純的，愛情的本質沒有任何矛盾衝突，只有外來的困難與障礙（如父母反對）。

三、詮釋分歧的第二個因素：讀者所建構的想像世界

由於《窗外》一書中描繪了許多生動的人物性格，他們又是不同的世代，成長於不同的社會與歷史背景（如康南是中年男子，歷經戰亂而來到台灣，雁容則是成長於台灣的少女），讀者在閱讀時，會被書中某些部分所吸引而又忽略其他部分。此外，當一個讀者認為此書的主題是「家庭」或是「母親」時，又會有一套屬於他自己的關於什麼是家庭，母親扮演什麼樣的角色等方面的假設。所謂小說的世界是一個由讀者所構築的想像世界，在其中不同的人物及主題有高低不等的重要性。所謂想像世界(imaginary universe)並不是指這完全是虛假不真的，而是說讀者在閱讀過程中將人物與事件加以重新組合，強調某些部分而淡化其他，形成另一個小說世界。

在此我借用托德洛夫在《類型與論述》(Todorov, 1990: *Genres in Discourse*)一書中的分析。托德洛夫在此書中把閱讀視為一個積極主動的意義製造過程。他區分表意作用(signification)與象徵作用(symbolization)，也區分了了解(understanding)與詮釋(interpreting)。表意作用指的是以文字提供關於

人物與事件的直接資訊，如人物的住所或其職業。讀者只要識字就能了解表意作用。但是人物的性格（如男主角是個敏感纖細的人）則須通過象徵作用來傳達，比如說描述他與別人或與環境互動的方式。象徵作用需要讀者的詮釋，而詮釋則因人而異。托德洛夫把閱讀中的意義製造過程分為四個步驟：(1)作者的敘述；(2)作者建構的想像世界；(3)讀者的想像世界；(4)讀者的敘述。從第一步到第二步，這是表意作用，需要被理解，而從第二步到第三步，這是象徵作用，需要讀者的詮釋。

讓我們回頭看看批評家的意見以及他們構築出什麼樣不同的想像世界。魏子雲的想像世界是雁容的家庭，但他並不是把家庭視為一個抽象的概念系統，而是分析家庭中具體的人物以及他們的性格與行為動機，如好勝的母親對女兒期望過高而導致母女關係的緊張。恨土（第二種批評意見的代表）的想像世界是少女的校園生活，一切的事件都是以多愁善感的女主角為中心而發生的。

至於李敖的想像世界則是一種概念化的中國家庭制度。他不像魏子雲那樣局限於具體人物的分析，而是去看這些人物背後所形成的一個抽象體系，亦即傳統家庭制度。而李敖對中國家庭又有一套相當僵硬的看法，因而形成了傳統與現代的兩極對立。如前所述，雁容的母親及其家庭其實是過渡期的產物，兼具傳統與現代的特質。然而這些實質上的細節都被李敖所忽略，因為他構築的是一個概念及意識形態的想像世界。

最後，趙剛在演出《窗外》一片時，強調康南是個孤單的中年男子。在此詮釋中，其想像世界是國共內戰及遷徙來台所形成的社會變遷與時代動盪不安。康南在大陸時已婚，但他隻身來台，後來他的妻子在共產黨來了之後就自殺身亡；康南因此心懷歉疚並常飲酒自傷，想念他的亡妻。這點瓊瑤在《窗外》一書中數度提及，但恐怕是許多讀者容易忽略的，卻能令身經戰亂或是有歷史感的人印象深刻。李歐梵在〈論台灣文學中的現代主義與浪漫主義〉(Lee, 1980: "Modernism and Romanticism in Taiwan Literature")一文中，也曾對康南這個人物有所評論。他認為以康南的年齡及經歷看來，他曾受五四精神影響，是個浪漫叛徒，年輕時以自由戀愛的方式結婚，但到了中年時期，卻成了一個消沉怯懦、了無生氣的中年男子，面對江母的咄咄逼人，他竟然沒有一點勇氣去爭取自己的幸福。

不只是康南在面對感情時，有時而投入、時而退縮怯懦的兩相矛盾情結，瓊瑤其他寫於六〇年代的小說中，也常出現這種傾向的人物，尤其是女性。早期小說中常出現被當時社會視為不道德、有違倫常的戀情，如年紀相差懸殊的師生戀或婚外情。這些人物雖然心中充滿了罪惡感，然而他們仍然不顧一切的沉浸於感情中，到了某個臨界點時則以患重病或自殺了結。因此在六〇年代時，有不少人批評她的小說病態、畸形、灰色、不健康。但是另一方面，又有李敖等人批評她太保守，筆下的人物不敢大大方方、痛痛快快的享受愛情，反而是自虐自苦。早期的瓊瑤處於親情、愛情的兩難之境，但是到了七〇年代，她已解決了兩者間的互不相容，而創造出一個溫馨快樂的小說世界。以下我們就接著探討瓊瑤式的言情小說有怎樣的類型特色，而這又是如何產生的。

貳、瓊瑤言情小說的類型特色及其社會建構過程

在此處我要指出的是，類型(genre)並不只是把作品加以分類，把具有相似內容或風格的作品叫作同一類型；類型是不同層次的社會互動下的結果。也就是說，此處對類型的定義不是狹窄的以文本為根據，而是從社會互動及社會建構(social construction)的觀點來看。文本是類型建立的最直接、最基本層次，但不是唯一的。在文學社區這個層次，作者與讀者間須發展出一種默契以及相互同意，知道要以什麼態度去期待某種文類(Griswold, 1981; Pawling, 1984)。如果缺乏默契，這種類型就無從存在，而缺乏默契或共同期待則會造成較大幅度的詮釋分歧。在文化生產的層次（亦即組織的層次），如果文化生產者（包括作者、編輯、出版業）充分利用某一類型所具有的商業潛力，而將其重複生產、大量傳散，甚而占有大眾市場，則類型又會進一步窄化、僵化成公式。在整體社會的層次（特別是在人口及家庭結構方面），社會背景會影響一個類型的中心議題及主旨。比如說在自由戀愛不發達的時代，小說中常出現戀愛與家庭間的對立衝突，在性開放或離婚率高的時代，對愛情的處理又會有不同的方式。

前面曾提及的托德洛夫提出意義建構的四個步驟，我以此為基礎，擴充成一個含有七個單元的分析模式，用來說明文本意義及類型傳統如何在社會互動中產生。前四個單元和托德洛夫的完全一樣：(1)作者的敘述；(2)作者建構的想像世界；(3)讀者建構的想像世界；(4)讀者的敘述。在我們目前的討論中，作者的敘述是《窗外》一書。作者的想像世界包括家庭、學校、台灣社會、中國文化……等。這些被不同的讀者詮釋為：母女關係、教育問題、時代動亂、中國父權制度的壓迫等。這些更進而形成以下的幾種讀者敘述結構：家庭互動、時代動亂與畸戀、愛情與世代衝突。讀者的敘述也可能反過來影響作者以後的創作。李敖對瓊瑤做了最猛烈的抨擊，然而他正好也最能切中瓊瑤小說的題旨：親情與愛情的衝突。這正是以後瓊瑤的言情小說最大的一個類型特色。

緊接著讀者敘述之後的第五個單元是類型。當親情／愛情這個中心特色建立起來後，其他的人物、情節、背景等細節描繪也就隨之簡化，退居次要地位。比如說母親本人的個性不再有深刻的描寫，女主角與同性朋友間的友誼也不再詳加描述。情節的發展完全放在父母對子女戀情的阻撓，但父母本身的心理變化及行為動機則缺乏細膩的分析。《窗外》中的江母是個立體、有血有肉的人物，但七〇年代小說中的父母則相當平面化。瓊瑤早期的小說可說是前類型時期的產物，人物眾多，故事主題也較紛雜。七〇年代則是典型的類型小說，把親情／愛情的對立加以簡化凸顯，一再重複。

在《窗外》剛出版時，大家對此書無共同的期待，因此有不同的反應與詮釋，有人認為此書是關於母女之情，有人則說是男女之愛。當大家對瓊瑤的小說有了共同的認識後，再加上瓊瑤不斷重複類似主題，後來的讀者就會知道閱讀她的小說時，是以愛情故事為主，世代衝突為輔；戀愛的當事人是男女主角，父母是配角。由此可見，類型是在作者與讀者間互動協商的過程中逐漸結晶出來的(Jameson, 1977)。這並不是說作者一定會刻意採納讀者的意見，但是讀者的反應，會使作者對她的作品與外在社會情境間的關係有更深刻的認識。

第六單元是組織，指的是類型小說的傳送體：大眾媒體與文化工業。不論是中西方的文學，愛情這個主題在文學史的存在上有悠久的歷史。然而，大量生產、標準化、規格化的言情小說卻是文學史上以及出版史上非常晚近的現象。六〇年代初期，加拿大出版公司禾林開始大量生產及行銷言情小說此一創舉，其行銷網絡包括了非傳統的書店，如超級市場及車站書報攤。台灣直到八〇年代，才有希代出版社以禾林模式持續出版大量的言情小說。六〇年代的瓊瑤則憑其個人的暢銷魅力，吸引了許多廣播電台、電影公司和她簽約。她的小說在《聯合報》及《皇冠》雜誌連戰，改編成廣播劇在電台播出，拍成電影搬上大銀幕，也出現在電視螢光幕。身為類型的傳輸體，大眾媒體及文化工業使類型特色更加鮮明穩定。

第七單元則是社會。言情小說呈現出愛情、婚姻與家庭的種種變貌，這雖然不是直接反映外在的社會現實，但或多或少再現出部分的社會風貌。六〇年代的瓊瑤小說處理的是親情與愛情的衝突，七〇年代是兩者的統合，到了八〇年代這種統合又開始瓦解。從作者的敘述，經過讀者的敘述，到類型、組織，與社會，言情小說類型特色的建構是不同單位間生產→接受→再生產的循環流動過程。我們可以用下面的圖表來表示：

圖三・一：類型的社會建構過程

1. 作者的敘述
《窗外》
→
2. 作者建構的想像世界
a. 中國文化　b. 台灣社會
c. 學校　d. 家庭

3. 讀者建構的想像世界
→
4. 讀者的敘述

a.愛情與親情衝突
b.時代動亂與師生畸戀
c.家庭互動

a.父權制度
b.時代動亂
c.教育問題
d.母女關係

⇄
5.類型特色（愛情與親情衝突）
⇄
6.組織（出版業、書市、電影等大眾媒體）
⇄
7.社會（人口及家庭結構）

上面這個圖例，可顯示出類型特色與文本意義在不同單元間循環流動的情形。大致而言，在六〇年代流動的方向主要是由作者與讀者形成文學社區，進而影響類型的建立以及文化生產組織。在此時文化生產組織雖然影響力很大，仍扮演被動的角色，把作者寫出來的東西傳播出去。但是到了較後來（如六〇年代後期或是七〇年代），類型的特色及大眾媒體會反過來影響作者，作者不再是自發性的創作，而是在寫作時就預先考慮了媒體的特性。七〇年代瓊瑤甚至是一邊寫小說，一邊策畫電影劇本。小說的寫作可明顯看出適合電影的改編：早期冗長的段落及詳細的描述消失了，取而代之的是簡短的句子及人物的對話；古典詩詞的引用也顯著減少，換上白話、口語的短詩，這就成了電影歌曲的歌詞。瓊瑤創造了一個言情小說的類型典範，這個典範以及商業化、普及化的壓力也反過來影響她的寫作。在這個創作、傳播、接收的循環過程中，類型典範被重複使用而成為僵硬的公式，也許未來瓊瑤本人或其他言情小說家會企圖再賦與此公式（愛情與親情的衝突與妥協）新的活力。但是就目前的狀況看來，似乎無此可能。目前的言情小說著重探討愛情與女性情欲，及女性自我意識之間的關聯。

參、反傳統與反父權的文化論爭

李敖批評瓊瑤的長文〈沒有窗，哪有窗外？〉引起軒然大波，因為李敖不只是批評瓊瑤，而且對當時的整個文壇、知識界、甚而台灣社會都做了毫不留情的抨擊，再加上遣詞用句十分情緒化，使人覺得李敖其實並不是真的意在批評瓊瑤，而是把《窗外》的大受歡迎看作是文化病態的症候群。支持與反對李敖的各種觀點逐漸形成傳統與現代、中國文化與西方文化兩大陣營的對陣。這場意識形態論戰暴露出官方作家、異議分子，與女性作家之間複雜曖昧的三角關係。為了要了解六〇年代時文學與文化批評為何常演變成強烈的論爭，在此我們必須檢視知識分子在特定的政治與歷史背景下，所扮演的不同角色與功能。

知識分子的社會與政治關懷達到什麼程度？他們是否賦與自己一連串任重道遠的使命與角色——如作家、藝術家、群眾鼓動者、政策宣傳家、革命家、改革者？這主要是看他們受了多少的內憂外患。外患指國家所面臨的外來威脅，如敵人的入侵，或是國家本身的危機；內憂指一個政權本身對知識分子所形成的迫害與壓迫。過去一百多年來面對著歐美與日本帝國主義的威脅，這方面的因素使得知識分子有高度使命感與危機意識，也積極的參與各種政治事務或社會運動，而執政者也一再的迫害持反對意見的異議知識分子。

五〇及六〇年代的台灣，處於中共入侵的恐懼中，政府也因而有理由可以採取嚴格的思想控制，灌輸反共抗俄的教條。自由主義的知識分子雖然也具有反共的意識形態，但他們仍相信民主開放的政治才能使國家真正的長治久安；追求民主的理想及其行動也使他們備受騷擾與迫害。政府強力的控制與壓迫產生了同樣強力的反彈。六〇年代某些異議分子可說是集合了反對者、波希米亞人、革命家、名人等多種多采多姿的身分。一種全面性的危機感及使命感，使他們認為追求民主、提升國力絕不只是進行制度改革就可達成的，還要在人民的生活習慣、心態、想法觀念上做全面而徹底的改變，才是根本之道。

其實從清末的種種改革運動到五四運動，激進立場的知識分子都有這種泛文化主義的傾向；牽一髮而動全身，在論及任何一個特定議題時，都會牽涉到對中國文化的檢討與批判，甚而發出反傳統的論調。立場不基進的知識分子自然會不同意異議分子對本國文化的負面否定態度。

在一個威權式的政權中，政治控制越嚴，異議分子間的凝聚力越強(Shlapentokh, 1990)。在民主國家中，知識分子的政治立場較多元化，批判性知識分子有各式各樣的意見及理論基礎，並沒有一個單一的反對陣營。但是在威權式的國家，知識分子要不是向政權靠攏或是盡量遠離它，就是極力反對它。異議分子往往淡化彼此間的差異而形成強大的凝聚力，和依附認同於執政體系的知識分子形成對峙的陣營。而異議分子本身則對廣大的群眾有著矛盾情結：一方面想要去啟蒙他們的自覺意識，另一方面又覺得無法和他們接近，把他們看作是醉生夢死、無知庸俗的烏合之眾。異議分子的心態與情緒可說是夾雜著對群眾的優越感、救世心，以及失望與挫折。

波斯維科(Borthwick, 1985)研究清末民初的中國改革運動，指出這些不同的運動有兩個共同的特色：第一是知識分子喜以外國為典範，尤其是歐美；第二是對教育的重視，教育被視為救國的萬靈丹。在當時「現代化」即意味著知識的傳播與普及，到了後來工業化才漸漸成為現代化運動的一部分。有趣的是，到了〇年代的台灣，這兩項訴求在異議分子的民主運動中仍占有顯著地位。異議分子傾向西方文化，而傳統與現代的論戰也就是中國文化與西方文化的論戰。他們自視為人民導師，給愚昧無知的大眾帶來光明；而在政府的政治壓迫下，他們流露出一種猶如被禁閉於幽室般的苦悶。光明與黑暗的意象因此常出現於我們下面即將討論到的諸篇文章中。

李敖於《文星》發表了批評瓊瑤（及當時文壇）的文章後，引發了多篇反擊的文章，主要是發表於官方刊物如《中華日報》及《幼獅》雜誌。他們並不是在替瓊瑤辯護，而是反駁李敖對文壇（及台灣社會）的全面抨擊。數個月之後，蔣芸同樣在《文星》上就女性作家及閨秀文學問題發言，但蔣芸的文章又引來了許多支持李敖的人進一步為文嘲諷女性作家。到了同年十二月，李敖在《文星》上發表一篇嚴厲批評國民黨的文章，《文星》遭查禁停刊的命運。這一場論戰多年後，李敖自己也寫了一篇文章記錄其過程始末，題為〈開窗以後〉（李敖，一九九三）。《文星》在六〇年代自由派知識分子的民主化運動中扮演重要角色。它的內容除了介紹當代西方文學、藝術思潮外，還包括當時台灣知名小說家、散文家的創作，更有政治、經濟方面的論文以及時事論評，可說是一本文藝性及思想性的綜合雜誌。

這場論戰有三個備受爭執的議題：(1)傳統與現代、中國文化與西方文化之爭；(2)現代文明中應有怎樣的性規範(sexuality)；(3)作家的寫作題材。此處我不打算評估這些人的看法是否正確合宜，我的目的是由讀者對《窗外》一書的反應，進而檢視當時整個文化圈是處於怎樣的情境、怎樣的氣氛，至於他們的想法與言論是否公允，並不是此處的重點。

李敖對《窗外》的批評是，此書描寫女主角雁容屈從於父母的意思而放棄自己的戀情，這無異是認同、鼓吹傳統孝道。李敖認為中國青年沒有獨立自主性，事事受父母的箝制。他認為儒家的倫理道德是植基於子女對父母的服從、輩分低的對輩分高的恭敬，以及臣民對君主的忠順；亦即把權威式及階層化的不平等家庭關係延伸至社會、政治的領域，成為社會安定秩序的基礎。對追求民主自由的知識分子而言，孝道和專制政治是相結合的，當然也會阻礙民主政治的發展。反父權的文化論爭其實就是追求民主、自由、平等的政治奮鬥。

同年（一九六五）十一月，《文星》上刊載了張潤冬聲援李敖的文章。他寫道：「瓊瑤書中有『感情並沒有越軌』一句話，李敖先生在說了『這是一句大有問題的話』，『也是完全不通的話』之後，連問：『什麼叫軌？什麼是軌？』這兩個問題，我可以試做一條答案如下……」張潤冬由抨擊瓊瑤的禮教觀以及討論什麼是出軌的感情，進而鋪陳出一套對中國文化傳統及軌道的批評：

這個軌，是周公設計、孔孟奠基，列代諸假道學家用酸豆腐所製成，而由國家的法曹，皇室的「御林軍」，御用的文人所守護……這個軌，一方面統治者用它來控制人心，鎮壓社會，從而鞏固他們既得的利益；另一方面，孔、孟之徒則用它來排斥「邪魔外道」，建立學術、思想上「唯我獨尊」的偶像……就這樣，我們這個社會是循著這一條環型的軌道，在那裡兜了兩千多年的圈子而永遠走不出迷宮……如果我們真想把國家推向進步、繁榮與強大，我們就非拆掉這一條古老的、腐朽的、環型的軌道，另外鋪設一條能趕上時代潮流的、直線的、不阻礙我們社會的革新與進步的、真正合乎民主與科學……的軌道不可。（張潤冬，一九六五：七五）

同年（一九六五）十月，《文星》上刊出了蔣芸對李敖的反駁。李敖攻擊瓊瑤保守的性道德，提倡「靈肉合一」，以自由開放的行為與心態去戀愛，不要受到父母的拘束。蔣芸批評李敖自命開放的性態度，她寫道：

他所謂的感情和愛欲幾乎不能分開，迂腐而又粗俗，缺乏深刻和嚴肅，簡直和一般紈袴子弟沒什麼兩樣，這難道就是新鮮，就是前進嗎？有多少社會新聞的主角在這種觀念下演悲劇？有多少人因此在欲海中浮沉？（蔣芸，一九六五：七二）

再下一月份（十一月份）的《文星》則刊登了數篇聲援李敖、反擊蔣芸的文章。張潤冬重複李敖對瓊瑤的攻擊點：即《窗外》女主角為了孝順而犧牲愛情，張潤冬因而寫道：「儒家學說，過分誇大了父母給子女的恩義，形成一種『泛孝主義』的文化。」由此他再進一步發動對傳統倫理文化的抨擊：

像江雁容的媽媽那種老婆子，企圖以「暴君」的姿態，威臨一切。子女在她面前，不是以獨立的人格者而存在，而是以「金絲雀」的身分或經濟的利益而存在……她憑什麼敢於這般專橫？一言以蔽之：「傳統」！罪惡的傳統！……雖然，我們不敢說傳統一律不好，但傳統中的不好是人性的枷鎖。如果我們沒有勇氣砸碎這一副枷鎖，那我們大家的獨立自主性都大成問題。（張潤冬，一九六五：七四）

《文星》上所發表的異議分子的文章都充滿了光明與黑暗、破壞與重建這類的對比意象。李敖認為台灣文壇就像個沒有窗戶的暗室，他的文章可以讓讀者看到暗室外明亮廣闊的世界。劉金田（一九六五：七七）則鼓勵讀者「躍出『孝順』前面的煙幕而看到光明」。吳建（一九六五：六一）認為李敖對瓊瑤以及對文壇的批評引起大家的反感，這是因為我們「在黑暗裡待久了，瞳孔委靡慣了，怕被刺目的陽光灼傷，而拒絕而扼殺這首先打破容忍和鄉愿局面的批評家」。這些異議分子一致認為文學批評的目的是啟蒙讀者，指示讀者什麼是真實、什麼是假道學的意識形態。

對這些人而言，現代化意味著經由教育而達成文化轉變。六〇年代正是台灣社會開始以出口導向進行快速的工業化；顯然地，工業化並不一定等於現代化。由這些異議知識分子的反應可看出，他們一方面仍持續著五四以來知識分子憂國憂民的危機感，另一方面則受到政府的高壓迫害。這兩方面的因素，使他們迫切的想要從傳統的父權文化過渡到現代民主制度，對文學及藝術的討論也因而常流於泛政治及泛文化的觀點，也就是說一切的解釋機制，最後都回到執政者要維護其既得利益，或是所謂「傳統中國文化」這頂大帽子。**從瓊瑤的小說，他們讀出了如下的一個意識形態結構：傳統與現代的矛盾↓局部反叛↓妥協**。這個讀法由李敖開始，一直到八〇年代有些批評家都還或多或少的受其影響。

李敖的文章由於全面抨擊當時的台灣文壇，因此也引起官方作家的反擊。他們對現代化及民主這類議題本身並未做正式討論，而是針對李敖對作家所做的人身攻擊。李敖說瓊瑤是媚俗、取悅大眾，官方作家反過來指責李敖自己也一樣；他取悅那些對現狀不滿、滿腹牢騷的人；假如說瓊瑤是通俗暢銷作家，那麼李敖則是那些自以為優秀的學生及知識分子的煽動者。王集叢（一九六五）認為唱反調、罵人，才是真正的媚世。

性與文明的關係是李敖受批評的第二個地方。李敖嘲諷《窗外》一書所顯示的「處女主義」及「唯靈論」的價值觀，並提倡靈肉合一的愛情。官方作家則把性解放等同於雜交、濫交，並認為雜交是原始社會的特性，他們並反問道：是否對李敖而言，雜交就是現代化、就是新境界？（王集叢，一九六五；轉引自李敖，一九八六）。在這場性道德與文明的爭辯中，論述的議題完全環繞著老一輩所支持的傳統道德與年輕人所擁護的新觀念二者之間的對立與衝突。**無人提及男性與女性在性規範上的雙重標準，而男性對女性的性壓迫與束縛也未受到進步開明派的批評。由此可見，在這個階段的文化論爭，世代政治比起性別政治更具優勢**。性別不平等在當時這場爭辯中是個不存在的問題。自命為前衛進步的男性異議分子，他們批評女性作家保守，這種批評無異於責備受害者。在當時反父權的批判，主要是子對父的反叛，而非男權與女權之爭。

李敖對瓊瑤及其他所謂的「閨秀派」作家的批評，是她們狹隘的寫作題材。他建議瓊瑤走出她的小世界，看看外面廣大的世界，描寫礦工、囚犯、妓女等人物。官方作家對此的回應是，如果說「閨秀派」局限在狹小的家庭世界，那麼李敖及其支持者走向另一個極端，只想到社會病態，鳳兮在《中華日報》上寫道：

> 我們當前最大最重要的課題，是鼓勵大家爭取全面的自由——鞏固台灣，保障我們既有的自由；反攻大陸，恢復大陸同胞已經失去的自由。這才是大題目新方向。在這個「新方向」下，戀愛可寫，礦工、死囚、雛妓也都可以寫……有思想有見解的作家，從小世界的一角可以窺見大世界的莊嚴景象；思想貧乏而見解卑下的作家，卻只能從這個牛角尖鑽到那個牛角尖。（鳳兮，一九六五；轉引自李敖，一九八六）

異議分子不滿「閨秀派」局限於兒女情長，也不滿政府所提倡鼓勵的反共文學，而像上述鳳兮所代表的官方立場，則表面上看來包容一切，實則萬流歸宗，都要和反攻大陸扯上關係。就如李元貞在八〇年代以女性主義的立場所做的評論（李元貞，一九八七），在這場辯論中女性身為母親、身為女兒，及其求學交友等真實生活的體驗要不是完全被忽略，要不然就是被輕蔑譏諷。李敖的文章表面上看起來是男性知識分子對「閨秀文學」的不滿，實則反映出根深柢固的官方作家與異議分子間的衝突與敵意；「閨秀文學」成了夾在當中的犧牲品。在這場因李敖批評瓊瑤而引起的爭論過程中，只有蔣芸一位女作家參與其中。異議分子最常見的批評是：人民因為厭倦政府提倡的「反共文藝」、「戰鬥文藝」，所以喜歡充滿眼淚與柔情的女性文學。長期以來，我們缺乏以女性的觀點來探討女性文學的內在意義，而總是以「愚民說」來解釋女性文學的盛行以及「嚴肅文學」的弱勢。

結論

在本章中我討論了造成《窗外》一書詮釋分歧的因素，言情小說類型特質的社會建構過程，以及異議分子由批評瓊瑤而引發的反父權文化論爭。當一個作家尚未被定型為商業作家，而且讀者對小說類型無先入為主的成見時，讀者的反應往往較具多樣性。第一個詮釋分歧的因素是讀者所決定的小說中心關係各有不同；有人認為《窗外》是講母女之情，而其他人認為這是關於師生之戀。由此再衍生出不同的讀者想像世界：家庭、學校、時代動亂、中國父權制度。李敖強調由自由戀愛而引發的世代衝突，這成了最有影響力的詮釋，也可說是預示了以後瓊瑤小說的類型發展。

類型因此可以概念化為一個社會建構的過程，是作者與讀者間默契與共同期望的協調過程，世代衝突及其妥協成為瓊瑤小說的主題。她自己更進一步將之化約為簡單、重複的公式，在電視、電影等其他媒體一再使用。最後，就社會整體而言，當約會與自由戀愛越來越普及時，世代衝突這個主題也就失去它的社會意義了。文化的生產、傳散與接受這整個循環過程代表了社會、文化工業、文學社區之間的相互影響。

本章的最後一部分描述異議知識分子對瓊瑤的批評與攻擊，我把這個現象視為文學社區中不同派系的作家間的摩擦與衝突。嚴肅作家（通常是男性）與通俗作家（通常是女性）之間的對立似乎都存在於中外文壇。十九世紀上半期的英國文壇經歷小說「士紳化」(gentrification)的過程，也就是說小說由通俗、不登大雅之堂的類型逐漸成為具有藝術潛力的嚴肅文學類型。十八世紀英國小說尚是通俗文學時，有許多女性作家從事小說創作；到了十九世紀小說地位提高、士紳化的結果，男性作家成了小說創作的主流(Tuchman and Fortin, 1989)。十九世紀中葉的美國，文學商業市場的擴張也造就了不少暢銷女作家，使得《紅字》的作者霍桑(N. Hawthorne)抱怨女性作家是「一群信手塗鴉的烏合之眾」。在六〇年代的台灣，這個問題由於政治對文學的干預而更形複雜。女性作家及其作品暢銷往往被解釋為嚴肅文學沒有發表園地、無法與之競爭，或是泛政治化的愚民論，亦即女性的通俗文學麻痺人心，有助於政權安定。這些觀點都漠視了女性文學本身的意義。同時異議分子因政治因素而使其發表園地大受限制，其挫折受迫的情緒也常以抨擊暢銷女作家的方式表現出來。

台灣的文壇並沒有一個以純粹寫作藝術為基礎的牢固嚴肅的文學傳統，嚴肅文學與通俗文學之分往往是看作者是否具有關懷社會、道德教化的使命感。由近百年來中國民族主義發展的情境看來，女性的議題在民族主義的公共論述下顯得藐小而微不足道。然而，如下面幾章所討論的，**當李敖等人在六〇年代大力攻擊中國父權家族制度時，瓊瑤七〇年代的小說已悄悄的進行了一次家庭革命：把威權式及階層化的父權制度轉化為以情感為基礎的新型家庭主義。**

第二部分

七〇年代

第四章
文學生產組織的階層化

言情小說看起來顯然是大眾文化的一種，然而，具有經典地位的純文學作品不也是常歌頌愛情的偉大、描繪愛情的痛苦？言情小說因此可說是一種曖昧模糊、地位不明的文類。本章從小說的生產組織著手，探討七〇年代出版業的結構和品味區隔的關係；換言之，我從組織的觀點來分析純文學與通俗文學的分野，並對台灣言情小說的出版進行個案分析。首先我提出對生產結構與酬賞結構的分析，不同的作家占據不同的結構位置，這影響他們的資源、權力，與酬賞的取得。其次，我描述與發行言情小說有關的組織：一般出版業、租書店，以及電視電影等大眾媒體。

壹、出版業的生產結構與酬賞結構

書籍的出版與印行牽涉到許多不同的組織機構，它們的規模大小不一，性質及功能也不一樣。為了便於概念上的分析與討論，我把數量龐雜的出版組織分為四個階層：(1)政府組織；(2)有影響力且穩定的私人組織；(3)不穩定的小型團體；(4)租書業。第一層又可再分為兩類。首先是全國性的大眾媒介如電視台、電影公司、廣播電台、報社。它們不見得與出版業有直接關係，但電視、電影節目有不少是改編自書籍或是由作家執筆創作劇本。而台灣的報紙更是與文壇關係密切，副刊是文學作品的發表園地，也常舉辦文學獎等贊助文學的活動。這類機構如三家電視台、中影、中央日報。其次是規模較小的出版社（相對於上述大眾媒體），如黎明文化事業公司、中央文物供應社。

上述這類機構可說是阿圖塞(L. Althusser)所指的「意識形態國家機器」。一個政權固然倚賴軍隊及警察等強制性力量來鎮壓反抗力量，但在經常性及日常生活的層面，意識形態的控制才是維持社會秩序最有效的方法。藉著學校教育、大眾媒體、宗教、家庭等制度，統治階級灌輸全民一套共同遵循的價值規範，並建立統治階級的合法正當性。統治階級並非只是用鎮壓反對勢力的方式來維持統治；它必須主動積極地製造與凝聚共識，贏取被統治者的認同與服從。這個過程就是葛蘭奇(A. Gramsci)所稱的「霸權」(hegemony)。早期正統馬克思主義者視意識形態為「偽意識」，是統治者強迫加諸被動而無抗拒力的人民。霸權的觀念則強調共識的生產與凝聚，以及贏取被統治者的同意。在台灣，這些名目繁多的黨營及公營文化事業，可說是扮演製造共識的霸權功能。

第二層文化出版機構是民間、私人的，又可分為兩類。第一是《聯合報》、《中國時報》等大型機構，其次是規模不大但營業歷史久、具穩定性的出版社，如爾雅、純文學、洪範、九歌、大地所謂「五小」。這兩類私人機構差別在於規模大小，但對文壇均有舉足輕重的影響力，旗下也網羅許多聲譽卓著的作家。皇冠出版社屬於第二類中較有規模的，可說是介於大型與小型機構之間。這一階層可說是文學界的中流砥柱，它們出版的作品不像第一階層那樣受限於政府的政策，但也不像第三階層的前衛刊物那麼尖銳激進。

第三階層是具有影響力但運作時斷時續的小型刊物及其出版部門。如早年的《現代文學》、《文星》，以及存在已久的《台灣文藝》。這類刊物由自由開明或激進異議的作家、知識分子所組成，有或多或少同仁雜誌的性質，作家親自投入編輯、發行等工作。刊物的發行常有中斷之虞。像《文星》與《現代文學》都曾停刊、復刊、再停刊。雖然它們的規模很小，組織的存在也極不穩定，然而在刊物存活期，發表於此的作品往往對文壇、文化圈有重大影響。這些刊物經常刊登敏感或具高度爭議性的議題，提倡前衛藝術，或是從事廣泛的文化、社會、政治批判，對當代思潮具有重大影響力。

出版業的第四個階層是租書業。租書店的書是由特定的出版社所出版，和一般以書店為對象的出版社不一樣。一般說來，書店和租書店是兩個截然不同的系統，所供應的書籍完全不同。瓊瑤、金庸等特別暢銷的作家是例外，他們的書也可在租書店找到。租書店的書籍通常包含：言情小說、武俠小說、漫畫（尤其是沒有版權的翻譯日本漫畫）、鬼故事、偵探推理、春宮色情。這些書籍紙質粗糙、印刷拙劣、裝訂不良。租書店大都偪促於陋巷一隅，也不須領有營業執照。就像其他攤販一樣，屬於整個經濟體系中的地下經濟。以上所描述的四個階層可由下圖表示之，並指出這四個階層在生產結構與酬賞結構上的特徵：

圖四‧一：文學生產與酬賞結構

	生產結構		酬賞結構	
	資源及穩定性	新觀念的產生	象徵性	物質性
一、政府機構	+	−	−	+
二、穩定的私人機構	+	+	+	+
三、前衛或激進團體	−	+	+	−
四、租書業	−	−	−	−

圖四把第四階層（租書業）和其他階層用實線隔開，表示它是完全孤立、完全獨立自主，和其他階層之間難以滲透，也就是說租書店的出版者及作者完全隔絕於文學社區之外。

這個圖表同時展示兩種機制：生產結構及酬賞結構，它們各自又包含了一種互相矛盾的運作原則。比如說在生產結構部分，資源的豐沛與否和生產創造力成負相關，政府機構資源多、組織穩定性高，但在新觀念、新風格的創新上則較弱；反之，第三階層的前衛團體資源匱乏組織不穩定，但往往在文化界引領風騷，帶動新的風潮。至於介於中間的兩大報文學版及「五小」等主要出版社（如爾雅、九歌等），則在資源及創造力上都扮演重要角色。

同樣地，酬賞結構也隱含一種內部矛盾：象徵性報酬與物質報酬的對立。在第一階層的政府機構中，作家的地位及其收入較穩定（尤其是與電視台、報社等大眾媒體有關者），但通常沒有很高的文學聲譽，而第三階層的前衛團體則恰好相反，其成員未必有豐裕穩定的收入，但往往在文壇頗富知名度。

布笛(Bourdieu, 1986)在其對象徵產品的生產所做的研究指出，象徵產品的生產是根據「否定性的經濟」(economy of negation)的原則來進行。也就是說，在文化生產的領域，追求利潤的動機受到拒絕與否定，而強調象徵符碼本身內在的藝術價值。然而，很諷刺的是，布笛也指出，如果一名藝術家達到藝術聲望的頂峰，精神性質的榮譽可以輕易轉換為物質報酬，所謂「否定性的經濟」只是個迷思，象徵性酬賞結構的最頂尖位置和物質性酬賞結構的頂尖位置是相通的。不過，就七〇年代的台灣文化界而言，作家的精神性酬賞仍不易轉換成豐厚的物質報酬。換言之，象徵性酬賞和物質性酬賞仍是矛盾而互相排斥的。只有位於第二階層的作家——那些受到兩大報文學版青睞的人，比起其他作家，占有一個較佳的結構位置，可以綜合兩種不同的酬賞。

第四階層是租書業，完全阻絕於文學社區之外，當評論家為大眾文化、通俗文學等現象爭辯不休時，他們所談的大眾文化是第一階層的電視、電影、廣播、報章雜誌的大眾文化，而租書店的讀物內容也許更粗俗、更濫情、更暴力，但卻不會引起批評。對大眾文化的批評意味著第一階層的大眾媒體與第二階層有相通之處，這引起一些評論家的不悅，想要在文學與大眾文化之間劃清界線。比如說，一九七四年瓊瑤小說改編的電影《海鷗飛處》上映時，瓊瑤在《聯合報》副刊上刊登了一篇創作心得之類的文章，這引來許多評論家藉此抒發對她的不滿。瓊瑤是個暢銷通俗作家，但卻能在聯副上占有一席之地，和其他純文學作家平分秋色，難怪引起不少人對她騎牆派作為的不滿。反之，租書店讀物卻不會受到任何抨擊。

此處所描述的四個階層形成了文化生產上的一個差序性結構，不同的階層在取得及利用資源上有所不同，形成不平等現象。這是個概念性的架構，但實際上，前三個階層彼此有互相重疊之處。很多作家同時屬於兩個互相緊靠的階層，如一個前衛作家通常在第三階層發表作品，但偶爾也會出現於第二階層。下一節我們將討論不同階層間的互動關係。

貳、不同階層之間的互動關係

第一階層之間和第三階層之間的關係——官方作家和異議知識分子——是緊張、對立、衝突，而第二階層則居於兩者之間的緩衝地帶。政府的文化機構——從大規模的大眾媒體（電視、報紙）到小型出版社，負有的重要功能之一是抑制批判與反對的聲音。它們的作法除了直接的對決（如在各自的刊物上進行筆戰、攻訐對方）之外，最基本的還是對反對聲音的排除與漠視，限制他們接近使用公共言論領域（如電視、報紙）。既然政府能夠幕後操縱媒體，媒體的內容也就非常狹窄有限。不一樣的聲音與觀點被排除於媒體之外。政府對媒體的控制，除了依據嚴格的檢查制度而直接干涉或禁止節目的製播之外，還可以用較微妙而不明顯的方式，那就是設定一個思考與論述的框架，劃出一個界線，在界線以內的可以自由討論，形成自由開放的假象，但是界線以外則不被允許。就如霍爾(Hall, 1977: 346)所言：「媒體形成的不只是一個『場域』(field)，而且是一個具宰制性結構的場域，依據邊界原則運作——判定某些詮釋該『出局』或『進場』，據此而形成一套系統性的接納與排斥。」

第三階層的異議分子所倡導推動的一些觀念與作法，固然有可能引發和政府某些部門的直接對決，並因此而導致作家鋃鐺入獄，但這畢竟是不尋常的事件。最有效可行的方法是經由控制媒體，而排斥、忽視不一樣的聲音與觀點。此外，兩大報系及主要出版社所形成的第二階層，也扮演著重要的緩衝功能。

《聯合報》與《中國時報》的文學副刊在報紙增張前，在台灣文壇具有舉足輕重的地位。兩大報以及爾雅、洪範、皇冠等主要文學出版社囊括了較多不同種類的作家，他們不像第三階層的異議分子那麼激進，可是也不像官方作家那麼附和政府的意識形態。當第三階層的作家提出前衛或激進的思潮、寫作風格，或文學運動時，接著就以較溫和的方式在第二階層出現。

三個階層間的互動關係是這樣的：前衛藝術家或異議分子在第三階層提出新觀念，接著向第二階層傳播，而第一階層則採漠視或排斥的態度。但這並不意味著三個階層彼此間壁壘分明，毫無重疊之處。有些作家在大報副刊發表作品，但也在第三階層的小型雜誌出現。

真正壁壘分明、互不往來的是第四階層——租書店與其他階層。有些女性作家的作品——如瓊瑤、郭良蕙、孟瑤、徐薏藍——常被改編為電視劇或電影，這使得文壇（主要是第二階層）和大眾媒體之間有所接觸流通，這更引起了第三階層異議分子的不滿，因為他們幾乎沒有對大眾媒體的接近使用權。異議分子對所謂閨秀文學、大眾文化的不滿往往隱含著一個質問：「誰的作品更有資格、更值得使用強勢媒體？」

一個有趣的現象是，一條完全無法跨越、穿透的分界線，往往是表面上看來幾乎是不存在的分界線，沒有人在乎它的存在。租書店的讀物並不會引起批評家或知識文化界的關切，它的好壞沒有人過問。**租書店讀物也是通俗文學，但是只有當它的生產及流通領域太貼近純文學時，通俗文學才成為批評及爭議的焦點**。就如我們在第六章可見，七〇年代瓊瑤的作品引起批評家對通俗文學的討論與批判，但他們心目中的通俗文學並不是租書店讀物，而是由第二階層生產與流通的某些作品。**一部作品不管它如何暢銷，只要它不威脅到精英文化的領域，就不會成為批評爭論的對象**。下一節我將針對言情小說的出版加以描述分析，並敘述七〇年代時瓊瑤的整個事業王國運作情形。我主要是比較電影、正規出版業、租書店三種不同的系統，並指出不同系統的言情小說家如何得到不同的待遇。

此處我將討論三位言情小說家：瓊瑤、徐薏藍、玄小佛。我並不根據一些先入為主的概念或理論來定義什麼是言情小說、誰是言情小說家，而是畫一張地圖，標出文化生產的場域，這點已在上一節處理過，接下來我會檢視不同作家在這個場域中所占據的位置之不同，藉以看出在什麼樣的條件及狀況下，某些作家被視為言情小說家。作家及其作品的分類牽涉到聲望及象徵性權力的問題。什麼是言情小說？提出並回答這個問題，就是在文學社區內進行的一場象徵性權力鬥爭，爭論什麼是文學（純文學）？什麼不是純文學（言情小說）？布笛對文化生產的場域(field)提出以下看法

(Bourdieu, 1983:324)：

> 場域的邊界是關係重大的鬥爭所在，而一個社會科學家的工作並不是對其研究對象（譯按：場域及其組成元素）下操作型定義，因為這容易受到他先入為主的偏見所左右，他所應做的形容這些鬥爭所處的位置狀態（不論是長期性或是暫時的狀態），也就是說，指出勾勒出這個場域的邊界在何處。

根據我們在上一節所描述的文化生產與酬賞結構，大眾媒體（電視、電影）比租書店更接近文學社區，這使得文人更急切的想要維持大眾媒體與文壇間那條單薄的分界線，而租書店由於和文壇涇渭分明，對它不會形成威脅，因此兩者之間就無任何鬥爭可言。瓊瑤、徐薏藍、玄小佛三位作家的不同地位可資說明。

參、三位言情小說家所處的相對位置

瓊瑤的寫作生涯和她的出版人平鑫濤可說是密不可分，兩人在結識多年後於一九七四年結婚。平鑫濤於一九五四年創辦《皇冠雜誌》，剛開始時可說是慘澹經營，但漸漸受到讀者的歡迎，幾年之內就成為當時重要的文藝雜誌。台灣的雜誌起起落落，像《皇冠》這樣歷史悠久、屹立不搖者，可說是非常難得。現在的《皇冠》恐怕有很多人不認為是文學刊物，而是綜合性的生活休閒雜誌，但在五、六〇年代，它刊登不少小說、散文、詩歌等文學作品，而不管其雜誌內容如何，它所出版的書可說是網羅了當時大部分重要的作家，許多文壇新手也是從《皇冠》開始嶄露頭角，因此平鑫濤及《皇冠》對發掘文學人才可說有重要貢獻。

自一九六三年起，平鑫濤開始擔任《聯合報》副刊主編（之前是林海音）。很巧的是，這一年瓊瑤把《窗外》手稿寄給《皇冠》發表。《窗外》一發表就受到讀者的熱烈反應。平鑫濤鼓勵瓊瑤再接再厲，繼續寫作，並把她的新作同時在聯副及《皇冠》發表。瓊瑤、《皇冠》、聯副三者可說是互相造福。平鑫濤擔任聯副主編的時間很長，從一九六三年到一九七六年。一九七六年他辭去聯副編務，和瓊瑤合組電影公司「巨星」。七〇年代可說是瓊瑤在台灣的極盛期，不僅小說在《皇冠》及聯副上連載，並且一部接一部的拍成電影，創下台灣文藝片的輝煌時期。

其實早在六〇年代瓊瑤的小說就已經搬上銀幕，如中影的《婉君表妹》（改編自《六個夢》）。但那時瓊瑤把版權賣斷給電影公司，自己並不參與電影的拍攝製作。七〇年代她和平鑫濤自組巨星公司，他們兩人除了擔任劇本編寫外，並有一支相當固定的工作小組，瓊瑤和平鑫濤兩人親自督導影片的拍攝過程，不僅故事內容雷同，連導演及演員也相當固定（劉立立執導，秦漢、秦祥林、林青霞、林鳳嬌等人演出），巨星公司一共推出十四部片子。七〇年代時，由寫小說到寫電影劇本、主題曲歌詞、拍攝電影，可說是一貫作業，瓊瑤的知名度及影響力橫跨出版界及影視娛樂界。她不只是代表通俗文學，更可說是台灣大眾文化的象徵。瓊瑤占據了第一階層的重要位置（《皇冠》與聯副），也就是說，靠近文壇的中心，但卻又和大眾媒體有密切關係，因此常引起文壇人士的「清黨」運動。

瓊瑤的寫作生涯和台灣電影發展史——尤其是文藝片——息息相關。六〇年代改編自小說的文藝電影有二十八部，改編自瓊瑤小說者就占了十九部，占約五分之三。七〇年代有五十一部文藝電影改編自小說，瓊瑤小說占二十一部，將近二分之一。八〇年代改編自小說的文藝電影有五十六部，瓊瑤有七部，占八分之一（梁良，一九八六）。

和瓊瑤比起來，徐薏藍在七〇年代也相當多產（十五本小說），但她的知名度及影響力就小多了。徐薏藍的小說大都發表於《大華晚報》。《大華晚報》的知名度及銷售量和兩大報相差甚多。徐薏藍的書也有不少是由皇冠出版的，改編成電影的並不多，但常改編成連續劇，最膾炙人口的是《河上的月光》。在《大華晚報》等次要刊物上會出現有關她的書評，但通常篇幅短小，針對特定的一本書評論。她從未像瓊瑤那樣引起評論界的爭議，雖然從她的活動看來，她無疑屬於商業或通俗作家，也就是說，產量豐而且和電視、電影關係密切，但她的作品內容不像瓊瑤那樣煽情聳動；相反地，她的作品非常平易近人，又有明顯的道德說教意味，這使得她成為從來不引人注目的通俗作家。也就是說，她的作品既無值得討論的文學價值，也不像瓊瑤的激情世界那樣充滿令人非議的題材。基本上，她屬於第二階層的次要作家，她和文壇中心距離較遠，和大眾媒體的來往也就不受注意。

玄小佛也是個多產作家。七〇年代出版了十八本小說，作品也常被搬上銀幕。她的書大都由漢麟出版社發行，限於租書店。一直到八〇年代末期，漢麟的書才開始出現於一般書店。身為租書店作者，玄小佛離文壇的距離更遠，可說是個局外人。她的作品內容比起瓊瑤來更加煽情聳動，但卻從未受到輿論的批評。租書店的讀物可說是一種「隱形文化」，不管是好是壞都不會引起注意。

我們已討論過三位作家在文化生產場域所占的位置：三位作家都和大眾媒體關係密切，瓊瑤貼近文壇中心，徐薏藍也是文壇的一分子但屬次要邊緣人物，玄小佛則為局外人。我們可再依寫作風格、題材，及性別意識形態探討三位作家的差別。此處我所謂的性別意識形態是指女作家對女性地位的看法：在男女不平等的權力差距中，女性處於怎樣的地位？女性應如何做才能得到幸福與快樂？對於第二個問題，三位作家的答案都一樣——得到一個男人終生不渝的愛護與照顧，這也是言情小說的基本命題。但是殊途同歸，達到這個理想（與幻想）的方法與途徑並不一樣。

徐薏藍是三位作家中最保守的。她提倡女性的美德：純潔、天真、謙虛、重視貞操。有德性的女子就會受到好男人的尊敬、愛慕與追求。男女權力的差距不是問題，重點是如何潔身自愛並因而得到好男人的愛慕。她的小說常以腐敗的都市和純樸的鄉下做對比，描寫少女如何面對都市邪惡的誘惑，努力維持身體與心靈的純潔。她的故事充滿了道德訓示的意味。

至於瓊瑤的小說，與傳統倫理道德有何關係呢？她的女主角會在行為上採取部分或全面叛逆，如和父母爭吵、離家出走、婚前性行為、未婚懷孕與墮胎、同居……然而，這些行為的發生是由於她們得不到足夠的愛（不論是親情或愛情），一旦真正的愛情降臨，她們也停止對現存權力關係的挑戰與反抗。玄小佛的小說最為叛逆，她的女主角不乏女同性戀者、太妹、有毒癮、小偷……等不尋常的人物，她們往往個性極為倔強，行為也非常大膽。在結局時，她們得到美滿的愛情，也戒絕了反社會的偏差行為，但仍保有其強烈的自我特色。我們可以由下圖來表達三位作家依主題意識和出版者所形成的相對位置：

圖四・二：三位小說家所處的相對位置

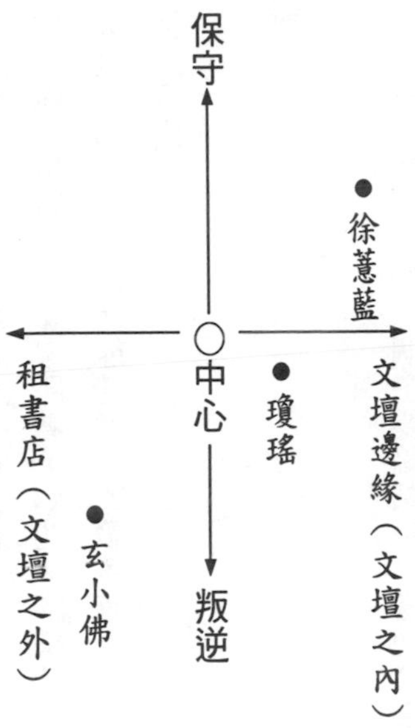

此圖中所畫的橫軸代表在生產場域上的位置，中心表示重要的出版與發表位置，如兩大報文學副刊。右邊是文壇領域，越往右，則為文壇的次要或邊緣位置（徐薏藍的所在）。左邊的是文壇以外的印刷出版領域，主要指租書業，亦即玄小佛的位置。垂直軸代表性別意識形態，越上面則越支持傳統女性美德，越下面越是對傳統女性美德及刻板的印象提出質疑與挑戰。很明顯地，徐薏藍在上，玄小佛在下，而瓊瑤則是中間偏下。瓊瑤小說世界中的女主角有不少是屬於乖巧、溫柔、賢慧型的傳統女子，但她的小說充滿激情與衝突，人物的行為表現也因此充滿叛逆與反抗。

由此圖可看出瓊瑤、徐薏藍、玄小佛三人的異同。瓊瑤所處的中心位置使她經常成為評論的焦點，雖然在七〇年代有些評論家會不屑的說：「她不配稱為作家」，但很諷刺的是，經常成為批評的對象反而意味著她仍是文壇的一員。就小說內容而言，玄小佛充滿叛逆性、有反社會傾向的女主角本應引起評論家的興趣，保守的人可能會擔心她的作品太大膽偏激，會對讀者造成不良影響，而較自由開明的人可能從她的作品中讀出一些對社會體制的不滿與抗議。然而這些都沒有發生，因為玄小佛所處的位置是評論家所看不到的。同樣地，富道德訓示意味的徐薏藍小說也不太引人注意。很多人批評瓊瑤的小說病態畸形，對讀者有不良影響，然而富教導意味的徐薏藍小說也似乎沒得到太多稱頌肯定。

結論

在本章中我提出的一個主要論點是：**當純文學與通俗文學之間有一條分界線，而這條分界線是模糊不清且易於跨越，在此狀況下通俗文學就會成為爭議及批評的焦點**。換言之，通俗文學的爭議性提高，不見得是因為它帶來了實質上的傷害，也不見得是因通俗文學作品的發行量突然增多。爭議的產生很有可能是同一場域中，不同位置的成員彼此間的衝突與緊張關係。知識分子藉著批評瓊瑤來為雅俗之間劃清界線，防衛純文學的地位。假如雅俗之間的界線是難以穿越的，那麼通俗文學就不會引人注目。在本章中我以言情小說為例，畫出整體的文化出版場域，說明在什麼樣的情況下言情小說備受爭議，在什麼樣情況下，言情小說自給自足，完全與文壇及評論界無關。

在我所描繪的文化生產與酬賞結構中，我把各種不同的生產組織分為四個階層：政府組織與大眾媒體；有影響力且穩定的私人組織；有影響力但不穩定的小型私人組織；租書業。除了租書業外，不同階層彼此之間有重疊之處，並有各種不同的互動關係。以生產結構而言，第一階層有豐裕的物質資源，但新思潮、新觀念的產生則很緩慢；而第三階層正好相反，長於意念的生產而物質資源相當匱乏。以酬賞結構而言，第三階層的成員較易取得象徵性酬賞（文學聲名），而缺乏物質報酬，但第一階層的成員情形正好相反。

言情小說乍看之下是個單純的小說類型，但它的生產卻橫跨第一、第二、第四，三種不同的階層。**「純文學」與「通俗文學」這類名詞與觀念的出現及其備受爭議，其實正是文化生產領域中分化後的互動所產生的現象。**若是分化而不互動——如租書店小說——那麼通俗文學作品雖存在，它並不具備概念上的意義。分化後而有互動，「通俗文學」一詞才開始成為一個重要且具爭議性的概念。六〇及七〇年代的瓊瑤小說處於分化而有互動的階段，所以它們備受爭議。到了八〇年代，互動已不存在，瓊瑤的小說已成為「純粹」的通俗文學，評論家對它們的態度是研究而非批評。而八〇年代興起的暢銷書排行榜就如六、七〇年代的瓊瑤小說一樣，地位曖昧，成為批評家的新焦點。

本章透過瓊瑤小說（及其他言情小說）的研究，所欲了解的不是言情小說的本質或是內容特色，而是文化生產場域的分化與互動關係，我們可看出場域中不同位置的成員及派系如何藉著批評瓊瑤來界定、維持，與保護自己所在的領域。在下一章，我們將開始詳細審視七〇年代瓊瑤小說的內容特色。

第五章
愛情與親情的統合

本章探討的是瓊瑤中期小說（七〇年代）中愛情的社會意義。在這個時期，世代衝突成了情節推展的動力，衝突背後的心理刻畫不像早期小說那麼深入。然而，在這種重複而公式化的結構中，卻流露著某種屬於中國文化與中國社會的理想與嚮往：對親情及家庭和諧的追求。瓊瑤的中期小說結合了一男一女間的愛情以及父母與子女兩代間的親情。雖然愛情剛開始會引起家庭衝突，但它的本質是純潔美好、毋庸置疑的，最後總會導致皆大歡喜的團圓局面，這和上一時期的悲劇情節形成強烈的對比。在本章中，我首先從家庭與社會變遷的角度討論瓊瑤小說中的親情與愛情；其次是七〇年代小說的敘事結構；最後並以玄小佛的小說為對照，比較兩人的異同。

壹、感性革命與現代家庭

瓊瑤早期小說中所描述的悲劇情節，往往是因個人處於情感追求與家庭責任間的兩難。在中期小說中，家庭仍是構成小說結構中重要的一環，然而家庭所具有的內涵意義卻有了深刻的改變。早期小說中常見的嚴厲威嚴的父母形象（如《煙雨濛濛》中的軍閥父親），到了七〇年代轉變為親切、溫暖、溺愛子女。家庭不再是壓迫與束縛的來源，反倒成了情感的避風港，這正是現代核心小家庭的精神。家庭史學者修特(Shorter, 1975)在他研究西方家庭演變的著作中，稱現代家庭的出現及興起是一場「感性革命」。我引用修特的用意，在於借用他的幾個關鍵概念來比較、闡述兩種不同的家庭組織之間質的差異，以及這種差異對愛情觀、對家庭關係的影響。儘管有許多人批評瓊瑤小說世界中的豪華別墅、花園洋房奢華不實，這個世界所流露出的一種情感特質，的確呈現了現代家庭的特有風格與精神。到底現代家庭的精神是什麼？它具備怎樣的情感特質？

一般對現代核心家庭的看法是它的組成人員少、規模小（所以我們習稱為「小家庭」），主要是由父母及其子女兩代所組成，不像傳統大家庭那樣三代甚或五代同堂。然而，由人口資料顯示，由於高死亡率及平均壽命短等因素，傳統社會中的家庭大都是組織簡單的小家庭，三代同堂並不多見。那麼傳統家庭和現代家庭到底有何不同呢？修特在《現代家庭的締造》(Shorter, 1975: *The Making of the Modern Family*)一書中認為，現代家庭的特色並不在於家戶結構或規模大小，它是一種「心境」(state of the mind)。也就是說，人們在心態上對家庭的觀念與看法有了改變，認為家庭的主要功能是提供父母與子女之間情感的凝聚力，享有小家庭的私密性，不受親戚、宗族、鄰里等外在社區的干涉打擾。在傳統社會中，家庭扮演多重功能：經濟生產、社會控制、教育、宗教、政治聯盟……等，成員彼此間的情感關係是恩情、效忠、地位低的人對地位高的人奉獻犧牲。家族整體的利益在優先次序上，比個人的自我表達或是個體間的親密情感來得重要。一個家庭不管人數是多是少、是否三代同堂，它都不具有獨立自主性，而是包含在整個較大的宗親、鄰里、社區結構中。

與此相反的是現代家庭，它具有相對自主性，不再與外在的宗族或社區融合為一。它重視丈夫與妻子間、父母與子女間的情感聯繫。現代家庭不再執行經濟生產、教育等功能，而專擅「情感經營」這個功能。修特稱此種變遷為**「感性革命」**(sentimental revolution)。**修特對「感性」的定義是：一種重新安排人生目標的意願，情感連結在諸多人生目標中享有優先次序，而較傳統的目標其重要性降低**。「感性」的作用最先顯現於擇偶目標及方法。傳統家庭的婚姻首重兩個家庭間的政治聯盟或利益交換，物質資源的提供或是忠誠度的表現遠勝於男女當事人雙方是否情投意合。在歷經感性革命後，現代家庭的成員越來越重視以個人的喜好來選擇伴侶，而較少受制於物質利益或家庭名望這些因素的考慮。

另外一位歷史學家史東(Stone, 1977)也有類似的見解。他認為現代家庭的重要特色是「情感式個人主義」(affective individualism)，也就是說重視人際關係中的情感層面、尊重個人獨立自主性及隱私、厭惡外在社區或社會的干預。感性革命及情感式個人主義的影響包括：長老及父執輩權威的式微、家庭成員間的關係日趨平等、在權力及資源分配上由性別及年齡所形成的階層化與不平等現象漸趨式微。總而言之，現代家庭中情感連結的重要性，已取代了傳統父權家庭中由性別及輩分所形成的階層秩序(hierarchy)。

瓊瑤七〇年代大團圓式的故事也流露出現代中國家庭的感性革命。這些故事不只是愛情的幻想，也是親情的幻想，所有的家庭衝突最後皆能因父母與子女間的愛而化解。在她的早期小說中，她筆下的男女主角都是感性的（亦即在人生目標中，感情的考慮優先其他方面的考慮）；但是他們的父母並非如此，而這就是家庭衝突與愛情悲劇的根源。在七〇年代小說中，則連父母也都跟著被感性化了。這可說是一個感性幻境；我把它稱之為幻境，因為感情與其他人生目標——如野心、事業成就、名利的追求——之間的矛盾全被化解掉了。

這些中期小說所流露的並非史東所說的「情感式個人主義」，我認為它是「情感式家庭主義」。西方個人主義中的個體具有明確的「自我界線」(ego boundary)，把個體和外界區分開來。個體的獨立自主性帶來了對內省、反思、探索自我人格的興趣。瓊瑤中的人物其自我界線較模糊，自我存在於和他人的關係，尤其是和家人的關係，而且不只是女主角如此，男主角也類似。即使他們在追求愛情時，會暫時經歷一段追求獨立與反抗父母的心路歷程，最後他們仍會重回父母懷抱。因此我稱瓊瑤小說世界中的意識形態為情感式家庭主義，它有別於父權家族體系，但與西方個人主義也不同。

在此我把史東提出的情感式個人主義與瓊瑤的情感式家庭主義相提並論，並無比較孰優孰劣之意。瓊瑤的人物缺乏一個明顯的自我人格結構，然而這並不是說這些人毫無特色、沒有自我。在情侶或是家人互動過程中的關鍵時刻——如男主角首度向女主角示愛或女主角發現自己的身世之謎——他們往往在靈光乍現中迸射出最原始真摯的自我本性，並且在毆打、爭吵，或是生病等戲劇性過程後，開始從事反思內省的自我探索。

瓊瑤式家庭主義在虛構小說的層次進行一場感性革命，改變了中國父權制度中的權威結構，使得父母一輩去適應遷就兒女的價值觀，而同時又保存了家庭的神聖性。這其中蘊涵了深刻的社會意義：在男女不平等的社會，男性握有優勢的權力及資源，身處被支配、被控制的情勢，女性的生存與適應之道是對男性提出一種道德訴求，以情感的連結建立男與女、父母與子女之間的相互關係，這是一種愛與被愛、保護與被保護的關係。瓊瑤的小說塑造了人性中美善一面所能達到的理想境界，但終究是一個道德幻境。

雖然這是一個道德幻境，但的確具有重大意義，它逆轉了父權社會中的權力秩序。雖然不少人批評瓊瑤的小說充滿妥協，但仔細分析之下，通常都是父母對子女妥協，採取子女的價值觀。至於現實狀況中青年男女對戀愛、擇偶又抱持怎樣的態度呢？

調查結果顯示，青年人普遍存有中庸妥協的態度，一方面希望自己出面擇偶，另一方面又很在乎父母的同意。台灣省家庭計畫中心於一九七三年及一九八一年調查四千三百一十三名二十至三十九歲的已婚婦女，調查結果顯示，七〇年代結婚的婦女當中，約四分之一（二十五・八％）的受訪者是由父母決定婚事，二十八・三％自行決定，四十五・三％則是自己與父母共同決定(Thorton et al., 1984)。由此可見，在七〇年代父母對子女的擇偶仍有重大影響力。即使在觀念較先進的大學生中，父母的意見仍備受重視(O'Hara, 1979)。在其他幾項類似的調查中（謝碧玲，一九七六；黃俊傑，一九七七）均顯示，約七成至八成的人偏好自己選擇結婚對象，再由父母同意。願意完全由父母安排的只有一成，而自行決定、不在乎父母看法的人也只有一成。在實際約會過程中，根據祝咸仁的研究（一九七八），當事人通常極為謹慎，不願輕易曝光，八十一％的女性受訪者及七十％的男性受訪者不願讓父母知道他們的約會交友狀況，四十％受訪者不讓朋友知道。這是七〇年代社會學家調查的結果。大致說來，青年人對約會與戀愛有高度興趣，但又非常尊重父母的意見。

七〇年代的瓊瑤小說已失去早期小說常出現的悲劇成分。此時自由戀愛已被視為理所當然，而愛情的本質又不像她八〇年代的某些作品那樣隱含著矛盾。現在，讓我們以《秋歌》為例，說明此一時期瓊瑤的特色。

貳、七〇年代小說的敘事結構：愛情與親情的統合

一、《秋歌》內容簡介

《秋歌》人物表：

董芷筠　故事中的女主角，方靖倫的女秘書。

方靖倫　芷筠的老闆，一個事業成功的中年人。

董竹偉　芷筠的弟弟，智能不足的少年。

殷超凡　男主角，生於富豪之家。

范書婷　愛慕超凡的富家千金，她的哥哥與超凡的姊姊訂婚。
殷雅珮　超凡的姊姊，和書婷的哥哥訂婚。
范書豪　書婷的哥哥，超凡的準姊夫。
殷父、殷母
霍立峰　芷筠的鄰居，愛慕芷筠，是個街頭混混。

故事一開始，我們看到的女主角——芷筠——是個帶有幾許落寞的年輕上班女性。她才二十多歲，原本有個幸福美滿的家庭，但是多年前父母在車禍中雙亡，從此以後她和弟弟竹偉相依為命，並負擔起照顧竹偉的重任。由於竹偉智能不足，她勢必得一輩子照顧他，因此，芷筠甚至有終身未婚的打算。某日她下班回家途中，發現巷口處一群鄰家小孩正在欺負捉弄竹偉，芷筠設法把竹偉帶回家，在一片混亂中有輛機車經過，為了閃避人群而摔倒，機車騎士——超凡受了輕傷。芷筠把超凡帶回家，替他包紮傷口，兩人因而相識，相談甚歡。

數天之後超凡來邀約芷筠。兩人從此很快的墜入情網，互相傾慕。不論他們到那裡去，都帶著竹偉，享受著青春歡樂的時光。有一天，他們一起到某餐廳用餐，正好遇見超凡的姊姊雅珮、雅珮的未婚夫范書豪、書豪的妹妹書婷，大家因而同桌吃飯。席間書婷由於嫉妒芷筠而出言諷刺，芷筠帶著竹偉衝出了餐廳。從此就是一連串情人間的衝突與誤會。超凡帶芷筠去見他的父母，結果敏感的芷筠覺得超凡的父親似乎嫌貧愛富，說話十分尖銳。這次的會面並不成功，殷父認為家境清寒的芷筠可能是看上了殷家的財產而和超凡來往，更何況芷筠有個智能不足的弟弟。殷父反對兩人的交往，父子間為此事而有衝突。

此後由於一連串的誤會及巧合，超凡以為芷筠和她的上司方靖倫有染，也懷疑她和鄰居霍立峰的關係，他在盛怒中質問芷筠，卻反遭竹偉的痛毆，超凡嚴重受傷而住院。住院期間殷父強迫芷筠姊弟離開台北，否則要到法院控告竹偉，芷筠只得帶著弟弟離開台北。超凡出院後，向父母宣布要做個獨立自主的人，他搬出父母的家，辭去父親公司中的工作，憑自己的能力找了一份新工作。殷父殷母後來明白了芷筠的為人，開始遍尋芷筠的下落。他們找到了芷筠，超凡和芷筠因而重聚，有情人終成眷屬。以上的故事情節可重新安排而形成下面的敘事序列：

1. 女主角失去了她的家庭。
2. 女主角遇見男主角。
3. 兩人墜入情網。
4. 男主角生活在一個幸福的家庭。
5. 男女主角歡度戀愛的快樂時光。
6. 女主角遇見她的情敵（女主角的對比、陪襯人物）。
7. 女主角對男主角有誤會。
8. 女主角原諒男主角。

9. 男主角介紹女友給家人。
10. 男主角父母反對兩人的交往。
11. 男主角父母阻撓婚事。
12. 男主角不滿他的家庭。
13. 男主角對女主角有誤會。
14. 女主角離開男主角。
15. 男主角離開他的家庭。
16. 男主角的父母開始尋找女主角。
17. 他們找到了女主角。
18. 男主角與女主角團聚。
19. 女主角為男主角的家庭所接受。

接下來我們針對上述的敘事序列做深入分析。瑞德薇在其著作《閱讀羅曼史》(Radway, 1984: *Reading the Romance*)中，分析美國言情小說的敘事結構，在此我將比較瓊瑤的小說與瑞德薇所研究的小說，二者間有何異同。

二、《秋歌》的深度詮釋

1.女主角的身分與認同：家的失落與重獲

根據瑞德薇的研究，她的調查對象所喜愛的言情小說，往往是一開頭女主角的身分是失去雙親的孤女，她離開了熟悉的童年生活環境而來到一個陌生的地方。孤女的身分象徵著她的舊有身分與認同的瓦解，墜入情網的過程及最終有情人終成眷屬的結局，則是她取得了新身分與新的自我認同。

《秋歌》一開始我們也看到了孤苦無依的女主角——芷筠，她還有一個智能不足的弟弟，使她抱有終身不嫁的想法。芷筠這種情形的女主角在瓊瑤七〇年代的小說中並不多見，這時期許多小說都始於描寫女主角的快樂家庭。最常見的是富裕的中上階級家庭，住在舒適豪華的花園洋房中，或是台北東區的高級大廈，一家人相親相愛、其樂融融；瓊瑤尤其擅長描寫年輕女孩撒嬌、兄弟姊妹打打鬧鬧的場面：滾到老奶奶的懷裡、賴到爸爸身上、笑彎了腰……諸如此類的行為動作所在多有。即使是《秋歌》中的芷筠，當她父母健在時，一家人也是幸福快樂。「瓊瑤的女主角其自我認同是植基於親情之中，隨著其後展開的戀愛、結婚過程、對家庭的依附，再由此而延伸到丈夫的家庭。」

《秋歌》中的方靖倫、霍大哥等人在故事中的功用，是和男主角超凡形成類型對比，畫出可欲與不可欲、值得嚮往追求與必須躲避遠離的界線。方靖倫是已婚男子，對芷筠也有愛慕欣賞之意；雖然他和殷超凡一樣優秀傑出，有良好的社會地位，但他已經結婚。霍大哥也很喜歡芷筠，但他雖然未婚，卻是個無所事事、遊手好閒的街頭混混。方靖倫與霍大哥二人襯托出殷超凡的重要性，由芷筠和這幾個男人之間的互動，我們可看出人物的排比及其相對關係如何替女主角的身分與認同定位。

2.墜入情網：一見鍾情、天造地設

《秋歌》一書中超凡和芷筠由於巷口中的機車意外事故而邂逅，他們認識不久後，很快的就深深為對方所吸引並且彼此愛慕。瓊瑤小說中男女主角從初次見面到初吻、定情、互許終生，過程非常迅速，往往在小說開始沒多久男主角就對女主角示愛，也得到女主角的回應。相形之下，根據瑞德薇的分析，美國言情小說故事快結束時，男主角才對女主角吐露心聲、表達愛意。在美國小說中，男女主角也是一見面就互相吸引，然而由於自尊、自傲等種種因素，雙方都以為對方不喜歡自己，兩人常常唇槍舌劍、互相挖苦諷刺。美國小說探索的是愛情**內部**的問題，也就是男女兩性互動過程的種種衝突與矛盾，兩人之間矛盾的化解也就是故事的結束，此時男主角才對女主角吐露愛意。瓊瑤則探討愛情的**外部**問題，如父母的反對；因此故事開始沒多久男主角就對女主角示愛，接下來的情節則是克服外部的障礙。在這些故事中，愛情的本質是毋庸置疑的。

3.男主角的身分與認同：由追求獨立到親情的再肯定

《秋歌》中的超凡有個富有而幸福的家庭。他騎車受傷而認識了芷筠。回到家時，殷父殷母看到他的傷口馬上開始大驚小怪，並堅持請醫生來家裡。此時家中除了父母之外，還有姊姊雅珮、雅珮的未婚夫書豪、書豪的妹妹書婷，他們也都跟著大驚小怪，使超凡感到不勝其煩。此時他的心中仍蕩漾著芷筠的倩影，眼前的一切——尤其是書婷對他的過分熱情——激起了他些微的不耐與反

感。在這一場景中，作者一方面致力於描繪超凡身為天之驕子在家中所受到的重視與榮寵，另一方面則埋下伏筆，點出超凡對他這種依賴的生活開始有所自省，後來發展成離家追求獨立、掙脫親情的牽絆。

美國小說中女主角的外在社會地位在戀愛之後經歷了改變，而男主角外在身分不變，但內在氣質經女主角的感召而改變，由冷酷銳利變成溫柔體貼。瓊瑤小說中女主角外在身分有所改變，男主角則經歷了穩定——危機——穩定的變化過程。起初超凡是個無憂無慮、品學兼優的富家子；在戀愛過程中，他開始不滿自己的父母及家庭而想追求獨立；在最後他與父母妥協，又重回父母懷抱——帶著他的另一半。

4.浪漫愛的境界：美感經驗的共享

超凡對芷筠示愛並得到她的回應後，兩人旋即展開一段詩情畫意的戀愛之旅。《秋歌》中有這樣的一景：超凡帶著芷筠及竹偉到郊外一處山谷中野餐，山谷中遍生著紅色的紫蘇，在陽光照射下有若鋪了一層閃閃發光的紅地氈。超凡因此對著芷筠發誓，如果有一天他負了她，他的血就會流得像那遍地的紫蘇。在其後的情節發展中，紫蘇成了一個重要的意象，代表兩人之間的愛。

類似這樣的一個場景對整體情節進展而言並不是很重要，純粹就篇幅而言，所占分量也不多。瓊瑤小說中真正描寫戀人間的美妙時光篇幅往往很短，若我們只做敘事結構分析，很容易忽略了這一層面。然而就小說呈現給讀者的全面性意境及印象而言，這也正是瓊瑤式愛情氣氛的精華。她筆下的戀人們往往會以一種儀式性的行為來表達他們對彼此的愛意：吟誦詩詞、寫信、寫日記、交換小禮物、在特殊的地點及特殊的時刻捕捉大自然最美的瞬間。在戀愛的時刻，人的知覺與感受變得特別敏銳，與外在自然界的微妙變化互相感應，思潮情緒也隨著高低起伏，時而興奮、時而哀傷落寞，然而不管是快樂或是難過的心情，瓊瑤的描摹都能傳達出一種美而優雅的境界。可惜的是，她一部又一部的寫了許多小說，對「美」似乎停留在同一層次，使得這詩詞歌賦、朝陽晚霞的美麗世界成為陳腔濫調，再美的東西也顯得單薄凡俗。

有識之士常批評瓊瑤的小說引來引去都是那幾首唐詩或宋詞，使得意境深遠的詩詞淪為男女主角朗朗上口的陳腔濫調。然而，這些詩詞對年紀尚小的初中生而言，卻有很好的薰陶作用。從我與多位少女讀者交談中得知，她們相當欣賞這些優美的詞句，有的甚至準備一本精美的冊子，抄錄書中的詩詞。美感經驗的呈現和故事的敘述結構沒有直接關聯，卻能使我們掌握到瓊瑤世界的精髓與神韻。

5.女主角的情敵：類型對比

超凡與芷筠從郊外倦遊歸來，到市區的一家餐廳吃飯，在那裡巧遇雅珮、書豪與書婷。書婷一直愛慕著超凡，以兩家的背景及私交，書婷本人以及超凡的父母都認為超凡遲早會對書婷表意。書婷在突然的情況下撞見超凡與另一名女子出雙入對，醋意頓起。從小嬌生慣養、好勝心強的她，馬上出言諷刺，造成衝突的場面。像書婷這樣的一個角色，和女主角形成女性類型的對照。就如同方靖倫、霍大哥扮演的作用是陪襯男主角。瑞德薇分析美國小說時歸納出女主角、女配角有如下的對比：

		女主角	女配角
1.	嚮往愛情	＋	－
	在乎名利地位	－	＋
2.	真誠	＋	－
	虛榮	－	＋
3.	不忮不求	＋	－
	野心勃勃	－	＋

女主角雖然出身寒微，但是一身傲骨，絕不貪戀榮華富貴，她的動機是純潔端正的，而最後也能得到愛情、財富、地位多方面的酬賞。女配角雖然出身富貴，但充滿了物質取向，以家世、錢財等世俗標準來看人。她往往也勇於表達自己的情感好惡，對她所中意的男性做出種種要求與期待，期待落空時，其負面反應往往也很強烈。

平心而論，《秋歌》一書並未將書婷寫成一無是處、作惡多端的壞女人。瓊瑤小說中固然也有些十惡不赦的反派角色，大多數時候瓊瑤仍是會交代人物行為背後的動機或是他／她的性格特色。在人物架構中被配置到負面位置的女性角色，如書婷這樣的一個富家千金，瓊瑤並未將她們一筆抹殺，而是點出了她們脆弱的一面，例如在自尊心受傷之下做出尖刻的反應。然而，由於故事的進行充滿戲劇張力，故事本身二元對立的結構（老／少，男／女，愛情／親情），再加上讀者所持的閱讀態度，因此在讀者的閱讀印象中形成了種種鮮明的刻板印象，有好女孩（芷筠），也有壞女孩（書婷）；有好人，也有壞人。詳細看來，在這樣正負好壞對立的架構中，其填充內容有其精細微妙的一面，但整體而言，閱讀印象的形成卻是被種種二元對立的結構所決定。以下我把六〇年代與七〇年代的小說敘事結構做一比較分析。

三、早期小說與中期小說敘事結構之比較

六〇年代與七〇年代敘事結構的開頭與結尾都不一樣，但二者具有相似的中間部分。早期小說一開始時即已問題重重，女主角非常的不快樂，處於感情匱乏的狀態，接下來的戀愛事件會給她的生活帶來重大的改變，雖然改變的結果也不一定是好的，甚至有可能是悲劇。七〇年代小說開始時是一個平衡的狀態，這一個平衡的局面被其後的戀愛與家庭衝突事件所干擾，但是結尾時會再度恢復平衡。七〇年代所寫的二十一部小說中，只有一部以悲劇收場（《我是一片雲》）。不管開端與結尾如何變化，中間部分都是類似的，亦即：**墜入情網→衝突→崩潰**。以下我先分析個別的敘事元素，然後再討論整體結構的意義。我認為同樣的元素在不同的結構中會展現不同的意涵，比如說「衝突」這個例子，在早期小說中的意義是不同於中期小說的。整體結構包含六個元素：(1)滿足（或不滿足）；(2)愛情（墜入情網）；(3)衝突；(4)崩潰；(5)妥協；(6)接納與團圓（或永久分裂）。

1. 滿足：家庭情感

六〇年代的小說一開始時女主角往往處於極不快樂的情境中，而七〇年代的小說則始於溫馨家

圖五・一：六〇年代與七〇年代瓊瑤小說敘事結構之比較

主題意義（六〇年代）

情感匱乏

（家庭不幸福）

前世注定的緣

夙怨舊仇

女性的脆弱與無能

愛情與家庭制度不相容

敘事元素

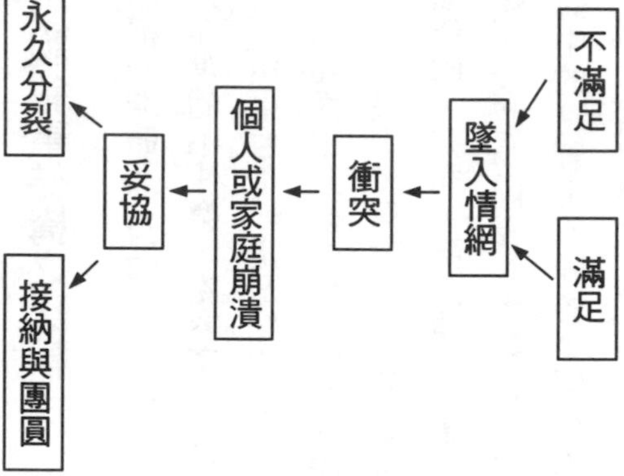

主題意義（七〇年代）

幸福家庭

同六〇年代，前世註定的緣

戀愛引起的兩代衝突

追求獨立

感性革命及情感式家庭主義

親情與愛情統合

庭氣氛的烘托。雖然《秋歌》女主角是個孤女，但是當她父母在世時家庭生活也十分快樂，而超凡的父母更是十分寵愛子女。此時期的父母形象是十足溺愛式的，把子女當心肝寶貝般捧著。家就像個避風港，是情感的天堂。愛情力量的出現起初似乎威脅到一個家的和諧，並引起一片混亂，但是

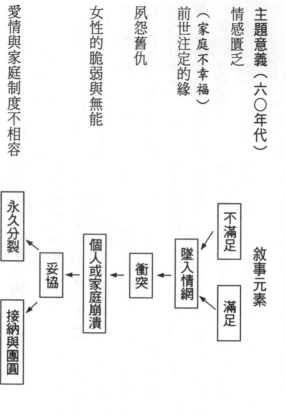

最後秩序仍然會恢復，愛情融入了家庭倫理之中。

2.愛情：天造地設的一對與美感經驗的互享

瓊瑤小說中完全專注於描寫男女主角互動的篇幅並不多，大約只占三分之一至二分之一，其餘是家庭、朋友人際關係的描寫。她對愛情的描繪著重於抒情、美感、感性方面的渲染烘托。為了更明確的了解此處我所謂的「抒情、感性」是什麼意思，讓我們以美國言情小說為對照，做一番比較。

坎絲恩在《美國式愛情：性別與自我發展》(Cancian, 1987: *Love in America: Gender and Self-Development*)一書中，描述自十九世紀以來美國社會愛情觀的變遷。十九世紀時，愛情意味著忠誠地盡到對家庭的責任；二十世紀上半期時，愛情指的是婚姻關係中配偶間相依相伴的親密關係。自從七〇年代以來，美國的愛情觀則呈現「心理治療模式」(therupeutic mode)。心理治療模式的愛情觀將愛情視為自我實現以及發揮內在潛能的方法。愛情不一定要保證天長地久、忠實不渝，或是善盡家庭責任。反之，它意味著不斷的自我成長及自我發揮(Swidler, 1980)。

在當代美國言情小說中，情節的發展繫於解決男女兩性間的矛盾，也就是愛情**內部**的問題。男女主角間有種種誤會，隨著時間的進展，他們逐漸了解對方、接受對方，而自己也有所改變。男主角方面，他卸下了冷酷嘲諷的外表，變得溫柔體貼；女主角方面，她受到了男主角的性啟蒙，從一個無知的生澀處女變成一個懂得享受性愛歡娛的成熟女人。在女主角這方面，性愛經驗的探索就是自我成長的一個重要階段。在戀愛的過程中，愛情以及兩性互動的本質是充滿問題的，但這些問題的解決增強了男女雙方（尤其是女主角）的自我成長。

瓊瑤小說中的愛情，它本身是完美無缺的，有問題是因為外部阻礙，如父母的反對或是男女當事人之一已婚。如果說愛情本質一定有某方面有問題，那麼就是女主角的自尊心。男主角向女主角示愛的時機、場合、氣氛、措詞不恰當，或是男主角的父母表現不夠親切，種種原因使女主角因尊嚴受損而採取激烈的行動，在這些火爆的衝突場面之後，女主角往往也能有所領悟，因此若我們說瓊瑤的女主角完全沒有成長，這並不很公平。根據顧曉鳴（一九九二）的分析，《一顆紅豆》的女主角夏初蕾發現父親有外遇，心目中完美的父親形象因而粉碎，但她最後仍然接受了事實，並和父親重歸於好。《我是一片雲》中的段宛露發現自己原來是個養女，襁褓時被當舞女的生母拋棄，她在震驚之後仍然肯定母親（養母）的親情。在這兩個例子中，瓊瑤都讓女主角說出一段感人肺腑、賺人熱淚的話。女主角的確是有所體驗與領悟，不過並沒有因而發揮自己的潛力來重新安排生活。

瓊瑤式的愛情是兩個有文學、藝術才華的人互相欣賞，共同沉醉於討論藝術或欣賞大自然的美感經驗中。男女主角都是感受纖細的人，對日出日落、雲影水波、微風細雨、花開花謝都有所感悟。相遇、相知、相愛也就是兩個有同樣感性的人共享他們對美的體驗，而這樣感性是天生自然的氣質，因此具備這種氣質的人初次見面就彼此吸引、互相仰慕，不需要一段長時間的過程來了解彼此。男女雙方似乎都是天生注定要成為一對。這種美感、感性式的愛情觀比較缺乏自我發展的動力，而是強調境界、氣氛的渲染，以及由外在衝突緊張事件造成的情緒張力。早期、中期的小說雖然有悲劇與大團圓之別，但這是作者情節安排所造成的不同，愛情的本質並沒有變，即使到了八〇年代也沒有太大的變化，唯一的顯著例外是《匆匆，太匆匆》，我將在下面幾章分析此書。

3.衝突：因戀愛而引發的代溝問題

如前面章節分析所顯示，六〇年代的家庭衝突雖然是由戀愛所引爆，原因並不是父母反對子女的戀愛自由或是不滿意子女擇偶的對象，而是存在已久的問題或秘密，經由子女戀情而浮現出來。如《窗外》的母親望女成鳳，反對女兒早婚；《幾度夕陽紅》的母親發現女兒的男友是她老情人的外甥。瓊瑤對父母的心理及反對動機做了深入的剖析及描繪。到了七〇年代，雖然父母親的形象變得較可親，但面貌模糊、沒有個性。反對子女的戀愛變成了機械化的情節推動力，人物本身及其行為缺乏說服力。事實上，以《秋歌》一書而言，由於芷筠有個智能不足的弟弟，家境又十分清寒，男主角殷超凡的父親反對他們的來往乃是人之常情，作者起初把他寫成刻板印象的世俗商人：精明、幹練、重視物質，但後來又使他跳出這一個框框，認可了超凡和芷筠間的愛情。這些日益公式化，缺乏人物心理深度的中期小說雖然沒有文學價值，倒是深具社會意義：那就是平面化的人物成了抽象概念的化身，形成了一連串二元對立的概念——老與少、個人與家庭、愛情與親情、獨立與親密。由愛情所引起的衝突只是暫時的，最後親情與愛情合而為一。

4.家庭解組：追尋獨立

中期小說的故事開始於一個平衡狀態，男女主角的一方或雙方都安於身為家庭的一分子，享受父母的寵愛與呵護。戀愛帶來了一連串事故與衝突，打破了原先的和諧與平衡。男主角或女主角也在此時開始探索自我與家庭之間的關係，質疑父母是否給他們過度的關懷與保護。《秋歌》的男主角超凡起初住在父母的豪華宅第中，在父親的企業上班，在一連串事故後他決定學習獨立，不但搬出來自己住，也自己去找了份工作。追尋愛情就得暫時脫離家庭，雖然最後仍會重回父母懷抱。至於女主角方面，我們看到的往往不是搬出去住或找工作等實際行動，而是女主角習以為常的身分、地位、關係的逆轉，由此引起了身分認同的危機。如《我是一片雲》的女主角發現她的生母是舞女，《一顆紅豆》女主角發現父親有外遇。女主角離開了她慣常熟悉的世界，面臨認同改變的危機。當然，最後圓滿的結局顯示她會度過此危機，經由愛情與婚姻獲得新的身分與認同。

5. 妥協：感性革命與情感式家庭主義

妥協在早期小說中較不常見，因此導致悲劇的結果。而中期的小說則充滿父母對子女的妥協。瓊瑤小說中看不到子女在父母強烈反對下自行結婚。多年來有許多人批評瓊瑤的小說太保守、充滿妥協性。值得注意的是，是握有資源及權力的父母向子女妥協，而不是子女向父母妥協。如果是富家少爺、富家千金為了不忤逆父母並且維持慣有的優渥生活而屈服，和門當戶對的人結婚，那麼這是保守的妥協，也就是服從既有的權力秩序。然而，瓊瑤的妥協卻是在虛構的層次逆轉了既有的階層秩序，讓父母認可子女的感性價值。這種感性價值觀也就是修特所說的，使情感關係成為人生目標中的優先順位，財富、名利、地位、成就都是次要的。這是瓊瑤在其小說世界中所締造的感性革命。

瓊瑤小說中的父母不只是認可子女的感性價值，並且實際提供各種協助。《秋歌》中的父親幫兒子找出女朋友的下落；《海鷗飛處》女主角的父親幫她處理離婚問題；《卻上心頭》女主角在遭逢情感遽變後，由父母為她延請心理醫生長期治療。這些男女主角（尤其是女主角）都被層層緊密的親情所包裹，雖然他們曾暫時反抗父母，追求獨立，但遲早都會需要父母的支援及幫助。不只是女主角被動無能，連男主角也未必有持續的行動力。父母（尤其是父親）似乎是萬能的。這種強調家庭重要性的價值觀，不同於父權家族強調角色的扮演與責任的承擔，而是以情感為基礎，使有資源、有權力的強者（父母及男主角）無條件的保護疼愛弱者（子女及女主角）。

6. 接納與團圓：愛情與親情的統合

早期小說中愛情與家庭制度、倫理道德常顯得水火不容、勢不兩立，愛情威脅既存外在秩序的安定。在中期小說中，愛情已成為婚姻、家庭制度的一部分。換言之，自由戀愛已成為普遍接受、視為理所當然的擇偶方式，經由未婚青年男女間的約會及戀愛，使兩個個體結合為夫婦，形成新的家庭。在中期小說中，藉著父母形象的改變（由嚴厲變親切）及情節的設計，瓊瑤消融了早期小說中愛情與其他人際關係、社會制度間的矛盾不和，把親情與愛情連結，締造了一個完美無缺的虛構世界。**要批評瓊瑤的小說虛幻不實很容易，但我們往往忽略了下面這點：這個夢幻世界的成分觸及了中國文化中集體意識最核心的部分：個人與家庭的關係。**如何建立自我而又保持與父母及家庭的感情連結？面對兩者的衝突時個人如何抉擇？這些問題是許多文學家深入挖掘與探索的。瓊瑤的愛情夢幻其深層結構其實也就是環繞著這些問題。

四、公式化的文本：小說、電影、配樂一貫作業

六〇年代是瓊瑤小說「類型」的建立，七〇年代則是由類型更進一步窄化為公式。前面已提過，一個文學類型是讀者與作者之間關於作品主題的默契與共識。言情小說這一個類型講的是一個男性與一個女性之間的愛情故事，在這樣一個大前提之下，有極豐富的可能性，可在人物、情境、情節上做多種變化。男主角可以是年輕、英俊、自信；也可能是個抑鬱落寞的中年男子。情境可以是現代或古典，本土的或是有異國情調的。故事可以按照時間先後順序發生於幾天或幾個月之間，或是來回交錯、綿延數十年。一本小說可能包含兩個以上的主線，而女主角也許經歷了多次的戀愛經驗，或甚至一本小說中有兩個女主角。瓊瑤早期的小說即展示了人物、時間、地點、情節多種的變化。而所謂的「公式」，就是把一個類型所具有的多種可能性簡化為一個固定的、可預期的模式。我們可根據四方面來探討瓊瑤公式的特色：主題、情節、人物刻畫、生產與行銷。

首先就主題而言，瓊瑤小說處理的是愛情與親情的兩難衝突，早期小說呈現了不同樣貌的兩代關係。《窗外》寫的是好強好勝的母親對柔弱的女兒造成的壓力；《煙雨濛濛》描寫倔強率直的女兒對軍閥父親愛恨交織的心理。兩代間充滿張力的衝突關係往往本來就存在，並不完全是因子女的戀愛才產生的。作者對父母一輩的心理也有深刻生動的描繪，《煙雨濛濛》中暴虐的軍閥父親仍能博得讀者的同情。但是中期小說中代溝與代間衝突往往純粹是因子女的愛情問題而引起，缺乏對父母本身行為動機的剖析，代溝及家庭衝突好像只是為了給小說製造戲劇高潮，使故事能進行下去。

第二，中期的小說通常是單一的故事直線進行，而早期的小說常有時空交錯、環環相扣的多重故事。直線式的故事進展顯得平滑流暢，展現出平衡↓衝突↓平衡這樣的敘事節奏。第三，就人物刻畫而言，早期小說的人物較有個人特色，不乏許多有稜有角、充滿怪癖的人物，甚至連男女主角也不見得盡善盡美。《煙雨濛濛》的女主角依萍一心復仇，個性顯得強烈偏執，這樣的女主角有的讀者會十分讚賞，有的讀者卻不以為然。中期小說中的人物，不論是父母或是男女主角，都日趨平面化。男女主角都近乎十全十美，不像某些早期女主角那樣有尖銳執拗的一面，至於中期的父母角色，在子女尚未談戀愛時一派的和藹可親，反對子女戀愛時又是另一副相當負面的臉孔，結局時又恢復為好爸爸、好媽媽。

第四，七〇年代的小說、電影劇本、歌曲填詞均由瓊瑤本人一貫作業。早期小說中常出現的古典詩詞，到了中期漸漸被一些白話的抒情短句所替代，而這些詩句在改編電影時就成了現成的電影主題曲歌詞，七〇年代時，〈一顆紅豆〉、〈月朦朧．鳥朦朧〉都成為風靡一時的流行歌曲。瓊瑤往往一邊寫小說，一邊寫電影劇本。拍成電影時，採用固定的班底（相同的導演、男女演員），創造了七〇年代台灣文藝電影的黃金時期，也捧紅了所謂的二秦二林（秦漢、秦祥林、林青霞、林鳳嬌）。在這個時期，瓊瑤跨越多種媒體，對當時的演藝娛樂界有很大的影響力，電視、電影、流行音樂都有她的參與。所謂的「公式化」並不只是一種文本特色，它有賴於不同媒體間的一貫作業，從報紙副刊及雜誌的連載到出書、拍電影、電影配樂，相似的情節與人物組合一再出現。瓊瑤公式瓊瑤公式的特殊意義即在於文本與集體性組織生產的結合。她集合了一群由導演、演員、攝影師、作曲家等人所組成的工作人員，把她的公式以聲光畫面表達出來，形成了七〇年代的一個重要的夢幻工廠，大量製造親情與愛情的夢幻。

參、玄小佛：愛情與階級躍升的夢幻

我們已詳細分析過瓊瑤中期小說的特色，即親情與愛情的統合。所謂戲法人人會變，巧妙各有不同。玄小佛是七〇年代繼瓊瑤之後最重要的言情小說家。所謂「重要」，我指的是小說產量、普及性及被改編成電影的頻率，她在七〇年代出版了十八本小說。瓊瑤是人人皆知的作家，她多年來在文壇上飽受批評與攻擊。玄小佛恰好相反，她固然沒有得到任何正面評價，但也沒有人批評她，這點適足以說明瓊瑤是文壇的一分子，而玄小佛則完全是個外人。她的書一向都只在租書店才看得到，在九〇年代以前，一般書店是買不到她的書的。現在我們可以在書店看到玄小佛的書，這正是租書店產物的升級品，是個新近的現象。

玄小佛小說中的愛情及女性形象不僅和瓊瑤形成強烈對比，也和一般人對言情小說的刻板印象大相逕庭。她的小說相當適合作為女性主義文學批評的分析對象。首先，她的女主角勇於向傳統女性氣質挑戰，既不溫柔嫻靜，也不端莊優雅。她筆下常出現的女主角形形色色，有太妹、事業心重的女強人、女同性戀者，不少人物就社會規範而言是脫軌者。她們通常獨立進取、活動力強、甚至在外表言行上顯得跋扈蠻橫、唯我獨尊。另一方面，玄小佛的愛情夢幻結合了女性版本的飛黃騰達、奮鬥成功故事。這些故事描述女主角如何憑藉個人的聰明才華以及偶然的機緣平步青雲、功成名就。玄小佛以異於瓊瑤的方式對父權社會提出挑戰以及適應、妥協之道。

她的女主角來自各種不同的家庭背景及社會階級。她們的個性通常是活潑外向、固執倔強、衝動、叛逆性強。有些女主角有顯著的偏差行為，如偷竊或服用毒品。在故事進行中，女主角經歷了巨大的身分地位的轉換；她認識並愛上了一個富有的人（男主角），男主角起初不見得馬上愛上她。同時女主角也認識了一位企業界大老，由於他的幫助，女主角成為一個成功的企業家，最後和她所愛的人結合。但是故事中間往往有許多曲折離奇的插曲：由於她和男主角間的誤會，在盛怒下她和另外一個人結婚，結婚不久後又離婚。男主角也可能做類似的事，匆忙中娶另外一名女子，然後再離婚。除此之外，男主角也可能經歷事業的危機，經商失敗而瀕臨破產。由於女主角已是成功的企業家，女主角的協助使男主角東山再起。結局是男女主角都有成功的事業並且有情人終成眷屬。在玄小佛的小說中，男女主角都經歷了巨大的階級流動與身分轉換，女主角由貧窮變富有，社會地位呈現由低到高的狀況，而男主角的社會地位則是高↓低↓高。男女主角之一或雙方也經歷了單身、離婚、再婚的身分變化。

在此我以《晨霧》一書為例，女主角是個一貧如洗的孤兒，她邂逅了一位年輕有為的男子並愛上他，男主角正迷戀著一名美艷的女子，不久就娶了她。女主角應徵當看護，照顧患重病的富家少爺，少爺愛上了她，但不久後就去世，把龐大遺產留給她，女主角很快就成為一名精明幹練的女強人。此時，已婚的男主角婚姻出現問題，公司也被手下人員侵吞。男主角離了婚，事業也丟了。女主角知道後，匿名匯款至男主角銀行帳號中，男主角東山再起，最後和女主角結婚。這個故事的敘事結構如下：

圖五・二：玄小佛小說的敘事結構

敘事元素	主題意義
邊緣地位	家庭連結的喪失 暫時性的離經叛道
↓ 愛情與衝突	追求個體的獨立自主 追求個人抉擇 追求工作成就 世代衝突 工作上的衝突
↓ 身分轉變	向上及向下階級流動 結婚、離婚、再婚
↓ 接受與整合	得到以前所沒有的： 家庭溫暖 愛情 財富與地位 社會的接受及認可

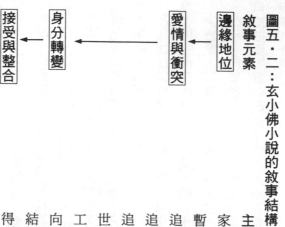

玄小佛的小說開端，女主角的處境類似瓊瑤的早期小說，她位於邊緣地位而且極不快樂。不同之處是瓊瑤女主角都是默默承受，處於哀怨自閉狀態，直到遇見男主角整個人才活過來。玄小佛的女主角則積極謀求出路以發洩旺盛的精力：也許她從事創造性的工作（如藝術創作），但她也可能是個不良少女，表現出強烈的反抗行為（抽煙、喝酒、行竊、吸毒）。接下來的敘事元素是愛情與衝突。瓊瑤小說中愛情的外部障礙（父母反對）導致衝突。但是在玄小佛小說中，衝突是愛情的內在質素。衝突的產生往往是女主角強烈的堅持她的獨特性及自主性；她的獨特不只限於她過人的才華，還有她暴烈乖張的脾氣。她為所欲為、目空一切的作風，使她與家人、愛人、周遭世界顯得格格不入，衝突時起。這也帶來了種種戲劇性高潮，如一夕致富或閃電結婚。結局則是女主角嘗盡各種艱辛磨難後，由一個脾氣暴烈、反抗心強的少女成為一個擁有愛情、財富、社會認可的成熟女性。

瓊瑤的小說描述愛情與親情的對立與統合，並不觸及家庭以外的世界，而在家庭的天地裡，女主角尋求感情的依附而非個人獨立自主性的追求。玄小佛的小說固然也包含著愛情的夢幻，但其問題論述則是女性個體與社會間的對立與統合。個人與社會的兩難困境是文學及電影作品中常出現的主題，只是通常這是男性的個人，而非女性的個人，個人如何保有其獨特性而又能被社會所接受，成為社會的一分子？萊特(Wright, 1975: 50)在他對西部片所做的研究中，曾對個人與社會的兩難困境做如下評論：

〔通俗文化中的神話〕試圖去處理個人與社會間所產生的問題。神話的作用並不在於分析個人與社會間的矛盾，而是藉著提供行動典型使人們不自覺地能與此矛盾共存。

這段話的意思是，人的社會生活本身有許多矛盾與問題，如生老病死，如人與人之間的不平等。要一一正視這些問題並加以徹底的解決是不可能的，神話的功能就在於提供某種行動典型，使我們覺得這種行動典型是可以改善現狀的。我們並不是真的會在現實生活中採取這種行動模式，但它的存在帶給我們希望與安慰，也使我們能繼續與矛盾共存。西部片中槍法完美的英雄補救了腐敗的司法制度，伸張個人正義。拔槍與決鬥就是西部片的行動典型，解決了個人正義與腐敗社會間的衝突矛盾。包青天的故事具有同樣的議題，但其行動典型則不是神槍手決鬥而是清官判案，而偵探片的行動典型是偵探偵查推理的過程。**玄小佛的小說其議題是：女性個性自我的展現**（才華、脾氣、行為）**與外在社會規範間的衝突矛盾**。她的女主角和瓊瑤的女主角一樣渴望情感的歸宿，渴望被接受、被認可。但是達到此一目標的過程及方式不一樣，也就是行動典型不一樣。瓊瑤的行動典型是：被愛、被照顧、被呵護。玄小佛的行動典型除了愛情（愛與被愛）之外，還包括了事業的追求。

玄小佛的小說除了愛情夢幻之外，還有現代都會女子對工作、對事業成功的嚮往，顯現出一些「擬女性主義」的意味。她的女主角不甘受限於傳統溫柔、文靜、被動的女性角色，以激烈的方式表達其自我獨特性；然而她們的成功卻是本身才智加上偶然機運的結果（如遇到貴人相助或是得到一筆意外之財），對於制度性的不平等並無批判或反抗之意。這一點是通俗文學的共同特色，我不認為這是個缺點，因為通俗文學存在的功能並不是去分析社會問題然後謀求改革之道，它的作用是提供一種行動典型（神槍手拔槍決鬥、包公判案、神探蒐集線索、俊男美女陷入愛河），使我們在虛構想像的層次面對社會現象，體會人生百態。

結論

瓊瑤中期的小說仍像早期小說那樣重視親情與家庭關係。然而，兩代間的權利義務關係以及給／取平衡卻完全逆轉過來。早期小說的子女屈服於父母的意志，如果子女堅持己見，往往導致不可收拾的決裂場面；中期小說中變成是父母向子女妥協，而且還提供子女豐富的物質與情感資源。感性——它的定義是願意把人與人之間的情感關係置於人生首要目標——已成了家庭關係的中心價值。瓊瑤中期小說蘊涵著感性革命以及情感式家庭主義的精神。這些價值形成了一套自給自足的、封閉的、密合的意識形態，完美無缺，沒有任何內部矛盾或衝突。家人及愛人間的感情可以包容、寬恕、原諒、接受任何事情——包括外遇事件。

這套自給自足、密合的意識形態有一套簡單嚴謹的敘事結構互相呼應。故事的敘述始於一個平衡穩定的局面，戀愛帶來了衝突並打破此穩定局面，而最後親情會帶來一個重新整合過的局面，以親情與愛情的統攝結束故事。這個敘事結構又逐漸僵化為公式，經由各種媒體一再重複。這個公式不僅是一種文本特色，也經由作者、演員、導演等一貫作業而展現出來。

玄小佛的小說則強調女主角的自我實現，在自我、愛情、工作等多方面取得平衡。她們不只是才華洋溢，往往也脾氣火爆、舉止乖張，這使得她們在小說開始時游離於家庭與社會的邊緣。小說結束時，她們贏得了愛情與事業，這象徵著她們被他人、被外在世界所接受與認可。瓊瑤和玄小佛展現出不一樣的女性自我。玄小佛的女主角表達出強烈的正面與負面行為特徵，她們渴望完整的自我——不論是好是壞——能得到全面接納，而以積極行動及外在機運表現出她們的才華。

在瓊瑤的世界中，愛情滋潤了女性自我並賦與活力，沒有愛情，女性的自我就會枯萎凋零。瓊瑤的女性形象固然顯得消極被動，**但這樣一個夢幻世界推到了極致，也有其意識形態上的貢獻，逆轉了父權家庭中尊卑階層的權利義務關係，**使得擁有資源及力量的父母／男性在感情的道德召喚下，對一無所有的子女／女性全心全意的奉獻。玄小佛的女主角則以過人的才智及好運得到社會的認可。兩位作者採取不一樣的途徑，卻有相似的目標：描繪女性的勝利、女性的優勢地位。**這可說是言情小說的精神所在：在男尊女卑的現實世界中刻畫一個理想世界，在這裡女性受到尊重、珍視、接納，與肯定。**

第六章
雅俗之爭：文學與商業的對立

在第三章中，我們討論六〇年代批評家對瓊瑤的看法，當時主要是針對她小說中的保守妥協特色而引發一場反父權論戰，以《窗外》為引燃點，實際上是異議知識分子與官方作家間的黨同伐異。七〇年代對瓊瑤的批評，主要是爭論什麼是文學、什麼不配稱作文學。此時的爭議較沒有泛政治化的傾向，而是文壇內部的討論，藉由對文學定義的討論進行劃清界線的工作。瓊瑤的作品被認為不夠資格稱為文學，對瓊瑤的批評可說是批評家對她所做的象徵性驅逐與除籍工作，不承認她是文壇的一分子，此時文學社區的相對獨立性已較六〇年代提高許多，文學論爭較不涉及外在的政治、社會環境。

七〇年代對瓊瑤的批評主要是她的商業性。八〇年代文化工業的崛起，使得商業化的通俗文學成為明顯而普遍存在的事實，通俗文學也逐漸成為文學範疇的一部分。但在七〇年代時，像瓊瑤那樣橫跨文學與多種大眾媒體的作家寥寥可數，商業作家是個別、異常的現象。文學意味著純文學或嚴肅文學，商業作家的作品是不屬於文學這個範疇的。

本章把七〇年代的讀者反應分為兩大部分。第一部分是批評家、知識分子對瓊瑤的看法。他們並不是對她的作品本身有興趣，而是想經由這些作品來討論當時的台灣社會文化現象。第二部分是少女讀者從她們自己的生活情境來看瓊瑤小說。七〇年代的文化論爭雖然常用到「通俗文學」、「商業作家」、「大眾文化」等字眼，但批評家並不是從通俗文學本身的角度來看，只能以「它不是什麼」的負面方法來討論它，凡是不具有他們所認定的純文學特質的，就是通俗文學。換言之，通俗文學不是文學。在這些討論中，批評家關心的是文學應該是什麼，他們使用的語言是規範性、期待性、理想性的，而不是分析、描述、解釋的語言。

至於少女讀者，她們的看法浮現出一個共同特色：閱讀瓊瑤小說是成長過程的一個階段。由於大家都看瓊瑤，在年輕女性中因此形成了共通的話題，長大後這也是集體回憶的一部分，由此可見瓊瑤對七〇年代少女文化的重要性。

壹、文學評論者：在文學與非文學之間劃清界線

一、對瓊瑤作品的負面批評

評論家中有少部分著重寫作方式的分析，完全就瓊瑤的個別小說本身來談，但大部分人都傾向於把瓊瑤小說視為一個整體，由此來討論純文學與通俗文學的區分，並進而擴大至對整個社會、文

化的評論。一般說來，批評家都同意瓊瑤的文筆非常流暢，情節安排引人入勝，戲劇性衝突中又有抒情、詩意的氣氛。舒昊（一九七四）認為瓊瑤是個說故事的好手，成功地掌握住讀者的注意力，使人能一氣呵成、毫不中斷的把一本瓊瑤小說一次看完。就這點而言，瓊瑤是成功的大眾文學作者。舒昊認為大眾文學與純文學不同，但各有各的社會功能，沒有必要以純文學的標準來衡量瓊瑤。他對大眾通俗文學所持的肯定態度是七〇年代少見的。

然而大多數瓊瑤的評論者並不從純粹寫作的角度對她的小說進行文本分析，藉著對瓊瑤作品的批評與討論，評論家意圖檢視下列議題：什麼是文學？純文學與通俗文學的區別在那裡？作家與讀者、作家與出版商間的關係是什麼？文學有何社會責任？文學對讀者有何影響？應然面上的影響與實然面上的影響有何差距？台灣的文學應朝那個方向發展？最後一個問題顯示了某些評論家文以載道的道德使命感。最後，他們極力澄清文學與非文學、作家與非作家的區別。在他們理想性、規範性的標準下，瓊瑤的小說不是文學，瓊瑤也不配稱為作家。

瓊瑤的作品為什麼不算是文學？陳克環（一九七四乙：一四八）寫道：「她的作品缺乏完整的人生觀，更沒有宇宙觀作為其基礎……使讀者不能經由她的小說透視而及於人生和宇宙的領域，因而也就不能使得讀者的思想從那些畸戀濫愛的故事提升，而促成文學藝術使人的心靈昇華的效果。」蕭毅虹（一九七六）和陳克環對文學的功能與使命有類似的看法：提升性靈、擴展視界。蕭毅虹認為瓊瑤的小說只注重鋪陳曲折離奇的情節、渲染誇張的感情，結果使讀者沉醉於小說的感情夢境中，並沒有達到淨化、提升的效果。蕭毅虹因此宣稱：「這個『作家』已經沒有資格算是作家，她的文學生命也已經腐爛了、死了；即使她再說六個夢、六十個夢，充其量也不過如瓊瑤自己所言，一個『說故事的專家』罷了。」（一九七七：二〇四～二〇五）。在此，蕭毅虹根本否定瓊瑤的作家身分。

其他人則批評瓊瑤的小說由於充滿背倫、畸戀故事，對讀者會產生負面、灰色的心理影響。自從第一本小說《窗外》出版後，不時會傳來女學生因愛上男老師而企圖自殺的社會新聞。在這些女學生遺留的日記、札記中可發現，她們把自己比為《窗外》中的雁容。陳曉林（一九七八：二二八）因而提出以下的指控：

一本《窗外》就有如此惡劣的影響，十二本大作的影響又怎麼說？而且，尤有甚者，這種明顯的影響，我們可以指摘出來、統計出來，潛伏的影響卻不然，表面上只死了那位高中女生，實際上戕害了多少無知青年，這是誰都不敢斷言的……「瓊瑤迷」者得格外小心。不要在「淚海」裡「率爾輕生」了。

源源（一九七四：一六一）也提出類似的看法。他認為一般初、高中生身心尚未發展至成熟階段，若一味讓那些空洞、不切實際的夢幻灌輸到他們腦海中，成為對未來的一種憧憬，然而一旦真的在生活上有了挫折與荊棘，試問他們應如何去應付？源源認為亡羊補牢不如防患於先，對瓊瑤的作品本身及其可能有的負面影響提出檢討與批評。高翔（一九七四：一四八）也指出，瓊瑤的小說全是無病呻吟的夢囈，但是又強調金錢的好處，「使人感到作者心理不正常，失去平衡……對讀者比例上最多的青年男女，特別是思想未成熟，智慧與學識及人生經驗還在起步的女學生，明顯地孕生種種不良的潛在影響。」

上述這些論調並不特殊。不論中外，精英知識分子對大眾文化常見的批評就是它對讀者有不良影響。甘斯(Gans, 1974)曾針對此點提出反駁。他認為適應不良、逃避現實、過度幻想、憂鬱、自殺等性格與行為病徵，是由許多複雜的因素所引起，如社會結構、家庭制度、親子關係。由此看來，由小說而產生師生戀並跑去自殺，這並不是單純的因果關係，而必須置放在整個少女生活中學校、家庭等互動脈絡中考量探究，瓊瑤小說本身並沒有這麼大的威力。

上述這些評論家認為在應然面上文學的效用是提升與淨化心靈，但在實然面上瓊瑤的作品對讀者有不良、病態的影響。這其中也反應了他們有關讀者的一些假設。真正重要的不是讀者的人數多寡，而是讀者的素質與程度，陳克環（一九七四甲：八八～八九）指示：

> 如果一部小說的讀者群十之八九都是些愛情氾濫、大腦簡單的少男少女，和飽食終日無所事事的婆婆媽媽娘兒們，即使它能印行千百版，也不過還是屬於商品小說之流。有些小說連第一版也銷不掉，但是，如果買這本小說的人多屬有學養之士，它仍然具有其文學價值。

從這段文字看來，讀者的定義限於有良好教育及文化素養的人，「頭腦簡單的少男少女」和「飽食終日的娘兒們」是被排除於讀者之外的。這種看法平行於對文學的定義；能夠提升性靈、擴展視界的才配稱為文學。

作家與出版商的關係也是瓊瑤在七〇年代常受詬病之處，她所有的書都由平鑫濤經營的皇冠出版社所發行。《皇冠》本就有不錯的普及率及發行量，以它原有的雄厚基礎，在瓊瑤寫作初期大大提高了瓊瑤作品的普及率，而瓊瑤小說備受歡迎，也連帶使連載小說的《皇冠》雜誌更加暢銷。瓊瑤小說和《皇冠》雜誌因此可說是相得益彰。這樣的商業聯盟，也使得陳克環質問瓊瑤到底是作家還是文藝商人（一九七四甲）。對陳克環而言，這兩種身分是涇渭分明、互相排斥的。她更進一步區分文學小說與商業小說，並認為商業小說不屬於文學。

評論家在批評瓊瑤時常有一種社會責任與道德使命感。他們認為文學的兩大目標是「反映真實」與「批評人生」。瓊瑤常被攻擊為沒有反映人生與社會真實，也沒有對人生的批評。他們舉了許多文學經典之作為實例，來闡釋什麼是真實的人生與現實，但他們並未在文學理論的層次上根本提出到底什麼才是「真實」，什麼才是「人生」。鄉土文學論戰中，參與者常提出什麼是寫實主義、自然主義，並從事理論概念上的釐清，但在一片瓊瑤批評聲浪中，批評家似乎都認為討論瓊瑤作品不須搬弄什麼文學理論，以理所當然的方式使用「人生」、「真實」這類詞彙。瓊瑤的作品是如何缺乏反映真實的功能？批評家通常以瓊瑤作品本身的情節特色來回答這個問題，尤其是瓊瑤小說的主題：代溝與世代衝突。周伯乃（一九七四）指出瓊瑤的小說描寫代溝，但僅止於描寫，並沒有提出批評。另一個瓊瑤讀者則以她切身的閱讀經驗指出：

> 瓊瑤女士曾說過，她的某一部書是探討親情與愛情之間的關係，某一部書是探討所謂的「代

溝」問題，可是，當我看完了那些美麗的文辭之後，我還是不懂得什麼是代溝，也不知親情、愛情之間的關係。這些書探討了什麼問題？得到些什麼結果？我不曉得，也無從曉得，只知道，我又經歷了一次美麗的夢、不真實的夢。（王淑慧，一九七四：一七四）

蕭毅虹（一九七七）同樣指出，在敘述代溝的故事時，瓊瑤只重視說故事，並沒有分析人性的弱點以及父母的心理狀態，往往以一句子女對父母的嘶喊：「你根本不懂得什麼叫作愛情！」草率帶過父母本身的內心交戰。這些對瓊瑤的看法一直盛行於台灣的讀者及批評家，但到了八〇年代時，大陸學者顧曉鳴卻獨排眾議，認為瓊瑤小說也有批判現實及人生黑暗面的地方（請見本書第九章）。

二、瓊瑤論述與批評家心目中的台灣社會

藉著探討什麼是純文學、什麼不是、文學的社會責任為何……批評家同時也關切台灣文學的未來發展方向（更精確地說，七〇年代的批評家大都仍使用「中國文學」而非「台灣文學」一詞），這意味著這些討論包含他們對台灣文壇與社會所投射的意象。六〇年代初期李敖批評瓊瑤時，曾指出瓊瑤把青年人局限在保守、傳統的黑暗中。李敖自認為他的批評能給青年人帶來光明，衝破傳統的束縛。在這樣的批評中，流露出當時自由開明派人士對台灣社會所投射的影像：一個封閉幽暗的牢房。

七〇年代末陳曉林對瓊瑤的批評文章中（一九七八），也流露著一種啟蒙的使命感，但此時批判的目標已由保守僵化的政權轉變為勢力逐漸擴大的工商業資本主義，它腐蝕文學創作與欣賞的精神性，使文學淪為商品與消費品。陳曉林提出一個問題：當前的台灣社會需要怎樣的文學？答案是：戰鬥文藝。他又特別強調，戰鬥文藝不是戰鬥八股。戰鬥文藝是政府於五〇年代所提出的對抗中共的文化政策，由於時代的變遷，在政策宣導下所寫出的反共抗俄的教條式文藝，早已被大家所唾棄及遺忘。陳曉林居然在七〇年代末期又提出「戰鬥文藝」的大旗，用意並不是要使文學再度成為政治教條的附庸，而似乎是有感於工商業社會中社會與文化風氣日趨奢靡浮華，轉而嚮往一種「平實、深刻、嚴謹、有意義的創作」——也就是任何與瓊瑤式感傷濫情、夢囈幻想相對立的東西。

陳曉林對「戰鬥文藝」的提倡，反映出一個關於政府文化政策頗具諷刺性的現象。「反攻大陸」的口號在七〇年代聲勢已減弱下來，同時整個台灣社會工業化的腳步也越來越快，此時官方的文化政策與檢查制度只關心如何去圍堵或消滅政治上反對的言論，並未積極主動的鼓勵文學藝術的發展。五、六〇年代政府提倡反共文學，並發起文壇的掃黃運動，這固然是以政治干預文藝，但換個角度看，**當政府抽身離開文化的領域，讓出來的空間往往是被商業及市場的力量所填補**。當政府不再關切與干預文化界的活動，通俗文學的普及與氾濫，同時令保守派與自由開明派人士憂心忡忡。對自由開明人士而言，通俗文學好比鴉片，使大眾沉迷其中而失去對現實的批判反對力量；對保守人士而言，逃避現實的軟性通俗文學如此氾濫，意味著整個社會對反共復國大業的冷漠，陶醉在眼前暫時的繁榮安逸生活之中。

對兩派的人士而言，瓊瑤的小說正是整個社會日趨商業化及逸樂取向的象徵，而這是七〇年代台灣社會開始顯現的特色，有別於五〇年代及六〇年代的社會風氣：匱乏的物質及警惕的精神。知識分子對瓊瑤的批評或多或少流露出他們背後的社會心理因素——失落感。面對新興的工商業社會秩序，知識分子的優越性開始受到一點損傷，由此而產生對工商業社會的失望與厭惡。以前知識分子和政權間存有緊張關係，但他們的優越性與精英地位在面對社會大眾時仍不容置疑。工商業社會的興起雖然不會給知識分子帶來直接的壓迫，但他們的崇高地位卻也失色不少。

如果說六〇年代文化界的敵人是威權體系，那麼七〇年代的敵人就是新興的工商業勢力。這種對工商業力量的厭惡到了八〇年代更加強化，表現在知識評論界對文化工業的強力批判。但是八〇年代和七〇年代的最大不同之處在於，不管有多大的批評與不滿，到了八〇年代，通俗文學的存在是大家不得不接受且正視的社會文化現象，不能再把通俗文學視作例外或脫離純文學正軌的異類。

整體而言，**七〇年代對瓊瑤的批評可視為一連串劃清界線、驗明正身的行動：區隔出誰有資格稱為作家、誰不配稱為作家；什麼是文學、什麼不配稱為文學。**陳克環（一九七四甲：八八）就極力抨擊瓊瑤的曖昧地位：

> 有些專門寫言情小說的人倒也乾脆。他們不打算混跡於文藝界，也無意自詡為「作家」，他們志不在得美名，關起門來猛寫，磚頭小說一部接一部，得利便可……那些為文學藝術而努力筆耕的

人，總是很難獲得群眾的賞識……最難將息的是那種介乎兩者之間的人。這種人對於文學的興趣，遠超過他們本身所具有的文學基礎……他們既發了小說販子的財，又自封為文藝小說作家，在精神與物質雙重得意之下，他們一方面從心底裡看不起那些老老實實的小說販子，另一方面還可以向那些受讀者群冷落的真真實實的文藝作家們說說風涼話。

從這段文字可看出，陳克環倒是不反對那些誠實的「小說販子」。此處的小說販子大概指的是租書攤讀物的作者與出版商。瓊瑤備受爭議與批評正因為她不同於租書店作者，同時具有文藝的名號與商業暢銷的事實，而批評家要做的，正是去除她的「文藝作家」的招牌，否認她的作家資格。文藝批評的行動可看作是「象徵性除籍」的行動，不承認瓊瑤是文壇的成員，換言之，這是一項「清場」的工作。談完了評論家對瓊瑤的看法，接下來讓我們看看一般少女讀者閱讀瓊瑤小說的切身體會。

貳、少女讀者的反應：集體性的成長經驗

瓊瑤的評論家主要關心的是暢銷書背後的社會意義，而不是小說本身的分析，有的批評家甚至坦白承認他們只看過一本或半本瓊瑤小說——因為它不忍卒睹，看到一半就不想再看了。此處我要分析的是少女讀者對瓊瑤小說的反應，她們是真正的讀者，一本小說從頭到尾一氣呵成看完，也不

只看一本而已。一九七四年十月號的《文藝》月刊辦了一個以瓊瑤為主題的「大家談」專輯，請讀者發表對瓊瑤的感想，由於反應熱烈、來信踴躍，這份刊物在十一月時又繼續刊登讀者的來稿。此處的分析主要是以這份刊物上的讀者來稿為主，再加上我於一九八七年迄今陸續對少女讀者們所做的非正式訪談。

不論是《文藝》月刊上所登的書面文字，或是我的口頭訪談，讀者在提及瓊瑤時，展現一個共同的特色：時間的向度。她們通常一開始就說：「我從×年級開始看瓊瑤小說，進入××（高中、大學……或其他階段）後就不看了。」對瓊瑤的初次接觸有的相當早，甚至小學二、三年級就在看了，有的則較遲，上大學後發覺別人都看過了，自己沒看過，在好奇心及彌補的心態下也開始嘗試接觸。大家幾乎都不記得初次接觸時的實際年齡，只記得發生於小學、初中、高中，或是高中以後。換言之，閱讀瓊瑤、上學，以及少女的成長過程三者都是夾纏在一起的，它們喚醒了讀者對過去的回憶。

當她們首先提起從什麼時候開始讀瓊瑤，然後就接下去說什麼時候最著迷，最後則說從什麼階段以後就不讀了，此時的語氣也許是對自己過去的閱讀史帶著輕蔑的態度，也許是充滿對過去的懷念，也許是帶著自我嘲諷。整個說來，對這些讀者而言，不再閱讀瓊瑤代表邁入另一個人生階段，智力發展較成熟，離開少女時期而進入成年時期。

超越閱讀瓊瑤的階段就和開始閱讀一樣，對讀者本身具有重大的意義。讀者對瓊瑤的反應有共同相通的部分，也有不一致的部分。不一致的部分可說是源於讀者如何看待她個人的現在與過去的關係：有人認為自己現在比以前成熟，閱讀瓊瑤只是一個過渡階段；而有人則認為現在仍部分籠罩於過去的陰影中，閱讀瓊瑤所產生的負面影響仍然存在。我把《文藝》月刊上讀者來稿分為四種反應類型：⑴瓊瑤迷，現在仍然很擁護瓊瑤的小說；⑵過去也許很喜歡看，但現在的態度是中立，抱著殺時間的心態來看小說，沒有強烈的價值判斷；⑶過去雖然很喜歡，但現在則持負面態度，認為瓊瑤小說有不良影響；⑷雖然已不再看瓊瑤小說，但認為那是少女成長過程中一個不可避免的階段，具有正面意義。

喜歡瓊瑤的讀者表示閱讀她的小說可以暫時紓解學校課業的壓力，進入一個愉快美麗的幻想世界。這完全符合批評家對大眾文化的指控：大眾文化逃避現實，作用有如鴉片或迷幻藥、鎮定劑。然而，由以下這位讀者的投書看來，從讀者的立場而言，她們非常肯定自己使用文化產品的權利，以此達成特定的目的（如壓力的解除）。因此重點不是特定的文化產品本身是好是壞，而是讀者的整體生活情境是什麼？讀者如何在此情境下主動選擇與她的生活需求息息相關的文化產品？請聽這位讀者的心聲：

> 我只是一個高中的女學生，一個極其平凡的少女，毫無動人之處，成天穿著一襲制服，背個黑書包，早出晚歸……但我卻相信自己有存在的必要，因為我有煩惱，我有憂愁，當然，我也擁有一般少女認為最美的東西——幻想……讀書、考試、看成績，這就是我全部的生活……也許我是為賦新詞強說愁，但確曾因為精神生活的苦悶而產生一種什麼也抓不到的空虛，有很多話是無法寫在週

記上的，有很多事也不能告訴母親，但是氾濫的感情卻需要一個出口，中年人可以抽煙、喝酒，我對這些毫無興趣，也不敢有興趣。只有小說，當我一口氣看完瓊瑤的小說時，真有說不出來的滿足感……其實看多了還不是那一套，丟下書後，立刻回到現實生活，等到癮來時，又不得不一目十行的沉浸到那個美麗的幻夢中去陶醉一番，因為時間有限，自己沒有充裕的編織時間，只有看瓊瑤做好的夢了。（易水，一九七四：一六五）

這位讀者藉看小說來宣泄情感並暫時逃避「讀書、考試、看成績」的課業壓力，但是看過後，得到應有的紓解，又可恢復日常生活的規律——「丟下書後，立刻回到現實生活」。在休閒文化尚不發達的七〇年代，閱讀愛情小說可說是少女在課業繁忙之餘少數的消遣之一。瓊瑤小說可說是一種補救性青少年次文化。這些小說的讀者主要是十幾歲的少女，所以可以說這是青少年次文化。至於此處我用「補救性」一詞，主要是有別於抗拒性或顛覆性的次文化。海伯迪局(Hebdidge, 1976: *Subculture: The Meaning of Style*)在他對英國龐克次文化的研究中，強調龐克族在社會上的邊緣地位，及其文化所隱含的對主流文化的抗議、嘲諷、顛覆意味。瓊瑤小說所代表的次文化是補救性的，意思指它間接觸及青少年的集體問題與焦慮（如青春期對異性的好奇與幻想、學校課業的繁重），但並不直接對這些問題及衍生這些問題的社會制度提出批評與挑戰，而是以幻想的方式來暫時逃避這些問題，紓解社會制度所帶來的緊張壓力，所以說它是一種「補救性」的次文化，在幻想與想像層次彌補現實的缺陷，並且舒緩了各種心理及情緒壓力。

瓊瑤小說的夢幻世界不只是一個男孩與一個女孩間的綺麗戀情，也呈現出一個多采多姿、繽紛絢爛的大學生活，勾起中學女生對大學生活的憧憬與嚮往。愛情小說的閱讀行為本身可詮釋為對現狀的不滿，但這並不是一種抗拒行為，因為小說看完後，讀者又回到現實世界中並遵循其中的規範。瓊瑤在《窗外》及其後的作品中常流露出對聯考制度的不滿，但這些小說也同時描繪出一幅美化的大學生活圖畫，其實仍是和社會的主要制度及價值體系並行不悖，甚至可說是相輔相成。

第二種類型的讀者反應則是中立，無所謂的態度。這些人看瓊瑤小說也像第一種人一樣，抱著消遣的心態，但是他們在心理上、情緒上較不會深入書中的夢幻世界。這些人也許也意識到瓊瑤小說的缺陷，但他們並不在意，仍照看不誤。批評家大都指出瓊瑤是個「說故事能手」而非「小說家」，但讀者正因為如此而選擇閱讀瓊瑤小說當作消遣。**她的文筆通順流暢，一方面簡明易懂，但另外一方面在簡單明瞭中又符合社會一般大眾所認為「雅」的境界。可說是在通俗中求雅順。**而其情節與人物關係之曲折離奇令人讀來一氣呵成，不想在中途停頓。她的小說固然令堅持純文學的批評家嗤之以鼻，但純從消遣娛樂的觀點而言，瓊瑤小說可說是通俗文學中製作良好的高級品。

第三種讀者類型是過去曾是瓊瑤迷，但現在回想起來，覺得是個愚蠢的階段。她們頗懊惱瓊瑤小說帶來的負面影響，尤其是灌輸給她們許多太理想化的愛情幻想，使她們昧於現實。有些人更指出小說中畸戀、自殺等情節使她們也自溺於憂鬱、消沉的情緒中。正如以下這位讀者所言：

> 我從小學六年級開始看瓊瑤的小說，至今也有不算短的十年了……我是由偏好而著迷，進而為

她辯護，至今則覺得索然……如果在高中時代，心智各方面比較成熟，則我不反對從另一個美的角度來欣賞瓊瑤所做的「愛情夢」，但假使像我這樣，看得太早，又乏人指導下，想再走出那個「多愁善感」的世界真不是件易事……少年時……厚厚的一本筆記本，抄的全是「瓊瑤式」的感傷句……滿紙皆是辛酸淚，為了這些，把自己搞得愁腸百結，思想消極……我想在她到底是振作了青年或陷溺了青年的論點上，我該是個好的見證吧！（子子，一九七四：一六九～一七〇）

這一類型的讀者似乎印證了傳播研究中的效果理論。效果理論中的「注射模式」認為，傳播媒體的效果就如打針注射一樣，是立即而直接的被吸收接受。從各種不同的讀者反應類型可知，爭辯注射模式是否太過簡化，或是媒介效果到底是大還是小，這些爭論是徒勞無功而難以有定論的。未來的研究可從社會心理學的角度探討在什麼樣的條件及狀況下，小說對讀者有直接明顯的影響，而在什麼樣的狀況下影響極為有限。少數幾個高中女生因愛上老師而企圖自殺，畢竟是極端而特殊的例子，但不可否認的，不少女學生的確在青春期對瓊瑤書中多愁善感的女主角產生共鳴，並進而模仿其風格：留一頭飄逸的長髮、朦朧哀怨的眼神、咳聲嘆氣。不少家長及老師乾脆禁止少女閱讀瓊瑤小說。灰色與病態是瓊瑤在早期最常為人所詬病之處。

但另一方面，由於她的小說產量豐富，也有不少作品是充滿家庭的天倫之樂或年輕人的打情罵俏。瓊瑤的小說世界其實是充滿喜怒哀樂各種情感表達。由各種讀者反應看來，有人被憂鬱、多愁善感的女主角所吸引，也有人嚮往書中完美歡樂的一面。但不論如何，閱讀瓊瑤所引起的心情，似乎都只是成長過程中的一個過渡階段。上述那位讀者對此階段抱負面態度，但第四種讀者類型則持著「成長帶來成熟」的正面肯定態度：

就整體而言，和「實」脫了節，那能不叫人搖頭呢？……而就部分論，瓊瑤的小說未嘗不是智慧語錄？短短的句子、對話、思考，何其晶徹而引人共鳴、思考？……人人的成長見解不同，所持的觀點與態度便有差異。仍在編夢碎夢的年齡，對於瓊瑤的小說便抱以崇拜的心理……等到夢醒了、夢破了，才又回頭咒罵瓊瑤小說的戕害心靈，把它們貶得毫無可取之處——此種轉換過程自然得好有道理，可是，是否曾想到，接受過瓊瑤小說的故事，在迷與捨之間，你已思考過多少問題？在那一瞬間，你多了解了世事什麼？你批評瓊瑤小說，是否是附和著別人的吶喊而無意識的同意？抑是你真正的看法？……畢竟一本書的價值不是在於多數人的讚揚和鄙視所定論，而是在於自己的收益多少？（仲云，一九七四：一六七）

由上述文字看來，超越沉迷瓊瑤這個階段帶來新的領悟與體會，這個觀點恐怕是最受批評家及教育工作者所忽視的，因為他們通常只看到小說中灰色病態的一面，對不成熟的少女有立即的不良影響，並不知道少女本人具有心智成熟的潛力，知道如何取捨。而所謂的取捨，也不只是讀或不讀瓊瑤，而是那一部分值得讀，那一部分須有所保留。

在對讀者的訪談中，我也發現讀者提起瓊瑤的方式是以其人生階段來劃分：什麼時候開始接觸、什麼時候最著迷、什麼時候失去興趣但仍偶爾讀之、什麼時候完全不想再看了。有些人的回憶帶著懷念，因為閱讀瓊瑤的日子代表過去天真無邪的少女時期，而有些人則帶著輕視或嘲諷的語氣，表示自己已脫離過去那段膚淺無知的青澀歲月。在訪談中也發現，少女開始閱讀瓊瑤通常是受同儕團體的影響。由於同學們彼此流傳交換瓊瑤的小說，在團體帶動的氣氛下而開始接觸。過了一陣子，也許班上又再流傳另一種讀物，也許受訪讀者本人興趣轉變，對瓊瑤小說產生厭煩感，閱讀活動也因而停頓下來。

在訪談中觀察到，讀者帶著自傲、輕視、不屑的語氣說：「我不再讀瓊瑤了！」由她們的口氣及描述得知，「不讀瓊瑤」是她們自己心目中一項重要的文化指標及成熟指標。讀瓊瑤表示開始受同儕團體的影響，文化品味則屬於傾向美化的、感性的、軟性的風格；而不讀瓊瑤則意味著有獨立判斷能力，不再和別人亦步亦趨，而讀書品味也較從前提高。以不屑的口氣來否定自己的過去，正表示對現階段的肯定與滿意。

我在和眾人一起觀看瓊瑤電視劇或是討論瓊瑤小說時，發現有一種輕鬆歡樂的團體氣氛——大家在七嘴八舌的批評或指責某個人物太做作、某段情節太荒謬時，往往引來陣陣哄堂大笑。這是一個團體共享的愉悅——不是因為觀賞瓊瑤作品本身令人高興，而是批評與取笑帶來歡樂。每個人都有能力批評或取笑瓊瑤作品，而這種批評也是大家都懂、都同意的。**少女成長過程中閱讀瓊瑤是一個集體經驗，而批評與取笑瓊瑤也是一種能引起共鳴的集體經驗。此外，批評與取笑瓊瑤有一項重要的功能——品位層次與人生階段的區隔，表示自己的水準與層次已超越閱讀瓊瑤的階段。**

結論

七〇年代對瓊瑤的批評並不像六〇年代那樣，是源於官方作家與異議知識分子之間的結構性緊張。七〇年代對瓊瑤的批評是源於文學社區內部，其成員想要劃清界線，在文學（亦即純文學）與非文學（亦即通俗文學）之間建立清楚明顯的區隔。批評家討論的問題有下列各項：⑴文學的理想效果（提升性靈）與實際效果；⑵作家與讀者的關係以及作家與出版者的關係；⑶文學與社會的關係；⑷文學與非文學的分界線。

論者的意見表達出強烈的規範性。文學應該具有提升與淨化心靈的效果，並且能拓展讀者的知性與視野。文學也應該提出對人生與社會的批評，而不只是說一個故事。作家也不應以取悅大眾為榮，而應爭取有學養的讀者的認可。這正是純文學作家與商業作家的不同之處。整體而言，雖然批評家也使用通俗文學、商業文學、大眾小說等字眼，但通俗文學是以「什麼不是文學」的方式被討論。這意味著它本身沒有獨立存在的地位，也不是文學的一種，它根本就不是文學。

文學與非文學之間的堅壁清野反映了七〇年代文化生產界的某些特徵。第一，文學社區與政府文宣機構間的緊張與衝突已較減輕（鄉土文學論戰例外），文學社區有較高的相對自立性。第二，文學社區本身相當穩定，和租書業互不往來，涇渭分明。身為一個暢銷商業作家，瓊瑤可說是文壇的一個異數。我們將在下一章（第七章）看到這樣的局面到了八〇年代起了重大變化，文化工業的崛起使暢銷書與通俗文學也躋身文學的範疇，儘管評論界仍是一片撻伐之聲，卻也不得不承認通俗文學的存在。

由少女讀者對瓊瑤作品的反應看來，通俗小說並非在一種真空狀態下被閱讀的；相反地，閱讀小說和少女的日常生活情境息息相關。批評家把小說的文字、情節本身視為詮釋的對象，但對少女讀者而言，看小說並不是要去詮釋書中的意義，而是發掘書中能與她們的生活或情感相契合之處，她們「使用」小說來達到各種不同的目的。誠如一位讀者所言，她沒有時間自己去織夢，所以就讓瓊瑤替她造夢。對一個文化分析者而言，了解小說的文字意義固然很重要，但閱讀行為本身也應是研究者詮釋的對象。少女讀者有關瓊瑤的閱讀行為顯示，她們試圖在不違抗規範性文化的前提下，尋求個人心理與感情需要的滿足。

瑞登在《文學聲譽的政治》(Rodden, 1989: *The Politics of Literary Reputation*)一書中區分反應(response)與聲譽(reputation)。他認為反應指零零星星、不成系統的讀者意見，但若是這些反應經過篩選的過程被整合成一套系統，並使作家具有某種鮮明的形象，那麼這位作家就可說是享有「聲譽」，至於這些經過篩選整合的反應與意見可能是正面肯定也可能是負面批評。換言之，在瑞登的定義中，聲譽不見得就是好評，而是一位作家是否具有由眾多讀者反應中所凝聚出的公共形象。以此而言，瓊瑤可算是具有聲譽的作家。六〇年代時，在李敖等異議知識分子的批評中，她是一位束縛青年人自由心靈，使他們困居暗室的保守反動作家。七〇年代時，她成了不顧文學良心的小說販子。到了八〇年代，當暢銷書排行榜及新進暢銷作家備受批評時，又有人說她是「誠實的商業作家」。經由研究瓊瑤聲譽的形成過程，我們了解到所謂瓊瑤評論，與其說是關於瓊瑤本人，不如說是批評家及知識分子經由批評瓊瑤對台灣的文化與社會所做的分析，並由此而流露出他們如何自我定位、如何界定自己和外在社會的關係。

第三部分

八〇年代

第七章
文化工業的崛起

前面提過，七〇年代的書籍出版市場除了有一般出版商與租書店出版商的明顯區隔之外，一般書店的文學性書籍幾乎由為數不到十家的出版社所包辦。相形之下，八〇年代的書市顯得群雄並起，熱鬧非凡。其中最重大的變革，就是以往在租書店才看得到的讀物，如漫畫、武俠小說系列、言情小說系列，如今都成了設計精美的產品，展售於大型書店。七〇年代瓊瑤小說被視為文壇異數，但是到了八〇年代，言情小說系列已經堂而皇之的在書店占據顯著地位。與此同時發生的，是書店所創設的暢銷書排行榜，這些暢銷書引發了八〇年代文化知識界再次興起一陣純文學與通俗文學之爭的辯論熱潮，只不過這次熱潮並非以瓊瑤為中心，而是針對暢銷書排行榜。

在本章中我所提出的一個論點是，**在一個過渡時期，當某種新的生產與行銷模式崛起並具有主導力量時，人們對文化產品的認知與評價並非根據其內在文本特色，而是根據它所發源的產銷體系。**八〇年代的女作家及其作品展現了內容與風格上的多元，但是由於這些作品來自文化工業，藉著暢銷書排行榜打出知名度，於是這些書就統統被視為流行文學而備受抨擊。

反倒是瓊瑤的小說，由於長期以來被視為商品與休閒品，到了八〇年代並不再引起知識分子的負面批評。八〇年代的暢銷書女作家其處境類似七〇年代的瓊瑤——雖然她們的內容與風格不同於瓊瑤，她們的作品引發評論家「魚目混珠」的憂慮。而造成這種情形的，則是文化工業的崛起所帶來書籍出版與零售的革命。雖然這個產銷革命在剛開始時引起知識界的撻伐，但是文學市場的多元化、區隔化、商品化，很快地在短短數年內大勢底定，「文學」一詞在經驗層次上必須包括各種不同性質的作品。以下我將提出三種不同的文化產銷模式，藉以比較七〇年代瓊瑤與八〇年代女作家之間的異同。

壹、文化產銷的三種模式：藝術家、個體戶企業、文化工業

一、文化產銷的組織模式

生產與傳銷可以有多種不同的組織方式，不同的組織方式會直接影響到創作者的獨立自主性以及產品的特色。一般說來，複雜的組織結構，龐大的資本額，以及為數眾多的閱聽人，這些因素會使生產組織對創作者的控制與干預較多（如電影製作）。反之，如果資本額小而組織較為單純，創作者則享有較高的獨立自主性。

藝術家模式(the artistic mode)的生產，指的是創作者能夠完全掌握其生產與創作過程。行銷是附屬、次要的部分，並不直接影響創作。此外，創作者也往往具有某種藝術專業的意識形態，排斥商業考量而尊崇藝術的內在標準（或是藝術的社會責任與道德使命感）。文人主導的小出版社或是前衛藝術家團體都屬於這種模式。

個體戶企業模式(the entrepreneurial mode)指的是創作者和一位具商業及行政長才的人合作，一方面歡迎市場的擴大與利潤的追求，但另一方面創作者與企業家又維持良好私誼，兩者有充分的溝通與默契，使創作者的生產過程受到尊重，即使創作者被期待做某些改變以便迎合市場口味，創作者仍能站在對等地位與企業家做充分的協商溝通。個體戶文化企業的組織形態相當單純，然而有可能因特殊的時空條件，或是處於有利的市場位置而能夠打開市場，吸引廣大的讀者群與閱聽人。瓊瑤和平鑫濤的家庭企業屬於這一類型。瓊瑤的小說由於連載於《聯合報》副刊而大大擴張了讀者群，但七〇年代的皇冠出版社其組織規模並不算大。個體戶企業雖然比藝術家模式重視市場導向，但兩者都是以生產為主，行銷為輔。生產與行銷是兩種分開而獨立的過程，而且是先有前者，再有後者。

至於文化工業的特色是什麼呢？在此我們有必要先介紹這個名詞及概念的起源，並指出本研究和「文化工業」一詞的原始意義有所差別。

文化工業(the culture industry)一詞是由德國法蘭克福學派的學者阿多諾(T. W. Adorno)及霍克海默(Horkheimer)等人所提出。他們認為通俗文化或是大眾文化這樣的名詞，使人誤以為普及文化是來自民間的社會大眾，然而在現代工業社會中，普及文化的生產及流通是由少數媒體組織所壟斷，因此他們主張使用文化工業一詞來代替具有草根意味的通俗文化（或是大眾文化）。他們從社會心理學及心理分析的觀點出發，強調文化工業所產製的文化所具有的意識形態效果（如疏離、異化、物化、失去真正的個人主體性及自由）。與文化工業相對的是所謂「純正藝術」(authentic art)，具有批判、超越、提升人性的精神內涵。

法蘭克福學派在文化工業這個概念上顯現兩個缺失。首先，誇大了精英高級文化與媒體組織之大眾文化兩者間的距離與差異，尊崇前者而貶抑後者，精英主義的色彩過濃。其次，文化工業一詞成為一個抽象、整體性、全面性的概念，反而沒有從實證經驗的角度去研究此概念中的「工業」面相。正如徐秋玲與林振春在〈台灣地區文化工業的檢證〉（一九九三：二三八）一文中指出，阿多諾等人的文化批判在告訴人們反抗資本主義的同時，又擺放了一個所謂「純正藝術」或「正當性」的文化之甕，希望大家能魚貫而入。法蘭克福學派使得人們即使能掙脫資本家的意識形態操控，仍又淪入精英主義的權力論述掌控之中。

本研究強調的是文化工業化(the industrialization of culture)的過程，著重的是文化組織內的分工、科層體系、資本與利潤的累積過程，以及文化勞動力問題。在文化工業中，創作／生產與行銷／流通分成兩個不同的部門，但彼此之間關係密切。談到生產，我們聯想到的是具有個人魅力及創意的藝術家／作家的創作過程，然而在文化工業，各種不同部門的組織體系日益龐大複雜，生產其實只是整個產銷鏈中的一個環節。產品的再加工（如一首曲子再加以配樂、編曲）、企畫、行銷、宣傳……這些不同部門所扮演的角色越來越重要。結果是所謂文化工業，其實具有雙重面相，一方面是原始生產部門（創意部門）無法工業化，此部門的從業人員除少數大師或明星級人物外，均為待遇微薄、流動性高的「文化零工」，而複製、行銷、傳送部門則具備工業形式，有複雜的科層體制，是權力、資源、利潤集中的所在（林芳玫，一九九四）。

以電視工業為例，電視台擁有硬體科技設備來傳送節目至收視家庭中，但節目本身大部分由外面的傳播公司製作，電視台獲取暴利，而傳播公司則未必。以報紙新聞業而言，記者是生產新聞的第一線，但他們也是報社組織中職位層級較低的。原始的文化生產者要不然位於組織的底層（如記者），要不然就是不隸屬於正式組織（如作家）。總而言之，文化生產者必須受制於組織，而所謂文化工業，並非文化生產的工業化，而是文化產品行銷與傳送的工業化。

前面提及在文化工業體系中，文化生產者越來越受制於組織。這倒不是說行政部門會直接命令創作者要如何做，或是會干涉創作者的創作過程。實際的情形是，從最初的生產到最後上市是一條漫長複雜的產銷鏈。中間有層層關卡對作品加以加工、整型、修改，創作者本身對文化產品的最終形式未必有決定權；事實上，文化工業的生產過程可說是集體創作的過程，這在新聞業、電視、電影等大眾傳播領域尤其明顯。

在書籍寫作及出版印刷這個領域，工業化的特色並不明顯。出版不需要大量的資本額，所需硬體設備也非昂貴的高科技。寫作本身就物質層次而言更是一個簡單的生產。大致而言，與其他文化行業比起來，寫作仍具有高度的獨立自主性。但是，如果某一文類有過多的人投入（如言情小說），從出版社的角度而言，如何篩選稿件成為一個大問題。出版社編輯有如守門人，根據他們對市場及讀者口味的了解來挑選稿件。創作者要想在眾多稿件中脫穎而出，就必須要熟悉出版社篩選的標準。因此寫作本身表面上看似簡單而又無拘無束，不像拍電影那樣勞師動眾而又耗費甚巨，但寫作的人過多，形成生產過剩，編輯的選稿標準乃不可避免的對寫作者形成一種影響力及制約力。

二、瓊瑤與其他作家的區別

讓我們以瓊瑤的「文化個體戶」來和八〇年代的暢銷書排行榜及言情小說系列做比較。瓊瑤的小說雖然具有廣大的讀者群，但其生產與宣傳行銷方式相當簡單，瓊瑤具有高度的掌控權。但是暢銷書排行榜是由書籍零售業（書店）所創設，作家與出版社雖能盡力配合（甚至形成共謀），但畢竟沒有掌控權。暢銷書排行榜現象顯示了文化工業的下游部門（書店）所扮演的角色越來越重要。至於希代出版社所出的言情小說系列，每月固定出書，以超商、雜貨店為零售管道，其產品形象是「希代」這個品牌，而非特定的作家。這些小說的作者都是沒沒無名的年輕女性，沒有人會去注意她們是誰。暢銷書排行榜由下游零售業帶動風潮，而希代言情小說則由出版社來做整個系列的企畫行銷。在這兩個例子中，作者的重要性及顯著性要不然根本不存在（希代作者），要不然由一個非作家個人所能掌控的體系來決定（排行榜）。相形之下，瓊瑤的作品不管內容是否公式化，至少她具有產銷過程上的自主性及決定權。而在文化工業體系裡，創作者對整個產銷過程的直接影響力相當有限。

總而言之，所謂純文學／通俗文學、高級文化／大眾文化的區別，不見得是文本本身的內在特色，也不見得是創作者的個人動機（最常見的迷思就是純文學作者為藝術而創作，通俗文學作者則是為了商業或是媚俗），產銷組織之不同也可能影響我們對文化產品的認知與評價。**暢銷書排行榜以都會區中產階級為對象，並非普羅大眾的文學**。然而由於它是由行銷主導，在八〇年代的台灣文化界而言，尚屬新奇的現象。在初始階段暢銷書排行榜因而被視為所謂「通俗文學」，這些書籍的個別差異被漠視。

由於上榜作家多為女性，於是女性文學又再次被當作中等品味，和藝術良心成對比。七〇年代的雅俗之分在八〇年代重新出現，只不過這次爭議的箭靶不是瓊瑤而是排行榜女作家。然而，八〇年代的文化論爭畢竟不同於七〇年代，那就是通俗文學終於取得了初步的合法正當性。這些文化論爭皆起源於書籍出版及零售業的重大變革，以下我將針對八〇年代的文學書市進行分析，並探討為何書市在台灣文化工業的崛起扮演中心主導的角色。

貳、八〇年代文學出版與書市的特色：宣傳導向與消費導向

一、大型連鎖書店的成立

電視台、報社、大型電影公司等大眾傳播媒體，由於其組織規模龐大，本是文化工業的最佳範例。然而，文化工業一詞並不只是對某種客觀存在現象的描述，它還隱含了一項概念上的議題，那就是現代工業社會的文化產銷組織如何影響不同文化階層（如高級文化與大眾文化）各自的地位及彼此的互動。就這點而言，出版業相較於新聞業或是電視對文化階層的變動更具關鍵性。七〇年代所謂五小（爾雅、洪範、九歌、大地、純文學）所代表的文學精英和租書店形成強烈對比，但八〇年代出版業帶動了中上層文化的擴張，往上襲奪上層精英文化，往下吸納及收編漫畫、武俠小說等較低層的文化類型，使得文化階層化(cultural stratification)起了內部變化，造成不同階層（尤其是中上層及上層精英）之間的模糊及混雜。這些現象都是由金石堂等大型連鎖書店的出現而帶動的。

八〇年代的台灣社會歷經社會、政治、經濟、文化等全方位的重大變革。就個人日常生活的層面而言，八〇年代是消費社會的到來。六〇及七〇年代的經濟發展是出口導向，以製造業為主，國內市場及服務業不是經濟發展的重點。但是到了八〇年代，多年來持續的經濟成長已為台灣累積了可觀的外匯存底，社會上游資充斥，以國內市場為訴求的服務業在八〇年代開始蓬勃發展。其中最顯著的就是連鎖速食店及便利超商如雨後春筍般地林立於街頭。就書籍市場而言，連鎖書店的成立使得下游零售業對上游出版業帶來重大衝擊。

連鎖書店金石堂的第一家店面，於一九八三年開設於台北市汀洲路，次年城中店開設於台北市書店林立的重慶南路。重慶南路是一條歷史悠久的書店街，雖然具有文化氣息，然而每家書店的店面都非常狹小老舊、陳設擁擠、走道侷促，並不是一個舒適的閱讀環境。金石堂甫一開張就大受歡迎，它店面寬敞，布置得光鮮亮麗，店內的陳設強調幾個重點，如新書專櫃、作家專櫃，以及後來成為每家店一進門就看得見的暢銷書排行榜，尤其在書籍陳列上造成區隔及層次感，方便購書者在茫茫書海中找尋定位。除了店面陳設上明顯有別於傳統小型書店之外，金石堂的經營給台灣社會的閱讀文化帶來兩項重大變革：首先是強調書籍的宣傳與行銷，其次是把買書納入整體日常生活的消費活動之中。

就第一點而言，這正是曾引起文化界激烈爭議的暢銷書排行榜。金石堂以電腦處理銷售紀錄，統計每週銷售最多的書，區分為文學類及非文學類，各自列出一份排行榜。暫且不論排行榜，光是就銷售紀錄電腦化而言，這使得各種書籍的銷售速度一目了然，方便於書店決定是否繼續進貨。這給出版者帶來很大的壓力，那就是書籍上架的生命週期變得較快、較短，新書若在短期內表現不佳就被淘汰出局（工具書、家庭用書、教科書較不受此影響）。目前金石堂每個店，平均書種約兩萬七千到兩萬九千種；每月的新書約六百到七百種；平均每年有八千多種新書；相對的，每年也淘汰掉八千多種書（徐秋玲、林振春，一九九三）。

排行榜的最大意義在於，書籍不再是被動地擺在書架上等著被讀者挑中，而是書店主動出擊，挑選某些書籍從事宣傳與介紹活動，提高書籍及作者的知名度，藉此促銷。排行榜使得上榜作者在短期內獲得注意力，甚至成為知名公眾人物，因此有人批評這是作家明星化。排行榜與宣傳行銷的崛起，改變了過去靜態的文學寫作與欣賞，使得零售業以文化中介者的身分介入，主動為消費者／讀者提供購書參考。

金石堂帶來的另一項革命，就是把靜態的買書、讀書化為動態的消費購物行為，和整體生活情境息息相關。書店的經營多角化，除了書籍之外，尚附設文具部、唱片部、餐廳。金石堂的咖啡廳與餐廳成了都會人士休憩聚會的場所，在逛街購物之餘，順便與朋友會面談天——當然也有不少人是在約會之餘，順便到書店瀏覽。有的較大的分店甚至還有演講廳，可供舉行新書發表會或是藝文界的座談會。

上述現象並不能以單純的一句譏評「文學商品化」就可打發掉；相反地，它值得我們加以正視。文學欣賞已不再是孤立、隔絕的活動，它和整體生活情境的關係如下（林芳玫，一九九四：七二）：

> 文學（包括純文學、通俗文學、一切的印刷媒體）→狹義的文化（美術、音樂、電視電影等）→消費活動（購物、休閒、社交、健身、食衣住行）→廣義的文化（指所有的象徵符碼系統，用來溝通表意，建構自我認同及社群認同，指示身分地位）→整體生活情境。

也就是說，書籍的選購及欣賞固然是一種消費行為，但消費行為本身又籠罩於廣義的文化象徵體系中，消費活動本身就具有文化意義。一個市民為何在週末選擇到書店喝咖啡，而不是到電影街喝咖啡，也不是到遊樂場打電動玩具，這就是一個人在選擇其特定生活方式與生活風格。

到了八〇年代後期，書店經營開始出現明顯的區隔。如果我們把連鎖店當作中間，往一個極端發展的是講求精緻優雅的誠品書店，往另一個極端發展的就是在便利商店販售的書籍。後者是「文學生活化」這個趨勢更尖銳的表現，消費者在處理開門七件事——柴米油鹽醬醋茶之餘，順便買本書。超商賣的書主要是言情小說、漫畫、雜文集，以及星座血型相命風水等等。而誠品書店是「生活美學化」，店裡陳列的書籍非常多元，從學術書籍到烹飪、美容、健身保健，應有盡有，而整個陳設風格強調精緻與優雅。

誠品與統一超商這兩個極端其實並非對立與相反的現象，而是以不同方式展現了同一趨勢：那就是文化（文學）與日常生活互相滲透，文化（文學）活動已不再是獨立於日常生活之外的活動。消費者依據其經濟資本與文化資本的多寡決定從事某一階層的消費（誠品、金石堂、統一便利商店）。

八〇年代連鎖書店的興起，以及後來連便利商店也開始賣書，那些都大幅增加了書籍零售的管道，使得以前由租書店供應的讀物如今也正式進駐書店。當然，八〇年代以前有書店與租書店的區別，這並非只是單純的因為書店不願意或是容納不下休閒性讀物，而是整個社會尚未富裕，沒有太多餘錢花在休閒性讀物，所以到租書店去。而租書店的產品大都印刷粗劣、裝訂簡陋，更談不上精美的封面設計。

到了八〇年代，漫畫、武俠小說、言情小說等通俗讀物的產銷開始「產業升級」，包裝日益精美，堂而皇之地陳售於一般書店。等到便利商店也開始賣書，它等於扮演了以往租書店的角色，提供休閒性讀物的銷售流通管道。以下我將以希代的言情小說系列，討論八〇年代文學商品化的現象。

二、希代的言情小說系列

八〇年代以前，一般書店並沒有大量的言情小說，瓊瑤是顯著的例外，那時候言情小說最多的地方是租書店，以翻譯國外作品為主。在此我們有必要先認識什麼是言情小說系列（category romances，又稱 romance series）。「系列」的意思是指由出版社創立某一品牌，定期出版內容與風格類似的小說（如每月出三至五本），在行銷上強調品牌特色，而非個別的作家或是個別的書。這些書並且採取統一的開本大小及編排格式，連封面設計也類似。小說系列的始作俑者是六〇年代加拿大的禾林公司，他們不但開創了系列的形式，並且突破傳統的書籍行銷方式，不但在電視上打廣告，甚至在洗衣粉等家用品上附贈兌換券或折價券，並在超級市場、藥店、雜貨店銷售。

小說系列徹底打破傳統上人們對書籍的概念：作者是誰並不重要，更不用說作者的個人獨特性。此外，書籍的閱讀是針對某一主題一次又一次的重複消費相似的內容。以言情小說為例，在它的發展日趨成熟之後，會出現各種不同的次類型(sub-genres)，例如以異國風光為背景，或是以過去歷史故事為藍本，或是強調性愛情色，每一品牌各有特色，有的甚至針對特定讀者群。例如隨著離婚率的提高，有的系列反映此一人口學及社會學現象，故事中的男女主角是離過婚的中年人尋找第二春。熟識的讀者知道各個品牌系列的特色，選購時可輕易做決定。

瓊瑤寫了四十餘本小說，本身就自成一格，但她具有高度的知名度並且有強烈的自我風格（也許每本都看似大同小異，但整體而言有一致性，並且和其他言情小說作家不一樣），因此就這點而言，她並未違反傳統上人們對書籍與作者的觀念。

禾林及其他英美等國的言情小說系列在七〇年代都有出版社翻譯，流通於租書店。經過正式授權的禾林小說要到一九九三年春才登陸台灣，至於國內第一家非租書店體系的本土言情小說系列，則非希代莫屬。

希代一開始並非就模仿國外那些不重視個別作者的言情小說系列；相反地，它汲汲於替作者打知名度。它主動發掘在校園文學獎得獎的年輕大學生，和他們簽約，替他們出版第一本書。校園文學獎知名度及影響力都遠不及兩大報副刊的文學獎，因此這些年輕人原本並無知名度。新書上市後若能進入排行榜，則知名度立刻提高，效果比兩大報文學獎還好。最佳的例子就是張曼娟所寫的《海水正藍》。

張曼娟的《海水正藍》所形成的暢銷現象，及其所屬的希代「小說族」系列，曾引起評論界的注意。蔡詩萍在〈小說族與都市浪漫小說〉（一九九二）一文中指出，以前的文學作品出頭方式是經由兩大報的副刊，再加上評論體系的推薦而逐漸累積知名度。希代小說族則與這個體系無關，而是經由排行榜的市場機制。蔡詩萍因而認為「小說族」（又稱「紅唇族文學」）會因此而「徹徹底底地被視為『通俗作品』」。

蔡詩萍所忽略的是，希代還有其他的系列（如「希代文叢」），這些才是正宗而徹徹底底地是通俗且商業化的作品，它們雖然也陳列於一般書店，但在便利商店則更普及。張曼娟等人還享有個人知名度，「小說族」後來的發展以及「希代文叢」系列則完全有如國外的禾林小說一般，是言情小說系列，作者是真正不曾引起文藝界注意的無名小卒，寫作風格也非常公式化。

這些作者熟讀國外言情小說的各種次類型，每種次類型所具有的約定俗成的規矩與公式都能被純熟的加以操練。例如性愛情色公式中男女主角如何發生第一次性關係，或是歌德式小說(Gothic novel)中以廢棄的古屋發展懸疑的故事，這些常出現於英美言情小說中的公式與框套都為希代系列作者所熟知（這些公式的詳細內容請看下一章的分析）。

根據最嚴格的定義，這種作者沒沒無名，情節高度公式化，出版量大且固定，注重整體品牌形象的產品是狹義的「言情小說」。相形之下，張曼娟的《海水正藍》和狹義的言情小說仍不相同。光就內容而言，所描述的並非狹義的單身男女性愛與情愛，而包括親情與各種人際關係。蔡詩萍認為老一輩的評論家執著於嚴肅文學與通俗文學之分，他們的看法因而產生盲點；蔡詩萍以張曼娟為例，談論八〇年代雅俗之分日益模糊的現象，但他忽略了希代的其他系列，它們比張曼娟的作品屬於更下面、更大眾化的文化階層。

我前面討論了希代兩種不同的行銷策略（一種是打進排行榜而提高個別作家的知名度，另一種則完全是強調整體品牌形象的言情小說系列），並且認為蔡詩萍說張曼娟是「徹徹底底地通俗」這樣的說法需要修正。我的用意是要再次重複本研究一貫的主題之一，那就是：雅俗之分不是絕對的，而是相對的，而這種相對關係往往受到文學社區中產銷組織的變化而顯得游離不定。從六〇年代到八〇年代，文學生產與評鑑體系有四種方式：(1)小型文人刊物，如《現代文學》及《台灣文藝》，由文人自行創辦，編輯、寫作、評論三者角色合為一體；(2)兩大報副刊，編、寫、評三種角色有所區分；⑶暢銷書排行榜，完全跳過評論體系，由市場機制決定；⑷具有獨立自主性的休閒讀物，不需評論體系，也不需排行榜，如租書店或便利超商的言情小說系列。

蔡詩萍的論文針對的是由第二種方式過渡到第三種方式的文化現象，他認為排行榜的書就是通俗文學，並且呼籲評論界要放下身段，正視通俗文學的存在。而我的看法則是：張曼娟等排行榜作家「是」或者「不是」通俗作家，並非本研究的關切焦點。從文學社會學的觀點而言，要研究的是：什麼樣的機制使得處於什麼樣狀況下的作家被貼上「通俗作家」的標籤？而我一再強調的就是，「通俗作家」這種貼標籤的行為，其原因有兩種：首先是在文學社區的論述場域裡劃清界線、鞏固地盤，把身分地位曖昧的成員驅逐出境——例如七〇年代時評論界批評瓊瑤的小說「不是文學」；其次是產銷及評鑑體系（或稱為守門人機制）轉換時，新的體系會影響人們對作品的認知。

排行榜跨過評論界，依賴市場機制，漠視評論界一向所掌握的發言權威，因此由這個機制出頭的作品就被稱為「通俗文學」。蔡詩萍雖然並不鄙視通俗文學，但他的看法和當時的評論界有共通之處，那就是排行榜的作品就是通俗文學，至於我說便利超商的言情小說系列是通俗文學，基本上是一種簡略的說法。更精確的說，它是所有小說類型裡產銷組織離評論界最遙遠的。有趣的是，由於這類小說就如租書店讀物一樣，完全引不起評論界的絲毫注意，因此也沒有人視之為通俗文學，它們彷彿不存在似的。

換句話說，作品本身的內在文本特色並不能完全決定它是純文學還是通俗文學。**通俗文學不是一種靜態的內在本質，而是一個動態的貼標籤過程。凡是越接近精英體系，但是又不是精英體系所**

能掌控的，就會被冠上通俗文學的稱號。所以在七〇年代，瓊瑤會受抨擊而玄小佛不會，因為後者離文學社區的精英分子遙遠；同樣地，在八〇年代，排行榜作家會受到注意與評論，但言情小說系列的無名作家則不會。

希代的經營方式充分顯示了八〇年代出版業的新特色：重視行銷與包裝。如前面所提過的，它主動開發作者群，從校園中尋找有潛力的年輕作者，然後在出書的時候，一口氣同時為四、五位作者打廣告。每本書都有精美的封面設計，有些甚至在書中附上數幀作者的照片；通常是沙龍照形式：一個長髮披肩的女孩，長裙飄逸，手捧一束鮮花。書的前面會附上一篇至多篇的文章介紹作者，有的是作者的好友寫的，有的是出版者派的「記者」寫的採訪。這些文章的內容往往以很個人、很親密、很隨和的方式來介紹作者的個人特色，例如她的成長過程、興趣、嗜好、喜歡聽怎樣的音樂、衣著服裝打扮是怎樣的風格、對喝咖啡有何特殊要求……等。雖然除了張曼娟等人之外，絕大多數希代作者都不具知名度，但這並不表示作者就真的一點也不重要或是沒有存在價值。相反地，希代仍在企畫上企圖為每一個作者塑造一個鮮明的個人形象。而這種作法也正是法蘭克福學派的學者對文化工業的批評之一：偽個人化。更精確地說，希代及希代作者並不在乎文壇上的聲名或是評論界的注意，他們在乎的是書籍市場上消費者／讀者的喜愛與認同，而這些消費者主要是年輕的中學及大專女生。這種作法也招來不少批評，認為是把作家當成崇拜的偶像。

希代劃定它的銷售對象，根據這些人的喜好來企畫產品；也就是說，他們具有市場區隔與定位的概念。傳統上對書籍出版的觀念是，一個作者想要表達某些意念而書寫成文字，完稿後交給出版社，出書之後被動的等待欣賞的人將它買回家看。但是現在出版社本身就先預設了某種「消費者形象」，根據這個形象去發掘作者，再使作品能與出版社心目中的消費者形象契合。換言之，所謂消費者喜好或是市場口味並不是指已經存在的、固定不變的現象，而是生產者（出版社）以事實觀察為根據，所建構、營造出來的一種想像中的消費者形象。

希代使用「小說族」一詞就反映了八〇年代的一個新興字眼：「族」。這個字就是市場行銷專家為了推銷某種產品而建構出來的團體，如所謂紅唇族。同一族就是消費某一產品的一群人，有共同的認同對象及生活方式，可以說是以商品來建立認同感與歸屬感。希代自認為它的讀者群就是一群年輕活潑、既有青春朝氣，又有智慧才華的女孩，而其作者群就是這種理想形象的化身。更有甚者，希代的讀者也可能成為希代的作者。希代出書量大（淘汰舊書的速度也快），因此對稿件的需求量很大。希代提供年輕女孩一個機會，把幻想與白日夢寫下來，編成一個故事，發揮自己的創造力。

如果我們綜合出版業及零售業的經營方針，可歸納出八〇年代新興文化工業的兩項特色：第一，中介加工的部門日趨重要。生產不再是指作者一個人閉門造車的創作過程，而是出版社有一群編輯、企畫、美工、市場行銷專家從事原始產品的包裝工作。「包裝」是我們現在常用的一個字眼，通常有不太好的意涵，好像意味著產品沒有實質才需要包裝。其實，所謂中介加工或是包裝，可將之視為找出產品與消費者的交集區。

其次，書店種類分化，並因而影響消費者的購書態度與行為。八〇年代起書籍銷售管道分為三大類：分布於重要購物區、藏書廣泛的連鎖店；以社區需要為主、賣實用性或休閒性質書籍的社區書店（如便利超商）；專業或特定性質書店，如外文書店，或是建築與美術方面的書店，在國外更有同性戀書店與女性主義書店（台灣第一家女性主義書店於一九九四年成立）。

總而言之，八○年代文化工業的興起，表現在出版業上面的特色就是產銷過程變得更複雜，分工比以前精細且專門化，原始生產（創作）的部分相對而言較無獨立自主性。接下來我要探討的是，書籍產銷結構的改變對文學社區的影響。

三、文化工業崛起的影響：作者、讀者、出版社的多重互動

八○年代新興出版業及連鎖書店積極地為新書做各種促銷活動，如開新書發表會，利用排行榜造勢，舉辦作家簽名活動，上電視、廣播等媒體的藝文節目。買書原本是個單面相活動，現在卻成了多方溝通交流的活動——作者、讀者、以及書評家或是編輯等文化中介者之間的互動。此外還有多媒體的呈現方式，例如將小說改編為電影與電視劇，或是反之將劇本改寫為小說。換言之，讀者不只是讀者，也是聽眾與觀眾。書店不只是買書的地方，也是參與文化活動（如聽演講）的場所。

買書情境的改變也顯示著作者與讀者關係的改變。以往作者居主導地位；在嚴肅文學的傳統裡，作者寫作時力求完善，希望能成為經典之作，供後代子孫欣賞。在這樣的傳統裡，只有以評論家身分出現的讀者才具有重要性，而閱讀的目的是求詮釋的細密深入。整體而言，一般讀者並沒有重要性，而作家寫作的目的也不在取悅讀者。

文化工業所帶動的讀書文化則是越來越正視讀者的重要性，針對讀者的喜好與需要而出書。這並不是說以前的作者及出版社就沒有取悅讀者、迎合市場的心態。像瓊瑤這樣備受歡迎的暢銷作家就把取悅讀者看作是正面積極的事，認為寫作的目的是使人引起情感的共鳴。但是瓊瑤依賴個人的直覺及觀察力（如讀者來信）來判斷讀者的喜好，並設法融入一本新書的構思中，她及皇冠出版社並沒有刻意塑造一種集體的讀者形象，而租書業縱使有意迎合讀者，除了靠直覺外，並沒有多餘的資源及專業能力來做這方面的工作。文化工業的興起，使讀者導向的出版方針成為可以放在檯面上的經營理念。

正如希代的發行人朱寶龍說：「我們不但爭取文學人口，更創造了文學人口！」（莫昭平，一九八八）這句話背後隱含了一個重大意義：新形態的出版業有意識地擴大了文學讀者群，吸引更多原本不看小說的人來看小說。當然，這就牽涉到什麼才是「文學」這個問題，我們稍後再討論它。所謂「創造文學人口」，或是「擴大讀書人口」，用馬克思主義的觀點來看，是資本主義的持續擴張，要把越來越多的人口吸納到圖書市場中，深化文學商品化的過程；用自由多元主義的觀點來看，是文學的民主化，使文學作品更普及。這兩種看法，前者著重的是商品產銷與資本運作的邏輯，而後者著重的則是這套邏輯施行之後所可能產生的理想後果。

大致而言，八〇年代具文化工業精神的出版業展示了兩種不同的運作方向。首先是創設暢銷書排行榜，入榜的作家其實不乏高學歷而具有文學聲譽者（如李昂），這其實是一種中上層文化，但由於逼近上層文化，因此容易被精英分子斥之為披著嚴肅文學外衣的通俗文學。其次則是租書店產品的「產業升級」，如漫畫與言情小說系列。

這兩種不同的方向造成一個共同的效果：打破傳統對文學的觀念。以前「文學」一詞指的就是嚴肅文學，雖然也有通俗文學一詞，畢竟是另外一個獨立範疇。但是現在，文學一詞本身所指涉的範疇必須加以擴大，包括嚴肅文學與通俗文學。更確切的說，這兩者的劃分就出版與行銷的觀點而言，其實已不具意義。

寫到這裡，請讀者不要誤會，以為這意味著所有的文化產品都是混雜在一起，沒辦法有任何分類或區隔。高級文化與通俗文化的區分及二元對立失去了往昔那種全面性的、整體性的、普遍性的力量，但在局部的層次，區隔仍是存在的。比如說言情小說這個文類本身有區隔，內部可再細分為某作家是否比另一位作家優秀。但是整體性地、概括性地宣稱「『希代文叢』及『希代小說族』的言情小說不配稱為文學」、「瓊瑤的小說不是文學」、「三毛是偶像，不是文學家」，這樣的認定已失去效力。我們可以辯論瓊瑤與三毛孰優孰劣，但如果認為她們的作品不是文學，這就是個不合時宜的看法了。在文化工業中，產品的生產過多而氾濫，為了使消費者便於辨識，於是有了市場的區隔與定位，然而這些日趨分化的產品彼此之間雖有平行橫向的區隔，卻沒有一個固定不變的直向階層來劃分出必然的高低雅俗之別。

此外，讀者導向的出版，也使越來越多的書，是直接針對讀者日常生活中各方面的立即需要而出版。比如說實用心理學，教人們如何在工作場所和同事相處，如何和父母溝通，如何教導小孩，如何減少憂慮，如何利用時間……根據徐秋玲、林振春分析（一九九三）：一九八九、一九九〇、一九九一，三年的年度排行榜前十名（共計三十本書），這些書的內容最多的是安身立命（九本）、趣味休閒（七本），感性言情（六本），共占三十本書的七成。這裡面有很多書根本是超脫了傳統文學批評理論所能處理的，如屬於安身立命的《為自己而活》（黃明堅著）及《證嚴法師靜思智慧愛》類，又如屬於趣味休閒的《腦筋急轉彎》。從八〇年代末期開始，排行榜上的書可說是文學評論體系所難以掌控的。這些書不但不是純文學，也不是通俗文學，而是截然不同的文類。

與此形成有趣對比的是排行榜剛推出時，女性作家的小說在榜內占重要地位，如廖輝英、蕭颯、朱秀娟、李昂，這個時候排行榜引起不少知識界的爭議，這些書被批評為在情感的圈子打轉，感傷濫情，但卻不具文學價值。這時候的排行榜仍是評論界企圖去掌握與了解的，但是到了八〇年代末期，出版業所推出的書以及讀者選購的書，主題內容以及文類越來越多元化，到了這個時候，評論界已無力去爭辯什麼是純文學、什麼是通俗文學。以讀者日常生活需要為導向而出書，在在顯示了生產行銷消費體系中讀者／消費者地位的提升，以及評論體系以往所享受的權威相對說來有所萎縮。以下我們就討論知識界對文化工業的看法。

參、知識界對暢銷書排行榜與文化工業的反應

八〇年代文化工業的崛起是配合著一個全面性的社會現象：消費文化的成形。文化工業因此吸引了社會與文化評論家的注意，因為這並不只是一個狹窄的文學或出版的問題。大致說來，評論者

對文化工業的反應有四種立場：第一種是以業者實際的措施是否恰當為出發點而提出質疑；第二種是持審慎與觀望態度，並提出局部批評；第三種是肯定並支持；最後則是從整體的文化及社會層面來批評。

一、排行榜不具備公信力

文化工業起初最遭受議論的是暢銷書排行榜。首先，排行榜被人指為有作假或操控之嫌。據說，有的出版商派出人手到金石堂各分店去買自家出版的書，有的則是以較低的折扣批給書店。其次，排行榜的代表性值得懷疑。金石堂的主顧以台北都會區的中產階級為主，並不包括鄉鎮及南部地區的民眾，但由於排行榜具指引作用，會引起更多讀者的跟進，因此排行榜變成以特定階層人的品味來影響全國的讀者。

二、排行榜的負面影響

蕭新煌（一九八七）認為出版社急於選拔新人，使得文化生產也如流行時尚般強調新穎時髦，老一輩的作家以及以前的作品因此較無出版機會，這會使得台灣的文學出現斷層現象。

蔡源煌（一九八九）則針對希代的作法表示，在作家還很年輕時就大力吹捧，會使作家過早就定型，反而不能發揮出較深厚而多面的潛力。

三、排行榜的正面功能

支持排行榜的人認為，暢銷書受到廣大讀者的肯定，閱讀暢銷書因此就是閱讀社會。這種看法以詹宏志（一九八九）為代表。詹宏志本人可說是代表著一種新形態知識分子的崛起。他對文化事業有興趣而又具有市場行銷企畫方面的能力，曾先後在新聞界、出版界、唱片界、電影界從事許多具有前瞻性與突破性的個案企畫。他認為，一本書能躋身排行榜必定是和社會脈動相契合，並探索讀者所感興趣及關心的事。暢銷書有如一面鏡子，反映社會，幫助我們對社會的了解。周浩正（一九八六）也表示，企畫與行銷能夠成功，必須「人性地掌握住社會變化的本質與規律，以反社會心理成長中的階段需求」。這句話的重點是「社會變化」以及「階段需求」，顯示暢銷書不在於表達超越時空限制的普遍化人性，而是特定社會條件下人們的需求及喜好。

上述的看法受到杭之的大力抨擊（一九八七甲），他認為這種「社會反映論」很天真的以為文學與社會之間有直接的關係，忽略了兩者之間的中介力量，亦即文化工業對消費者的操弄。排行榜內幕重重，而所謂消費者的「需求」，往往也是宣傳行銷所製造出來的，並非本來就存在的自然需求。

詹宏志等人的看法的確是忽略了文化中介者的角色，然而，這樣的看法也可說是知識分子文學觀的一大轉變。人文主義傳統下的知識分子認為文學的意義是藝術美感的呈現，道德情操的提升，或是知性思考能力的培養。但對新一代、較具社會科學傾向的知識分子而言，文學可看作是一種文獻，有助於分析及理解社會現象。這種看法顯示了規範性、理想性的文學觀逐漸衰微。

四、從宏觀層次批判文化工業

知識分子之中，那些嚴厲抨擊暢銷書排行榜的人，其最終目的並不在於分析排行榜本身的優缺點，而是以此為切入點來批判文化工業，更進而批判資本主義的商品化邏輯。這方面的看法可說是延續西方馬克思主義的思想傳統。在分析本地學者的看法之前，讓我們先回顧一下有關大眾社會、大眾文化，與文化工業這方面的學術概念與論爭。對大眾文化與文化工業展開有系統的批判，這是始於法蘭克福學派；他們的觀點在五、六〇年代受到美國自由多元論者的反駁；七〇年代興起的新左派一方面修正了法蘭克福學派中過於簡化的觀念，另一方面也回應自由多元論的看法，指出其缺陷。

大眾社會的觀念與二次大戰期間流亡在外的德國知識分子〔如阿多諾、班傑明、曼海姆(K. Mannheim)〕有關。為了了解並解釋納粹德國和極權政權的產生，他們探討大眾社會的本質和大眾傳播對社會的影響。根據他們的說法，在大眾社會裡的人們，失去傳統社區的仲介組織，如教堂與鄰里關係，因此易受大眾媒體及其意識形態的控制。大眾社會裡的人們被描述成疏離、孤寂、個人化的。而文化工業正是政府或是市場用以控制人民思想的機制。在五〇年代及戰後十年間，對大眾社會的批評達到最高峰。

然而，自七〇年代起，大眾社會與文化工業等概念開始受到大量挑戰。由組織觀點所做的實證研究顯示，不同的文化產品與媒體有不同的產業結構，有的是壟斷性質，而有的則是高度分裂與競爭的市場。第麥久(DiMaggio, 1977)指出，無線電視是一種普及於全國大眾的媒體，並且具有寡頭壟斷的市場結構（三大電視網），因此具有大眾文化的特色，例如標準化、規格化。但是像精裝書籍，或是唱片業，則是鎖定特定階層的閱聽人，可視為階級文化(class culture)或是次文化。在第麥久的分析中，只有無線電視可算是大眾文化(mass culture)。因此，把現代工業社會的文化視為單一不變的大眾文化，這種看法過於簡單。

組織研究往往反映出自由多元論的立場。波維(Powell, 1982)對書市的研究即為一例。波維研究七〇年代時美國出版業的兼併風潮，研究結果顯示，兼併風潮並未消滅小型出版商，反倒是對中型規模的公司最具威脅。小型出版商的生存之道是針對特殊需要的小眾讀者提供服務。寇斯兒等人(Coser et al., 1982: 373)認為：「大量生產的邏輯，其結果是使品味同質化，然而社會的富裕程度與分工程度提高後，就會使品味分化與特殊化。」同樣地，隆(Long, 1985)在其有關美國暢銷書的研究中也表示，戰後美國嬰兒潮這一世代，在富裕中成長並接受高等教育，這使得他們的閱讀品味比其前輩更分化而精緻。杜多維茲(Dudovitz, 1990)研究女性作家所寫的暢銷書，也有相同的看法。這些實例研究都明顯地採取甘斯在《通俗文化與高級文化》(Gans, 1974: *Popular Culture and High Culture*)一書中的觀點，亦即放棄高雅文化與低俗文化這種垂直階序的區隔，改用「品味文化的多元」(plurality of taste cultures)這個概念。

自由多元論自七〇年代末期以來受到來自新左派的激烈挑戰，新左派主要是依據葛蘭奇的霸權理論來批評自由多元論。這些學者認為，雖然文化工業的產品表面上看起來多采多姿，有各種不同的風格與內容，但它們其實都有一個共同的認知框架，影響閱聽人對社會世界的定義與詮釋，排除了其他替代性觀點的出現。而這個所謂「共同的認知框架」，最顯著的就是個人主義，強調以個人努力來獲得物質成功，或是以個人的愛與寬容來克服困難、戰勝邪惡。換言之，自由多元論所歌頌的多元只是個別產品之間的差異，而左派學者則從整體及全面的層次上，強調現代文化的宰制性意識形態。國內學者不管是否自認為左派，常常沿用這個陣營的觀點來抨擊國內惡質的媒體與文化環境。

李祖琛（一九八六）發表於《中國論壇》的文章〈大眾媒介與大眾文化〉指出，文化多元與文化的民主化是兩回事，把兩者混為一談是極大的錯誤。他認為文化民主的前提是媒體獨立，台灣的電子媒介如電視仍由政府操控，而不受政府干涉的出版業又多是利潤取向。在政府干預及商業考量的雙重壓力下，文化民主難以實現，文化多元不過是個幻象。

杭之（一九八六）則指出台灣的大眾文化展示了兩種虛幻的社會意象：多元的意象以及轉型期的意象。在多元意象中，文化消費被認為是自然的，把文化霸權的事實包裝轉換成文化品味的多元及消費產品的選擇自由。也就是說，自由與多元只限於文化產品的消費，但在經濟、社會、政治上卻沒有選擇自由——文化消費的多元並不等於政治參與的多元。至於轉型期的意象，則把所有長期性、結構性的社會問題都說成是轉型期的暫時失調，然後再寄望於將來，以「明天會更好」的憧憬來取代對現階段社會問題的關心。

杭之表示大眾文化一方面提供標準化與規格化的產品，另一方面又在實際的消費行為中提倡享樂式及自戀式的個人主義與自我中心，大眾文化在現代社會的功能就是給疏離的人們提供治療，使他們重獲心理健康與快樂。大眾文化的產品在風格上看似多元，但本質上卻都是由商業導向的文化工業所生產與行銷。他把暢銷書說成是「苦悶的鎮定劑」，因為這些書提供以個人手段——愛、勤奮工作、自我成長——來處理生活中所面對的困難，忽略了社會結構的因素。

結論

本章處理的是八〇年代文化工業的興起及其特色。我們首先分析文化生產的三種組織模式：藝術家、個體戶企業、文化工業。以瓊瑤為例，其作品的暢銷依賴報紙（六〇年代）、電影（七〇年代）、電視（八〇及九〇年代）等大眾傳播媒體，而其生產動機也包括取悅最大量的讀者，但是瓊瑤對其生產方式可全權掌控，因此她可說是個體戶企業的擁有者與創作者。而興起於八〇年代的文化工業，具有較複雜的分工體系，創作、編輯、行銷形成一套複雜的環節。此外，以行銷對象而言，文化工業針對的通常是都會地區的富裕中產階級而非普羅大眾，因此文化工業與大眾文化二者不宜畫上等號而互相混淆。

知識分子對新興文化工業和通俗文化的反應不一，從負面批評、持保留態度地接受，到完全肯定的都有。那些為暢銷書辯護的人，宣稱暢銷書提供給我們這個社會鮮活的資料，我們可由暢銷書內容看出社會趨勢的變化。這樣的觀點反映了文學概念的轉變。傳統人文主義的文學概念認為，文學提供美學經驗或是道德教化，現在卻轉變成功能論與社會學式的觀點——文學是提供研究社會的資料。有些人則以謹慎態度看通俗文學，一方面肯定通俗文學消遣與娛樂的功能，但是又希望能保持一個清楚的品味文化的分級，以免有魚目混珠的情形發生。左派知識分子批評文化工業和通俗文化，他們主張文化多元主義只意味著在消費上的更多選擇，但這卻使人們在文化領域產生選擇自由的幻覺，反而規避社會和政治是否民主的問題。

「文化工業」這個概念由批判學派提出並加以發揚光大，但是在本章中，我著重的是對文化工業的描述與分析，刻意迴避批判性的詞彙，這是因為文化工業一詞應用極廣，它已背負著沉重的學術意識形態包袱。在近年來，文化工業一詞成為知識界的一個魔咒，不同的使用者有其各自的使用動機與牽涉範圍。概括的說，關於文化工業的討論包含下列四個面相：(1)分析文化生產的組織與市場結構；(2)對資本主義的批判；(3)對大眾文化的批判，尤其是大眾文化的意識形態控制；(4)對大眾文化生產者與消費者的批評。自由多元論者集中於第一項，而批判學者則涉及所有的項目，尤其是第二項與第三項。

我主張把文化工業一詞限定在組織結構的範圍內，而對資本主義或是大眾文化的批判則不宜與文化工業的概念相混淆。文化的生產、文本內容、閱聽人這三個環節未必有直接的呼應關係，例如某種產品的生產部門屬於文化工業，內容卻很多元化，而閱聽人則為分眾，唱片業中的古典音樂或是搖滾樂即是如此。相反地，另一種產品來自於個人企業，內容雷同，而消費者遍及全世界，如英國言情小說家芭芭拉・卡德蘭(Barbara Cartland)的作品。

法蘭克福學派的阿多諾把高級文化與大眾文化做比較並大肆抨擊後者。阿多諾的論證方式是拿前者的文本（古典音樂作品）和後者的生產方式（文化工業）互相對照，產生前者優越而後者低劣的結論。我的研究並非是反其道而行，批評高級文化而讚揚大眾文化——這種天真的民粹主義作風並不可取。本研究的辯論焦點是強調釐清文化的三個環節：生產組織、文本內容、閱聽人。**批判學派的學者往往濫用文化工業一詞的概念，將它拿來批判大眾文化的內容或是閱聽人，並與理想化的高級文化做對照，忽略高級文化生產組織的種種弊病。基於上述原因，「文化工業」與「大眾文化批判」或是「意識形態批判」有密切關聯，但卻不宜混為一談，而應視為分開的分析概念。**

第八章

愛情與自我的兩難

八〇年代以前，瓊瑤幾乎是獨霸言情小說市場。八〇年代以後，林白、希代等出版社以長期性、持續性方式出版大量言情小說。此時期言情小說的共同關切點是女性的自我成長。有些作家把愛情與自我成長這兩個主題結合在一起，而有些作家卻反而描繪女性對愛情與婚姻的失望與幻滅，因幻滅而加速自我成長的腳步。**換言之，七〇年代的瓊瑤小說處理的是親情與愛情的對立、衝突，與統合；而八〇年代的女性小說——包括瓊瑤在內，則關切愛情與自我之間的關係。**

在本章中，我試圖討論三類言情小說的作品。第一類是瓊瑤小說，第二類是亦舒的作品。兩人的共同特色是寫作生涯悠久，產量豐富，但兩人的內容及風格大相逕庭。第三類是希代出版的言情小說系列，作者多為剛出道、不為人知的年輕女性，作品內容則傾向於所謂「情色小說」，也就是女性性經驗的啟蒙與探索。希代的系列小說是集體出擊，以統一的企畫行銷及統一的包裝，在消費者心目中建立「希代小說就是言情小說」的認知，作者的個人知名度並不是最重要的。

八〇年代的言情小說中性經驗及性行為的描寫已不再是禁忌。此外，小說中的女性身分及家庭形式也有多種變化：同居、外遇、離婚、單親家庭……除了再婚較少描寫外，我們可看到形形色色、令人眼花撩亂的兩性及家庭關係。在小說中我們看到了婚姻與家庭的脫序與解組，實際的社會現象又是如何呢？以下我簡單介紹一下八〇年代的人口學背景，主要是從下列幾項指標來看：婚前性行為、就學率與教育程度、離婚率、單身與已婚比例。

壹、八〇年代人口結構與小說的再現

根據省立家庭計畫中心在一九八四年所做的全國性抽樣調查，十五至十九歲青少年中，大約每七人中就有一人有過性行為。值得注意的是，婚前性行為並不是八〇年代才開始普遍的，這是一個長期的趨勢發展，在六〇年代就已存在。生於一九四〇至一九四四的這一年齡群（大都於六〇年代結婚），有婚前性行為者高達十三・五％(Cernada et al., 1986)。此外，婚前懷孕也非不尋常之事，婚前懷孕率在一九六五年是四・七％，在一九八〇年是十七・一％（林惠生，一九八三）。

女性的勞動參與率及就學率也都逐年提高。八〇年代末期，十五歲以上的女性有將近一半投入就業市場，處於大專年齡的女性有十四・七％就讀於大學。離婚率在六〇年代及七〇年代上半相當穩定，自七〇年代後半開始上升。此外，結婚年齡也持續上升。以二十五至三十四歲的女性人口而言，在一九六〇年每二十個已婚女性中才有一個單身女性，但到了一九八〇年，每六・七個已婚女性就有一個單身女性，顯示適婚年齡的單身女性在二十年間比例大幅提高（行政院主計處《統計提要》）。

上述各項人口學指標所顯示的現象，除了離婚率外，幾乎全都是在六〇年代就已存在並持續發展，如：婚前性行為、勞動參與率、教育的擴張。只有離婚率在七〇年代中期以前相當穩定，自七〇年代後期開始有明顯提升。

上述人口學指標告訴我們客觀存在的社會事實，但是女性本身的主觀認知又是如何呢？接受較多的教育以及外出工作是否有助於發展女性自覺？是否使女性對婚姻與家庭的看法及態度有所改變？我們可由社會學者對女性所做關於就業及家庭方面的問卷調查，間接得知女性對客觀現實（教育機會、就業市場、婚姻市場）所做的主觀認知。由八〇年代所做的研究看來，在不妨礙女性傳統角色——相夫教子及操持家務這個大前提之下，女性受訪者贊成女性可以出外工作（呂玉瑕，一九八〇；鄭為元、廖榮劉，一九八五）。換言之，女性的主要且基本角色仍然是以家庭為重，女性受訪者關切的是如何調整自己的工作，以免妨礙對家庭的責任與義務。

由女性小說家所營造的小說世界，又呈現出怎樣的面貌？女性小說中，工作／家庭／愛情形成三角關係，三者之間有衝突、有矛盾，也有可能互相取得平衡，但沒有主要、次要之別。女性小說中的世界比起受訪者的主觀認知具有較先進開明的立場，甚而企圖重新定義私人領域（愛情與婚姻家庭）及公共領域（工作）兩者間的關係。女作家與女性受訪者的區別在於，前者想要重新定位女性角色，而後者則是適應現狀。

瓊瑤的小說在八〇年代也試圖處理愛情以外的主題——女性的自我意識。這些小說觸及了愛情、婚姻、工作、自我等不同面相間的關係，可惜她沒有深入探索，而在結局時又重複「愛情克服一切」的這個幻境。也就是說，小說的內容及題材有部分變化，但浪漫愛這個夢幻本身仍然維繫不墜。

貳、八〇年代小說的敘事結構

一、親情與愛情的統合：時代意義的消失

七〇年代的瓊瑤小說締造了親情與愛情的圓滿結合，但這在八〇年代小說中已不再重要。這倒不見得表示親情本身不受重視，而是親情對愛情所可能造成的壓迫與阻撓已不存在。既然兩者之間不再有尖銳的對立與衝突，也就不必再刻意去整合它們了。

瓊瑤八〇年代的小說和以前相當不一樣，可惜未受到評論界的注意。八〇年代文化界對她的注意，主要是想解釋她的作品為何暢銷，但她的新作內容本身的改變卻未受到重視。此外，瓊瑤八〇年代以後的創作量銳減，在有限的數本新作中，每本的主題都不太一樣，因此難以找出一個共同的模式。在這裡我提出特定的幾本小說來分析，但這並不表示它們代表所有八〇年代的作品。事實上，一九八五年以後她根本就停止了小說創作。大致說來，在歷經外界長期以來批評她的小說不食人間煙火之後，八〇年代時瓊瑤企圖在小說中觸及一些社會問題，如亂倫、強暴、虐待兒童、遺傳

疾病，但仍緊抓著「愛情是完美的」這麼一個夢幻。

一九八二年出版的《昨夜之燈》，描述遺傳病與低能兒的問題。書中的女主角不明白為何她的男友對她忽冷忽熱，有時顯得溫柔而親密，有時卻又遙不可及、冷漠無情，還持著反婚姻的論調。經過一番察訪，原來男主角有兩個低能兒弟弟，他的前任女友為他生下一個私生子，也是智能不足。女主角得知真相後，當面告訴男友她願意與他結婚而不要生小孩，但是他卻在羞憤交加下衝出屋子，撞車而死。

這個故事在某一層次上和早期小說類似：愛情本身是完美無缺的，但是因某些不可抗拒的因素而以悲劇收場。但是在另一方面，瓊瑤仍是適度的添加一些反映社會潮流的意見。當女主角的母親問她是否預備和男友長相廝守，她回答道：

> 媽，妳大概不知道，現在許多大學生都已經同居了……婚姻和同居的區別不過是多一張合約，一張隨時可以解約的合約……

雖然女主角嘴裡說出看似新潮的看法，瓊瑤並沒有安排一個一般人會認為部分圓滿的結局：讓男女主角結婚，但是不生小孩，或是兩人同居而不結婚。瓊瑤以車禍結束了男主角的生命，然後讓一個健康活潑、年輕有為的男孩把女主角從悲傷中拯救出來，重新給她帶來幸福與快樂。這個故事中男女主角間的戀情其實暗潮洶湧，潛在著許多問題，然而瓊瑤沒有描寫兩人之間可能會發生的關係決裂，她選擇了以車禍來結束男主角的生命。同樣地，在《失火的天堂》（一九八四）一書中，男女主角面臨種種的困難與壓力（女主角曾被繼父強暴），女主角選擇了自殺。瓊瑤無法描寫小說人物如何以他們的內在力量去克服外在阻力，也不願見到戀人們因為無法克服困難而反目成仇或關係破裂，於是，瓊瑤選擇了以謀殺男主角（或女主角）的方式，維持愛情的尊嚴與美麗。

在八〇年代小說中，瓊瑤企圖較貼近社會現狀，提出強暴、遺傳疾病等問題，然而，她不知道如何幫男女主角渡過這些難關，又不忍見他們分手，只好以撞車、自殺、得癌症等方式結束故事。關於這一點我們以《匆匆、太匆匆》這本小說為例深入分析。在這個故事中，女主角的自我成長極可能威脅到她與男友兩人關係的穩定；於是，為了維持瓊瑤式愛情夢幻的完整性，她被瓊瑤謀殺，在最後得絕症而死。瓊瑤善於縫合親情與愛情的裂縫，將兩者加以整合，但她顯然拙於處理愛情本身的內部矛盾。

二、《匆匆、太匆匆》：以肉體的死亡換取完美的戀情回憶

《匆匆、太匆匆》一書包含兩種互相矛盾的結構、兩種互相衝突的聲音。它的敘事結構由男女主角的行為所組成，其行動內涵（也就是情節）是兩人間對愛情與婚姻有不同的認知；而此書的「**感知結構**」則是瓊瑤一以貫之的浪漫愛幻境。寫實的敘事結構和虛幻的感知結構互相牴觸。而在另一方面，書中有女主角的聲音，她說著一套時代新女性的語言，掙扎於愛情與自我獨立的兩難困境，但是瓊瑤及男主角的聲音在最後壓過了她，**瓊瑤與男主角兩人合唱著愛情的美麗，女主角追求獨立的聲音只得成為絕響，在死神前默然無語。**

《匆匆、太匆匆》的故事是由讀者提供的。瓊瑤在書中的「楔子」及「尾聲」中詳細敘述獲知故事的過程，她表示有一個男孩來找她，告訴她他的女友患肝癌去世，希望瓊瑤幫他寫下他的這段感情，留下永恆的記憶。這位男孩並且提供瓊瑤大批資料，包括女友的日記及兩人交往期間的往返信札。《匆匆、太匆匆》一書就包含了不少女主角寫給男友的信。

瓊瑤說這是讀者提供給她的真實故事，這應該是可信的。從書中女主角的書信和日記看來，語法及文筆和瓊瑤並不一樣，無論如何，即使這完全是瓊瑤自己虛構、編造出來的故事，也不影響我對此書的詮釋方式。

此書有兩項特色。第一，它是由男主角的觀點來敘述故事，也就是說，瓊瑤透過男主角來了解兩人之間的關係。言情小說幾乎完全是由女主角的觀點來敘述故事的，因此此書的男主角觀點特別值得重視。第二，此書以男女主角日常生活的點點滴滴為描寫對象，不像其他瓊瑤小說那樣有鮮明的故事架構及戲劇性的情節。作者對大學生的校園生活有翔實及細膩的刻畫。

故事一開始，男主角韓青是個抑鬱不得志的大學生。他就讀於文化大學勞工關係系，對這個科系毫無興趣，覺得大學生活乏善可陳，心情沮喪，這樣的男主角是相當「非瓊瑤式」的。瓊瑤筆下的男主角若非家財萬貫的富家少爺，就是窮途潦倒但才氣縱橫的作家、藝術家。而不管他們的家庭背景如何，他們都是頂尖聰明、才華洋溢、通常都就讀於台大。韓青來自屏東，家中開雜貨店，大學聯考第一次落榜，第二次捲土重來才考上文化大學。後來畢業時考預官也沒考上。總而言之，從勢利、世俗的社會標準來看，韓青實在是個普普通通、才智平庸的年輕人：家境不怎麼樣、學歷也不怎麼樣。他唯一像瓊瑤男主角的地方就是熱愛文學。

韓青經好友介紹在舞會上認識了袁嘉珮。他對袁嘉珮一見鍾情，並展開熱烈追求。嘉珮的態度卻是若即若離。好友為了怕韓青太早投入過多的感情，對韓青提出這樣的忠告：

「我們才念大學三年級，畢業後還要服兩年兵役，然後才能談得上事業、前途，和成家立業。來日方長，可能太長了！我和小方這麼好，我都不敢去想未來。總覺得未來好渺茫，好不可信賴，好虛無縹緲。那個袁嘉珮，在學校裡追求的人有一大把，她的家庭也不簡單，小方說，袁嘉珮父母心裡的乘龍快婿不是美國歸國的博士，就是台灣工商界名流的子弟。唉！」他嘆口氣。「或者，小方父母心裡也這麼想，我們都是不夠資格的！」

這可說是明明白白道出台灣社會婚姻市場的狀況。在其他瓊瑤小說中，「婚姻是有條件的」這樣一個赤裸裸的社會現實，總是被許多的偶然、巧合，及情感加以掩蓋及包裝。如女主角在街上撞見一個陌生人，兩人一見鍾情，而這位陌生人「恰巧」家裡很有錢。在《匆匆、太匆匆》一書中，透過男主角的好友，婚姻市場的運作方式被直接呈現出來，我們也因此看到一個不完美也不特別傑出的男主角。

韓青明白自己的外在條件並不好，因此努力從事自我心理建設，培養自信心，再加上鍥而不捨的熱烈追求，終於感動了嘉珮，兩人成為一對親密的情侶。他們在韓青租來的小斗室中用電鍋炊煮，一起吃飯，一起做功課，一起聽音樂、聊天。當然，也不可避免的發生了性關係。韓青送嘉珮一枚戒指，表明娶她的決心。

雖然兩人的關係非常親密，嘉珮卻盡量不提未來。韓青每次興致勃勃的談起未來，談起共組家庭，嘉珮都有意迴避，甚至表示她「還沒準備好安定下來」。韓青去當兵後，嘉珮也開始在私人公司上班。她的來信漸漸透露出一些自我衝突：她很珍惜與韓青的感情，但是又嚮往外面廣大的世界，想要投入其中，豐富人生閱歷。此外，她也認識了一位在歐洲有別墅、有產業的男士，對她展開熱烈追求。後來她甚至寫了封信給軍中的韓青，表示兩人一個在軍中服役，一個在社會工作，處於不同的「階段」，人生「境界」也不一樣：

你知道我一直在改變，一直在成長，我的成長過程像爬樓梯一樣，一級一級往上爬，永不終止。而每一階段的成長都是艱辛痛苦，然而回首時總是帶著滿足的微笑，而不同階段的成長更有著不同的視界。

發覺與你有隔閡，該是這半年多的事，嚴格說起來，錯不在你，也不在我。當兵兩年，你與社會隔絕脫節，幸好你是知道上進的，你並沒有讓我失望，你一直表現得非常好。在部隊裡，我發現你學會了容忍。但是，無論如何，你終究是個「男孩」，我並不是說你不夠成熟，但你除了熱情以外，還缺乏了某些東西，這是真的。

也許接觸了社會上的生意人，我已不再是昔日清純的女學生。我無意批評社會，事實上社會也是由人組成的。而其中分子良莠不齊，如何能置身其間，站穩腳步，不隨波逐流，又有所方向才是最重要的。你所缺乏的，或許該說我們所缺乏的，就是一套「成人」處理事情的方法與態度。它並不是虛偽的，而是智慧、真誠，加上高超技巧的結晶。對於社會的種種，你仍然是「稚嫩」的。這完全不是你的錯，因為你還沒有機會走進社會！你需要的是時間與繼續不斷的挑戰，以及換來的頭破血流與經驗教訓。

現在的我至少已有一腳踏入了社會，我已不再排斥它，不帶著太多的幻想，也不再對其黑暗面感到噁心！我已經「進入」了這個「境界」，你知道我無法「退入」以前的「境界」裡，你目前要做的，就是迎頭趕上來！你積極要做的，就是做一個「成人」！

很顯然的，嘉珮雖然珍惜兩人間的感情，但她並不把愛情與婚姻畫上等號。不管她對韓青的感情究竟多深、多淺，她對韓青不能有承諾是明顯的事實。韓青退伍後急忙趕來和嘉珮相會，兩人間經過一次又一次的溝通、談判、懇求，有淚水也有歡笑。韓青發憤圖強，拚命工作，想要趕上嘉珮的「境界」。然而，幾個月之後嘉珮卻因肝癌而逝世。從嘉珮的個性看來，如果她沒有生病，很可能她最後會和韓青分手。然而她死了——她的死，避免了分手這個醜陋的結局，韓青在失去愛人的痛苦中，保留了美好的愛情回憶。

瓊瑤自己在書中的「尾聲」中對當事人說：「你們這故事，最讓我難過的是——它結束在一個不該結束的地方。」瓊瑤認為真實生活中女主角的病逝是一個愛情悲劇，但她自己也許不曾自覺到的是：在小說再現的過程中，她寫活了一個有血有肉、有優點也有缺點的現代都會女子。她對社會、對世界充滿好奇，有滿腔的夢想與熱情，也目眩神迷於多采多姿的物質享受與社交生活。**在真實世界中她死於癌症，在經由語言再現的小說世界中，她被癡情的男友及浪漫的瓊瑤所謀殺**。在瓊瑤的小說世界中，愛情的本質是完美的，它會被父母、第三者、命運所破壞，但愛情當事人不容叛變。嘉珮徘徊於投入社會與和男友結婚的兩難，她極有可能選擇前者而放棄後者。更殘酷的是，當她遇到一個既有錢又有品味的對象時（例如在歐洲有別墅的追求者），「社會」與「婚姻」也許根本就不會有衝突，她會決定選擇婚姻。這樣的行動完全違反瓊瑤的愛情邏輯，對韓青的男性尊嚴也是嚴重的打擊。因此，我們可以說，在語言建構的小說世界中，嘉珮不得不死。**她的死亡保留了瓊瑤愛情夢幻的完整，也維護了男主角的尊嚴，使他免於被拋棄的難堪命運**。女主角的美好形象也長留讀者及當事人的心目中。《匆匆、太匆匆》這個故事的敘述結構可由下圖得知：

圖八・一：《匆匆、太匆匆》的敘事結構

敘事元素	主題意義	與前期小說的比較
墜入情網 ←	漸進式過程	一見鍾情
衝突 ←	男女主角之間的衝突	代溝與代間衝突
解組 ←	女主角對婚姻的遲疑態度	家庭解組

妥協　愛情、婚姻、自我的三角關係　父母的妥協

↑

結局：死亡　逃避愛情與個人主義的兩難困境　愛情與親情及倫理的對立

由上圖可清楚得知，《匆匆、太匆匆》較著重男女主角間本身感情的互動，而不像六〇、七〇年代那樣強調親情與愛情的對立與妥協。就以墜入情網這個關鍵來說吧，大多數瓊瑤小說的男女主角是一見鍾情，互相都很喜歡對方，但是在《匆匆、太匆匆》一書中，男主角韓青固然是一開始就深深地被袁嘉珮所吸引，而嘉珮也不討厭韓青，但韓青仍是花了不少功夫才贏得嘉珮芳心。由故事情節本身看來，嘉珮雖然被韓青的熱情與真誠所感動，但她心中對未來的人性有一幅明亮寬廣的遠景，只憑一個男孩對她的忠誠是無法實現這個遠景的。在此書中，愛情並不只是一種內在的感覺與情緒，它還意味著一個生命個體自我成長的過程：在完美的愛情裡，個人經由愛與被愛的喜悅向外探索，追求更廣闊的天空；反之，不能幫助自我成長的愛情即使再忠實穩固，終會令人生厭窒息。嘉珮這個人物本身展現了時代女性的新愛情觀，可惜瓊瑤自己並未能充分了解這種心態，韓青也不能。

至於故事中的衝突部分，我們也可看出外部衝突與內部衝突之別。以前的小說著重外在於愛情關係的衝突，也就是因父母的反對而引起的兩代間的齟齬，《匆匆、太匆匆》則是男女主角兩人之間的內部衝突。在這樣的衝突裡，我們看不到戲劇性、誇張的暴力，沒有咆哮吼叫，也沒有哭泣淚

水。我們看到的是男女主角本身個性特色與弱點所形成的不和，此種不和最主要原因是嘉珮心性不定，見異思遷，而韓青則一味地包容求全。所謂的衝突，是兩人個性與價值觀不同而引起的張力，而其解決方式也都是兩人以交談的方式詳細的溝通。

在這個故事裡，嘉珮與韓青的關係歷經重重危機都是因嘉珮的移情別戀。她曾喜歡上一個體育系的男孩，他高大壯碩，善於玩樂，與嚴肅的韓青形成強烈對比；韓青當兵後，她又結識一位富有成熟的男士，這和毫無經濟基礎及社會經驗的韓青又形成強烈對比。很顯然地，韓青無法滿足嘉珮多方面的需求。嘉珮的行為表面上看來，倒像是傳統言情小說中用以襯托女主角清純高貴的女配角──所謂的壞女孩。壞女孩水性楊花，不是愛慕華而不實的花花公子，就是勾搭有錢有勢的男人。然而，嘉珮是瓊瑤故事裡的正牌女主角，她自然不會被描寫成一個所謂的壞女孩。

在書中我們藉由她的日記與書信，得以一窺她內心深處的想法與感覺：她對人生有許多嚮往、憧憬、熱情，與理想，這些都不是一個平凡男子的忠誠愛情就可以滿足的，韓青並不反對嘉珮的理想，甚至樂於幫她實現理想，然而基本上兩人的人生展望是很不同的。嘉珮嚮往旅行與寫作，對她而言，到巴黎一遊不只是一次觀光，而是象徵著自由浪漫的生活風格；去過巴黎之後，她也許想去倫敦、去紐約，甚至去非洲。對韓青而言，他答應將來有機會一定帶嘉珮到巴黎一遊，但這只是一次旅行，真正的生活是在台北買個小公寓，做個為升遷與加薪而打拚的上班族。這是兩人間基本的不同，也是嘉珮為何一再地移情別戀。

此書中男女主角兩人歷經數次分分合合，在分手又復合的妥協過程中，關鍵就是嘉珮個人內心中愛情、婚姻、自我的三角關係，而瓊瑤大部分小說中，妥協部分指的是親情與愛情對立後的妥協。在此書中，嘉珮口口聲聲表示她愛韓青，但對她而言，愛情與婚姻並無法畫上等號，和韓青這樣的人結婚可能妨礙自我成長的空間。每一次和韓青分手後的復合，是嘉珮暫時壓抑了自我膨脹，但這種壓抑畢竟無法持久，也就導致了韓青與瓊瑤的善意謀殺。

嘉珮內心的衝突其實反映出一個普遍存在的社會現實：婚姻與向上階層流動（upward mobility）的密切關係。嘉珮所嚮往的生活方式其實是都會地區時髦中上階層的生活方式。韓青本質上是個來自鄉下的低層中產階級（他父母開雜貨店），雖然也熱愛文學藝術，也願意努力工作以求上進，但他欠缺野心去提升他的整體生活風格。嘉珮的父親在台北開一家小公司，她家不見得在經濟上非常富裕，但她充分吸收了台北的都會文化，嚮往一種具歐洲風味與國際性的生活風格，這樣的生活方式需要累積文化資本（對時尚、藝術、消費文化的知識與喜好），而這些文化資本又需要一定的經濟資本為基礎，這些都不是韓青馬上就能提供的。所以她對韓青說：

> 我花了很多時間學英文、學法文，我一直想去歐洲，一直想寫點什麼。你認為，我這種人——我並不是說我很高貴，我只是強調我就是這樣一個人，能不能到屏東一個小鄉鎮上，去當個心滿意足的雜貨店老闆娘呢！去當你父母的乖兒媳婦呢！

韓青退伍後開始工作。他的人生目標就是娶女朋友為妻，成家立業。但他所能給予的卻不是嘉珮感興趣的。面對韓青的求婚，嘉珮感到愛情、婚姻、自我三者的衝突，但是若她能遇到一個典型的瓊瑤式男主角，既有錢又有文化品味，也許這些衝突就不存在了。嘉珮的故事一方面是現代新女性自我掙扎的心路歷程，另一方面也隱含了愛情與婚姻的社會現實面。

但是愛情小說雖然容許悲劇的存在，卻不容許破壞完美愛情幻象的社會真實與人性真實。一個年輕女子嚮往多采多姿的亮麗人生並有可能因此而拋棄多年男友，這不是罪過，也不醜陋，但這與愛情小說的基本前提不合。愛情小說視愛情為至高無上的力量，它也許不見容於傳統的倫理道德，但它本身是不容懷疑、不容背叛的，愛情的當事人竟然為了其他目標（例如追求自我成長）而背叛愛情，這完全違背愛情小說的命題與邏輯。《匆匆、太匆匆》一書中女主角的反叛呼之欲出，為了不讓女主角變成叛徒，於是她不得不在故事結尾被迫罹患癌症，以體內的死亡保存愛情名節的純淨。她成了瓊瑤王國裡愛情祭壇上的犧牲。女主角之死，解決了愛情與自我的兩難困境。

這樣的故事也符合了文學與藝術中常出現的主題：生命與死亡的弔詭。也就是以女主角的死亡作為男性敘事者或是男性藝術家創作的靈感泉源。以希臘神話中奧菲思(Orpheus)的故事為例，奧菲思是有名的音樂家，因為思念死去的妻子尤里迪翠(Eurydice)，進入冥府用歌唱感動了冥王，冥王答應讓奧菲思將妻子帶回人間，條件是在脫離陰間之前不可回頭看望妻子。快到地表之際，奧菲思忍不住回頭看，尤里迪翠立即下沉，消失於無邊黑暗中。

學者狄維萊認為，奧菲思在陰陽交界處回頭看尤里迪翠，與其說是思妻之情的流露，不如說是要把她留在下面，方便藝術家取得創作所需的材料。也就是說，父權體制下的藝術是借用「失去生命的女人軀體」來獲取詩的美感，是要靠女人的犧牲才能完成的（Theweleit, 1985: 155; 轉引自廖朝陽，一九九四）。

羅倫茲也提出類似的看法，認為奧菲思並不能真正的接納尤里迪翠，他所愛的是她的影像。真實存在的尤里迪翠威脅到他的幻想，也就是他的藝術創作。所以奧菲思把她融化掉，讓她再度成為回憶，有了回憶，他的欲望才能產生，也才能持久（Lorentzen, 1993: 138；轉引自廖朝陽，一九九四）。

當然，《匆匆、太匆匆》這個故事，並非單純的男性藝術家與女主角的對立，而是女性作家（瓊瑤）與男性敘事者（韓青）的共謀，為了護衛愛情藝術的完整，「融化」掉女主角袁嘉珮，再將之重現於文本回憶中，留下持久的精神形象。

在這本小說裡，我們看到了女性自我意識的抬頭。瓊瑤雖然善於描寫與刻畫嘉珮這樣一個角色，畢竟她無法充分了解這種心態的真正意涵。於是，當八〇年代中旬台灣社會掀起一股大陸熱，瓊瑤的小說及電視劇在時代的巧合下，藉著在大陸取景，把故事倒回清末民初的時代，再次搬出親情與愛情衝突的戲碼。個人主義與自我成長式的愛情觀，和尋求依賴與安全感的瓊瑤式愛情是完全不同的。

如果說是瓊瑤觸及自我成長這個議題，但未能掌握其中精髓而深入探討，那麼八〇年代其他暢銷女作家則緊扣住此一主題，並進而探索愛情與工作成就間的關係，接下來我們看看與瓊瑤截然不同的香港作家亦舒，如何表達現代女性的愛怨情仇。

參、亦舒：似有若無的愛情幻象

通俗文學給人的一般印象似乎總是逃避現實，營造一個完美無缺的幻想世界。就此點而言，亦舒顯得相當特殊，她與幸福美滿的愛情觀維持著一種若即若離的關係：不完全否定美好愛情的可能性，但又對現代都會男女的感情世界帶著一絲嘲諷意味。亦舒七〇年代崛起於香港，那時台灣租書店可見到盜版作品，到了八〇年代由林白出版社正式在台發行。她的產量之豐，遠超過瓊瑤；瓊瑤一共寫了四十餘本小說，而亦舒產量已超過一百本，在書店架上自成一格，可說是道地的暢銷商業作家。而亦舒本人的背景與經歷也與瓊瑤截然不同。瓊瑤除了寫作（以及曾任《皇冠》編輯），並無其他工作經驗，生活經驗相當單純。而亦舒曾留學英國，並在旅館、政府部門等各種不同環境工作，是個閱歷豐富的職業婦女，因此她筆下的人物來自各式各樣的背景，她的故事也常反映現代婦女困在工作與家庭間的窘境。

亦舒寫作的特色是常使用第一人稱，有時甚至是男性第一人稱，這就言情小說這個類型而言是相當特殊的。她的小說世界是繁華、優雅、頹廢、紙醉金迷的香港，裡面的人物大都聰明多金、世故狡猾。男主角及其他男性人物常是富有又瀟灑的花花公子，長袖善舞，對追求女人特別有一套。女主角通常是聰明能幹而且獨立自主，對花花公子獻上的殷勤抱著可有可無的態度。不論是在男女主角的對話或是情節發展本身，亦舒都一再嘲諷愛情小說及電影的純情浪漫傳統，她書中的女主角聽到男人對她說的甜言蜜語，反應常是嗤之以鼻。整個故事的進行主要是男女主角兩人間的調情追逐：男主角通常表現得很熱中，而女主角流露著嘲諷或疲憊的態度。

而所謂的「男主角」，嚴格說來並不是一般言情小說裡的「真命天子」，他可能費了好大功夫追求女主角，但到最後仍毫無進展。亦舒抓住了現代都會男女感情生活的節奏與過程，兩性間的互動往往沒有一個明顯的開端，也不一定有結果，整個故事流露疲憊、疏離、漂泊的氣氛，在這樣一種氣氛下，有時會有一個一閃而過的男性形象出現：樸實、堅定、穩重、低調，有一個很普通的名字，比如說「家明」——是個在亦舒小說中常出現的男性名字。這樣的男性形象似乎給充滿猜忌與緊張的現代兩性關係帶來一股清流，然而，他往往只是個一閃而過的象徵，不見得有實質的存在。亦舒對理想中的男性形象吝於著墨描寫，唯恐重複愛情小說的陳腔濫調。亦舒的小說其實對愛情抱著相當模糊曖昧的態度。

亦舒筆下的人物來自各種不同的年齡背景，從少男少女到青壯年人以至於中年人、老年人，他們有的單身未婚，有的已婚，也有離婚獨居，當然更不乏同居者。一個女主角很可能故事一開始時是個單身女性，歷經一番滄桑後，故事結束時她仍然孑然一身，但她比原來更成熟、更聰慧。換言之，亦舒的小說並不提供美滿愛情的保證。當然，以她小說產量之豐，圓滿收場的小說所在多有，但整體而言，亦舒以溫和的方式顛覆言情小說的傳統。下面我以兩本小說為例，討論亦舒小說的敘事結構。這兩本小說分別是《兩個女人》以及《我的前半生》。

《兩個女人》是從第一人稱男性的觀點來敘述。男主角是個家庭生活幸福美滿的中年人。他的太太個性開朗而才智平庸，每天就是做家事、帶小孩、打麻將，生活平凡而能自得其樂。男主角的公司新來了一個女同事，冷落冰霜，聰明過人。男主角對她由反感而傾慕，後來不惜離婚。然而這段感情仍不敵現實的考驗，最後他仍然回到太太的身邊。亦舒在這個故事中對兩種不同的女人都給予同情式的批評：太太平庸粗俗，可是容易相處；情人才貌雙全，可是個性冷傲孤僻。結局是丈夫又回到妻子身邊，可是並不是他衷心肯定平凡生活的價值，而是他無法面對新生活的困難與挑戰，於是退回去原來簡單而又熟悉的生活方式。亦舒指出家庭生活的瑣碎無聊，可是精緻、有品味的生活又有許多困難有待克服。在亦舒筆下，每一種不同的生活方式都各有局限。

《我的前半生》由女主角以第一人稱方式敘述故事。女主角是個醫生太太，過著豐衣足食的生活，每日與好友逛街購物吃館子，過著無憂無慮的生活，在毫無預警的情況下，有一天她丈夫突然告訴她他有外遇，想要離婚。離婚後她開始學習獨立，自己找工作、租房子。在成熟、獨立的過程中她回想起從前，原來自己在安逸的婚姻生活中成為遊手好閒、思考退化的少奶奶，離婚的震撼反而使她成為一個真正有活力、有魅力的成熟女人。結局是她遇到一個男人，兩人互相欣賞而走上結婚禮堂。

這個故事乍看之下像是結合了流行於八〇年代的女強人神話，敘述現象女性奮鬥成功的故事，在結尾是女主角事業與愛情雙雙得意，讀者看完後得到很大的滿足。其實，亦舒並沒有描繪亮麗燦爛的女強人世界。她的女主角為生活所迫不得不工作，經濟獨立使她產生了自我成就感，然而她內心深處一直感到疲憊，尤其厭惡辦公室裡爾虞我詐的人事傾軋。換言之，女主角經歷婚姻生活與職業生涯各自的局限與困難，對兩者都不存著幻想。《兩個女人》與《我的前半生》敘事結構如下：

圖八・二：亦舒小說的敘事結構：《兩個女人》與《我的前半生》

敘事元素	主題意義
滿足 ←	自滿於既定的生活方式及角色
衝突 ←	遭受背叛而引發初步的自我探索
解組 ←	放棄既定的生活方式
自我整合 ←	藉由嘗試新的生活方式，重新建立自我認同
社會整合	重建婚姻與家庭

在故事的開端主人翁滿足於既有的生活方式，但作者已在許多地方埋下伏筆，暗示表面上看來祥和快樂的家庭生活其實暗潮洶湧，問題重重。外遇戀情的公開給貌似平靜的家帶來震撼，不論是自己先背叛婚姻或是來自配偶的背叛，主人翁由此而開始有初步的自我反省與自我了解。婚姻的破

碎使主人翁開始嘗試一個和以往迥然不同的生活方式，從新的角度去認識自己，最後並重建婚姻與家庭。

這樣的敘事結構包含了家庭解組的過程以及家庭重組的結局，乍看之下好像類似瓊瑤小說，其實不然。亦舒筆下的人物在經歷感情或婚姻上的分分合合，以及職業場合的種種遭遇後，充分體會了兩者各自的缺陷。家庭生活對一個為工作操勞的職業婦女而言，代表著穩定與舒適，然而對一個結婚多年的人而言，卻是精神的牢籠與思想的荒漠。同樣地，女性在工作上得到經濟獨立與成就感，但一陣衝鋒陷陣後卻又有欲振乏力之感。

工作也好，家庭也好，亦舒都沒有描繪出一個令人嚮往的完美世界。而主人翁在結局時進入結婚禮堂並未懷著對愛情的憧憬，而是認為這是一種仍實際可行的生活方式。在亦舒其他小說中，維持單身狀態的男女主角所在多有。結婚也好、單身也好，這些小說的結局展現了主人翁的自我成長，他們不見得得到世俗認定的幸福快樂，唯一確定的是對自己多一分認識與了解。

亦舒的小說對都會生活及男女關係的觀照在詼諧嘲諷之餘，包括著對人性弱點的呈現與包容，與一般愛情小說的失真、唯美大異其趣。這也再度提醒我們去思索一個棘手的老問題：到底愛情小說的定義是什麼？通俗文學又是什麼？兩性關係固然是亦舒小說的主要內容，但是她筆下的兩性關係其本質並非完美超越的浪漫愛，而故事內容也一再顛覆愛情小說的迷思：女人一生的幸福快樂維繫於男人所提供的愛情與婚姻。**亦舒一方面使她的女主角追求獨立自由，但另一方面又刻意迴避另一個文化神話——無往不利、神采飛揚的女強人。**換言之，亦舒的小說世界沒有夢幻，也沒有神話。然而，這並不表示她的小說具有女性主義意識，因為社會結構與社會制度對整體女性的影響，並不在她的探討範圍之內，而她筆下的人物歷經各種掙扎與困難也多因自己個性使然，與性別角色無關。接下來我們討論最能代表當代通俗文學特色的小說類型——情色小說。

肆、公式化情色小說

七〇年代以來美國言情小說的主流是所謂「情色小說」(the erotic fiction)。色情小說(pornography)通常針對男性讀者，強調性交動作與性欲的發洩；針對女性讀者而寫的情色小說則透過對性行為的描寫，探討女性內心深處的情感。換言之，色情小說描寫性行為，而情色小說則探討性氣質(sexuality)。美國的情色小說受到六〇年代以來人性潛能運動的影響，視性經驗為人性潛能的開發與拓展，是自我實現與自我成長的一部分。這樣的看法不僅對六〇年代以來的美國文化造成重大衝擊，表現在愛情小說上也形成對舊有愛情小說公式的一大挑戰。

傳統的愛情小說女主角都是害羞的處女，男女主角兩人間的身體接觸限於擁抱與接吻。七〇年代興起的情色小說則詳細描寫男主角如何挑逗女主角的性欲，並使女主角得到高潮，這樣的情節逐漸發展成一套公式，在情節上設計重重障礙，使得男女主角雖然互相吸引，卻無法立即發生性行為。整個敘事公式就建立在男女主角性欲的撩撥、壓抑、再撩撥的重重循環，到了故事一半或快結束時，男女主角終於克服種種障礙而充分發揮與滿足性欲。最常見的障礙是，男女主角都私下傾慕對方，而且為了某種原因必須假結婚，但由於種種誤會及陰錯陽差而無法表白愛意，女主角以為對方不愛自己，但是又深為對方所吸引，因此對男主角抱著欲拒還迎的曖昧態度。「假結婚」這種情節設計，使男女主角有充足機會製造身體接觸與互相挑逗的情境。

美國的情色小說在台灣並不難見到。七〇年代就有幾家出版社從事未經授權許可的翻譯，這類書主要流通於租書店。八〇年代希代推出愛情小說系列，本地作家也開始以台灣社會為背景創作情色小說。雖然在數量上情色小說尚未居主導地位，但它已是不容忽視的當代愛情小說的主題之一。

希代的愛情小說系列最能符合一般對通俗文學的印象。首先，個別產品的生命週期很短，新的書不斷的上市、上架。其次，作者的知名度也不重要。由於必須定期定量推出新書，出版社面臨龐大的稿源壓力，對開發新作家不遺餘力，使得言情小說的作者來源日趨多元化，年紀也很輕。第三，小說的次類型(sub-genres)發展日趨成熟，每種次類型各有特色及情節公式。這些次類型有：女強人的事業奮鬥史、女性復仇者、情色、家族恩仇、婆媳關係……等。通常一本小說會包括兩個主題，如女強人與復仇故事，或是女強人加上情色公式。以下我以希代的兩本書《廢園故事》及《心的徘徊》為例，闡釋情色小說的特色。

《廢園故事》的作者是納蘭真，此書不但套用情色公式，並且沿襲另一個重要的羅曼史傳統：古堡傳奇。所謂古堡傳奇，故事發生地點為古堡或是陰森的大宅院，具有神秘懸疑的氣氛。瓊瑤的《庭院深深》也是延伸自古堡傳奇。

《廢園故事》的女主角是個個性靦腆保守的小學老師，自幼在寡母嚴格的管教下長大。放暑假時，她到住在鄉下的姑媽家度假散心，結識了一位雕刻家。這位雕刻家獨自住在一座荒廢的大宅院中。他深為女主角所吸引，並請求她做人體模特兒，女主角起初斷然拒絕，卻又禁不住男主角一再地遊說而答應。故事從這裡開始了典型的情色公式：挑逗——退縮——再挑逗的循環，作者藉著當人體模特兒這個情節設計，描繪出女主角內在與外在的蛻變：她原本是個保守而身體僵硬的女孩，逐漸開始學習放鬆自己，欣賞自己身體的美妙，更進而由性愛的過程而享受感官的歡娛。這個故事也重複性愛與自我成長的主題，女主角假期結束後回到台北，一改以往單調乏味的生活方式，開始積極的從事各種活動：參觀美術館、結交新朋友、參與社區服務活動。故事結束於男主角向女主角求婚，這一本小說反映了典型的自我成長模式的愛情觀。

《心的徘徊》，作者陳艾琳，是另一本希代出版的情色小說。女主角不但洋溢著寫作才華，而且是商業界女強人。本書有兩位男主角，一位是女主角老闆的兒子，是個同性戀；另一位是女主角少女時代的朋友，是個中美混血兒。女主角為了幫助同性戀朋友瞞騙家人而答應和他假結婚，但這位同性戀丈夫卻在婚後愛上自己的太太，一直想和她有親密關係。女主角婚後巧遇童年玩伴，兩人陷入熱戀，最後女主角拒絕丈夫對她的追求與逃逗而和他離婚，與情人結婚。她的前夫後來也找到一個婚姻伴侶，結束同性戀生活，兩對夫婦成為好朋友。

這個故事把羅曼史的各種幻想做了最誇張、最淋漓盡致的呈現。女主角聰明能幹，是個成功的企業主管；才思敏銳，是個作家；美麗性感，連男同性戀者都會為她著迷而愛上她。假結婚是典型的情色小說公式，女主角因友誼與同情而結婚，沒想到同情戀丈夫居然愛上她而改變了自己的性向。但是女主角精神與肉體戀愛的對象是童年玩伴，一個中美混血兒。他被描寫成一個仰慕中華文化的美國人，就這點而言，女主角代表了完美的東方女性氣質：優雅、纖細、溫柔、聰慧。此書可說是言情小說中「幻想式女性霸權」的極致：女性魅力征服了男同性戀者及代表西方強權的美國異性戀男人，而這樣的女性魅力又同時具有商業及文學的才華。本書包含非常強烈的意識形態機制，以完美的女性魅力擊潰同性戀，並使異國男子傾倒折服。

異國戀情是情色小說的特色之一。除了少數例外，異國戀情幾乎全部是一名中國（台灣）女子與一名西方白種男子（通常是美國人或是歐洲人）的戀情。在中國女主角加上美國男主角的配對公式下，女主角一方面代表了傳統中國女性的溫柔與細膩，另一方面又融合了現代女子的開通與大方。異國戀情的小說展現了一種奇特的意識形態幻想：西方強權拜倒在東方女性魅力之下。在這樣的意識形態架構裡，女主角個人固然擁有無與倫比的優勢，但是這套架構重複了西方殖民主義對東方的意識形態宰制。也就是一方面將東方文化閹割去勢而成為被西方壓迫的對象，另一方面將之女性化與美學化，成為被西方愛慕擁有的對象。

由六〇年代的家庭倫理悲劇到現在的情色公式，我們可以看出：整體而言，言情小說絕非只是單純的描繪男女間的愛情，而是探索愛情與親情，或是愛情與自我的衝突、妥協、統合。瓊瑤的小說對女性自我並無深入的描繪，但是在情色小說中我們可以明顯地看出，它所要營造的幻境是：愛情（包括性愛）可以刺激正面的自我實現與自我成長，雖然這種完美無缺的愛情是一種幻想，但比起瓊瑤小說，情色小說向前跨了一步。在情色小說中，愛與性並不會使女主角因而依賴男主角，並把自己局限在婚姻與家庭裡，相反地，女主角變得更自信開放，更積極主動的去接觸外面的人群與世界。**言情小說其意識形態的本質就是，在不直接挑戰父權制度的前提下，盡量給女性個人爭取較大的空間及較優越的地位。**

伍、當代言情小說的幻想與意識形態

在過去三十年裡，言情小說的女主角有了很大的改變：由不食人間煙火、身無一技之長、毫無性經驗到精明能幹、熱情奔放，真是走過了一條漫長的道路。言情小說不變的功能是製造完美無缺的愛情幻境，但是八〇年代以來的小說也吸收了一些社會變遷的特質，使得愛情幻境能跟上時代潮流。它所吸收的兩項重要成分是性與工作。性不再是男人的專利，女人也有權享受性愛的歡娛，而愛情與婚姻也不再是女人生活的全部，工作與事業成就也是不可欠缺的。當代言情小說在性與工作這兩方面的重視，對女性地位的提升及女性角色的開拓有正面的貢獻。

然而，言情小說仍然逃脫不了主流意識形態的掌控。透過塑造一個聰明、美麗、能幹的完美女主角，具有天賦才華的女性得以揚眉吐氣，但父權社會下集體性、結構性的性別歧視機制絲毫不受威脅。就以女強人形象的塑造而言，女強人憑藉其過人的機智與才能在事業上飛黃騰達，但所謂的工作與事業，在言情小說中獨如閃亮的鑽石，象徵功能大於實質功能，女性在工作上常遭受的困難與阻礙，在小說中只是一筆帶過或是根本不存在。言情小說以及大眾媒體裡所流行的女強人形象，不外乎是令人賞心悅目的迷思與神話。

值得注意的是，意識形態內容並不等於意識形態效果，愛情小說對讀者究竟會產生什麼直接的影響與效果，這有待進一步的研究。若完全就小說的人物及內容所可能產生的影響而言，言情小說雖然因為強調女性的個人魅力與才華而完全忽視了制度化的性別不平等，但它也給讀者帶來或多或少的鼓舞力量，讓讀者覺得，只要能培養與提高自己的個人魅力／能力，還是可以給生活帶來一些改善。

結論

本章討論瓊瑤小說在八〇年代的改變，以及其他新型言情小說的興起。瓊瑤八〇年代的小說，顯示了愛情與婚姻之間的鏈條出現鬆動現象，然而瓊瑤無法直接面對此現象背後的意涵，她選擇了以意外事件來解釋或處理愛情與婚姻的衝突矛盾。在《昨夜之燈》裡，男主角由於害怕自己的下一代有遺傳缺陷而不願意結婚，最後他在車禍中意外喪生。這樣的悲劇完全把問題放在男主角遺傳基因上，因此不必去探討愛情、婚姻、生育三者無法環環相扣時，對兩性關係的本質會有何影響。

而在《匆匆、太匆匆》一書中，女主角對未來的人生充滿憧憬與野心，而這些絕非藉由和相戀多年的男友結婚所能實現的。同樣地，瓊瑤不願面對女主角拋棄男主角的這個可能性，因此在結尾時以癌症結束了女主角的肉體生命，以此來保留愛情夢幻的純潔完美。《匆匆、太匆匆》的敘事結構本身描述了一名年輕女子對自由與自我實現的追求，但是故事的感知結構(structure of feeling)——浪漫與感性主義——則維持一貫的瓊瑤風格，作者的浪漫與感性精神扼殺了女主角追求獨立自由的精神。

亦舒的小說刻意顛覆言情小說夢幻唯美的傳統，但又不願意完全推翻美好愛情的可能性，因此她對愛情抱著一種曖昧複雜的態度。就情節而言，有些故事的女主角的確在結局時找到理想伴侶，但也有很多女主角在故事結束時仍孑然一身。就人物的心態及個性而言，他們都或多或少帶著嘲諷批評的人生觀，對家庭、對工作都有所不滿。工作是亦舒小說世界重要的一個面相，這使她筆下的女主角感到獨立自主，然而她們也因辦公室裡的明爭暗鬥，而有心理上、情緒上的疲憊感。家庭似乎能給人安全感，然而它也扼殺個人的創造力，使人安於平庸的生活。換言之，工作有令人嚮往的地方，但也帶來許多問題，而家庭生活也同樣是有正反兩面的特色。亦舒筆下的人物困在工作、感情、家庭之間，游移不定，反映出都會中產階級的焦慮與種種喜怒哀樂。亦舒的小說使人對言情小說的定義感到棘手，因為她的小說缺乏完美圓滿的愛情幻境。

而最能代表當代公式化與商業化言情小說的則是情色小說，情色小說推動了羅曼史的重大革命，女人的性愛感受正式浮上檯面，成為小說描繪的主要對象。情色小說不只是從性的角度來探索愛情的本質，更與自我實現與自我成長的價值觀緊密結合。性愛是一把鑰匙，不但開啟了女主角自己潛藏而不曾發掘的內在生命力與創造力，也打開了女主角與外在廣大世界的隔閡，使她同時向內與向外探索。

八〇年代的言情小說有兩項主題上的重大突破：自我與工作。六〇年代與七〇年代的瓊瑤小說關注的是親情與愛情的對立、衝突，與妥協。由於愛情要面臨強大的外來障礙與壓力，愛情的內部層面並不受重視。此外，瓊瑤的愛情觀著重男性給女性提供的保護與照顧，女性的自我獨立並不重要，工作對女性而言也是點綴性質。八〇年代瓊瑤開始在特定的幾本小說中觸及女性自我獨立，但只是點到為止。至於工作，即使到了八〇年代，也不曾在她的小說世界中占有顯著地位。

但是在其他女作家筆下，女性自我與工作環繞著愛情與兩性關係的主題。言情小說的處理方式仍不脫一廂情願式的幻想（亦舒例外），愛情不會威脅自我獨立，反而能刺激自我成長，而十全十美的女主角擁有傲人的事業成就，但仍保有女性溫柔而使眾多男性為她傾倒。

通俗文學的特色就是它能適度吸收社會變遷，並且或多或少反映出社會集體的矛盾、焦慮、衝突，但是又在幻想的層次上將這些矛盾做完美的解決。女性追求獨立自主並擁有一份工作，這對兩性關係及愛情造成相當大的衝擊，但是當代言情小說創造了一個女性什麼都擁有的世界：自我、愛情、事業。雖然這個世界全是不切實際的蜜糖，但是廣大的女性想要品嘗自我成長以及事業成就這兩種蜜糖，而非獨沽愛情一味，這不可否認地的確是向前跨了一步。

第九章
閱讀瓊瑤：建構台灣社會的自我形象

如果說閱讀不只是被動的把文字所傳達的信息加以解碼，而是一個主動積極的意義建構過程，那麼文學批評在詮釋與建構意義時可說是部分重寫了原始的文本。瓊瑤的小說在過去二、三十年來已形成一套「超文本」，不同的文人與評論家紛紛在這個超文本上寫下自己的意見與看法，使這個超文本負載著一層又一層的書寫。到了八〇年代，過去的一個趨勢更加明顯：就是不把瓊瑤的作品當作個別的小說來討論，而是視為一個整體，一種社會現象。這些小說本身沒有獨立存在的價值，但是評論家卻對其暢銷現象深感興趣。此外，評論家對它的關注是想解釋瓊瑤小說為何暢銷，這些小說本身的好壞判斷已不重要。

八〇年代知識分子對瓊瑤作品的反應有三項共同點。首先，大家想知道她的小說是否反映當前的文化與社會潮流？其次，與六〇及七〇年代比起來，知識分子討論瓊瑤的方式，已從規範性論述變成分析性與解釋性論述；大家感興趣的是如何解釋她的作品的暢銷。最後，大家也想知道這個暢銷現象會持續多久？在八〇年代是否已有走下坡的現象？

中國大陸的評論家也開始對瓊瑤感興趣。瓊瑤作品在七〇年代末流通於大陸，八〇年代蔚為熱潮。大陸評論家對瓊瑤的看法可說是重新把她的小說恢復成文學文本，從小說本身的特色開始分析，例如人物塑造、情節架構、語言，再由文本分析進而推敲其社會意涵。這一點是台灣知識分子無法做到的。台灣的知識界長期目睹瓊瑤現象，看到的是結晶於超文本上層的社會意義，原始文本早已被這些附著物所遮蓋。因此，在本章中，我也以大陸評論家為分析對象，比較他們的看法與台灣知識界有何不同。這種比較只有初探性的，由於資料蒐集的限制，我沒有全面性的蒐集大陸方面的文獻，因此本章中提到的大陸學者也許不具代表性。雖然有資料不齊的重大缺陷，但是比較性研究可以使我們更具體的了解文本多義性、詮釋分歧、讀者與文本的互動過程等方面的問題。

比較不同社會對同一文本的反應，可以幫助我們了解不同的社會情境如何影響讀者的詮釋。在這方面的比較研究，我們可參考社會學家格瑞斯溫(Griswold, 1987c)的論文〈意義的編織〉("The Fabrication of Meaning")。這個研究分析美國、西印度群島、英國三地的評論家對牙買加小說家拉明(George Lamming)的看法。牙買加曾為英國殖民地，拉明以英文寫作，描述牙買加多元種族的社會狀況。格瑞斯溫的研究結果發現，三個不同地區的評論家強調拉明小說的不同面相。西印度群島的知識分子認為他的作品探討個人認同與國家認同，美國人則強調種族衝突的問題，而英國人注重他的寫作技巧與文學風格，企圖把他放入大不列顛文學的架構中。

格瑞斯溫認為這樣的比較研究，可以看出在不同的社會裡什麼是其成員認為理所當然的，由此我們可進一步了解他們的共同信念或共同經驗為何。比較研究還有另一個好處：我們可以藉此檢視某一文化作品和一個社會特定面相之間的互動關係。換言之，在什麼樣的社會條件下，一件作品的那些特色可以引起什麼樣的人的注意。

在這一章裡，我首先討論八〇年代知識分子對通俗文學的初步接受，接下來指出他們的討論方式偏向分析性與解釋性，不再像以前那樣著重文化的理想與規範功能。最後我提出大陸學者的意見作為對照。由台灣知識分子的評論我們可以看出，藉由解釋瓊瑤的社會意義，大家其實也是在建構台灣社會的自我圖像與自我認同。

壹、瓊瑤論述與台灣社會的自我形象

一、通俗文學的社會功能

瓊瑤與平鑫濤創設的巨星影業公司在拍了十三部影片後，因票房開始下跌而於一九八二年結束營業。在八〇年代初期時，與七〇年代比起來，瓊瑤的事業似乎是過了顛峰期而開始走下坡，評論界似乎也不再有批判她的熱潮。然則柳暗花明又一村，大陸正掀起一陣瓊瑤熱，而瓊瑤夫婦製作的八點檔連續劇，使得台灣的社會大眾又開始注意瓊瑤。首先是一九八五年的《幾度夕陽紅》，接下來的《煙雨濛濛》、《庭院深深》、《在水一方》等，都造成收視熱潮。八〇年代中期，出版界、文化工業的崛起以及暢銷書排行榜是當時文化界關注的對象，暢銷書備受抨擊，因為它們被評論家認為是披著文學外衣的商品與消遣品，有魚目混珠之嫌。很諷刺的是，瓊瑤在此時反而不再受到負面的批評。經過了二十年，她已是旗幟鮮明的商業作家，而她本人也常自衛性地表示，她只是個「說故事的人」而不是文學家，因此在八〇年代中期那樣的社會文化脈絡之下，她反倒被視為是誠實的文化商人。

如第七章所描述的，八〇年代知識分子對通俗文學的合法正統性已有初步的接受——接受的前提是不要魚目混珠，把通俗文學包裝成文學（指嚴肅文學），在這樣的情況下，通俗文學的本質開始受到重視。在六〇年代及七〇年代，通俗文學就是「非文學」，沒有它自己獨立存在的意義。到了八〇年代，人們問的問題是：通俗文學的特色是什麼？功能是什麼？讀者閱讀的動機是什麼？瓊瑤的作品是否充分發揮通俗文學的正面功能？在回答這些問題時，文學的規範性已不再是關注的焦點。

八〇年代對瓊瑤感興趣的人不只是文學學者，也包括社會科學方面的研究者。一九八九年五月份的《張老師月刊》策畫了一個專題〈瓊瑤帝國興亡史〉，從大眾心理學的角度來分析瓊瑤作品。

在這個專題裡，作者均肯定通俗文學的正面功能，認為它反映社會與文化潮流，可被視為社會變遷的溫度計。這個專題對通俗文學的前提假設就是它必須跟得上時代潮流，求新求變，那麼接下來要問的就是瓊瑤是否做到了這一點？答案是否定的。雖然她筆下的人物有看似開放的行為（如婚前性行為），但他們的心態仍相當傳統，尤其是在性別角色上。女性一生的幸福端視男性所賦與的愛情與婚姻，而男性則慷慨大方的負起使女性幸福快樂的重擔。這一切都和日趨複雜的兩性關係顯得格格不入。她描繪的理想愛情曾令六〇年代的人嚮往渴慕，到八〇年代卻顯得天真可笑。《張老師月刊》作者群因此認為，瓊瑤的魅力正在消褪中，她的社會性存在基礎已經改變，必須要掌握新愛情觀才可以再造轟動。

那麼言情小說要如何展現新的愛情風貌呢？《張老師月刊》專題提出如下的配方：(1)女主角要有王熙鳳的幹練；女主角雖然心地善良，但是在對付壞人或是情勢逼迫下，要能充滿謀略，精於算計。(2)擁有可愛的小缺點，比如說動不動就打破東西或是撞到別人，這樣可以增加男主角追求過程的趣味。(3)品嘗多樣化的愛情，安排女主角在故事中經歷過幾種不同方式的感情。(4)眾星拱月，互相輝映，安排不同個性與風格的男性人物，各有優缺點。(5)男主角是推動成長的力量，女主角在故事裡歷經各種挫折與磨難，但是男主角能發覺到她潛能無限，一步步的協助她成長，追求自我實現。(6)圓滿大結局，言情小說是成人看的童話，所以在男女主角歷經各種磨難後苦盡甘來，在最後得到幸福快樂。

由以上的愛情小說新配方看來，文章的作者認為瓊瑤的缺陷在於跟不上時代潮流（比如說女主角不夠積極進取），而不是她的小說充滿不切實際的幻想。在以前對瓊瑤的批評當中，評論家傾向於認為純文學與通俗文學的區別之一，就是前者描述與批判現實，而後者則逃避現實，遁入夢幻與空想。在這樣的論述之中，幻想被賦與負面的評價。但是由《張老師月刊》我們可發現一個新的看法：對幻想的正視。這篇專題認為，成功的通俗文學融合了兩種互相矛盾的因素（《張老師月刊》二十三・五：四五）：

一方面，作品必須吻合當代人的觀念；另一方面，它又必須與現實世界保持距離。換句話說，作品必須在貼近社會真實的同時，又提供一個高遠的理想境界。然而，這個理想又不能太縹緲虛幻，它必須讓人覺得有實踐的可能，甚至願意努力追求這個可能。

這篇文章認為，幻想代表人們對理想世界的嚮往與追求，不同時代的人有不同的幻想，可見幻想並非完全是子虛烏有，它值得我們加以重視。此文進一步指出瓊瑤在締造完美愛情幻想上的缺失（《張老師月刊》二十三・五：五〇）：

基本上男人的經濟強勢，加上女人的感情強勢，是四、五〇年代，人們心中的最佳拍檔。而今，隨著時代的衝擊，這幅圖畫已經褪色。內外兼顧的女性是當今女性的典範。和男人一般，女性希望能夠在擁有美滿家庭以外，也有番事業。最好，她們的男人，不但不反對妻子的專業熱情，而且還能加把助力，協助她們發揮潛能，追求自我實現，這個理想的新拍檔，可惜無法在瓊瑤的小說裡得到滿足！

在這個專題裡，我們看到的不僅是對通俗文學的接受，而且還賦與它正面積極的意義，甚至進一步指出新形態的愛情觀應包含自我實現。此文作者認為，言情小說的功能是塑造女性在感情上的強勢，成功的轉移了女人在現實裡的弱勢，在小說幻想中使男人為女人痛苦、為女人犧牲。透過感情上的強勢，女人得以掌握自己的命運。總而言之，《張老師月刊》的這個專題，是從社會心理學及功能論的角度來看待通俗文學。

二、瓊瑤小說與社會變遷

八〇年代知識分子在評論瓊瑤時，比較不談「文學應該是什麼？」或是「瓊瑤的作品算不算文學？」。規範性(normative)的討論方式被分析性與解釋性論述所取代。其實，知識分子的規範性觀點並未完全消失，但是這種看法通常是在批判文化工業及暢銷書排行榜時浮現，在討論瓊瑤時則不會。當知識分子根據台灣社會變遷的脈絡去研究瓊瑤作品的暢銷時，他們召喚出象徵台灣社會的各種形象與身分。「農業社會」、「封建倫理」、「工業社會」、「消費社會」、「後現代社會」……這些名稱常被用來形容台灣社會的進化與演變。也就是說，瓊瑤的作品反映台灣社會的特質，包括社會變遷。與此形成強烈對比的則是大陸學者，他們的看法若不是認為瓊瑤的作品描繪基本而永恆的人性，就是認為反映中國人的民族性格，是整個中華文化的一部分。一般說來，台灣知識分子的分析，其時間架構大都集中於國府遷台後的三、四十年這段期間，而中國大陸的知識分子，其時間縱度較深，往往喜歡放在一個更大的中國現代史的架構。

八〇年代台灣知識分子對瓊瑤的分析，傾向於找出其作品中的公式、模式、結構，比如說人物行為及求愛公式，或是主題意識形態的公式。《張老師月刊》以行為心理學的觀點分析瓊瑤人物的求愛過程與步驟：在什麼樣的情況下四目相接、第一次牽手、第一次接吻……等等。該文用意不在判斷這些行為的好壞，而是評估在現實生活中如此的追求法則是否有效。該文從行為功能學派的觀點來分析，結論是瓊瑤小說並非有效的戀愛指導手冊。

而尉天驄則從主題與意識形態的角度來看瓊瑤公式。尉天驄（一九八五）及杭之（一九八七乙）都從批判的角度來分析瓊瑤的意識形態。他們指出反叛與妥協是瓊瑤小說的主題，反叛的對象是上一代對年輕人的壓迫，但是反叛總是以妥協結束。她的小說的意識形態功能因此是順應傳統倫理道德中的孝道，是一種「農業社會殘存的道德妥協觀念」。小說中的衝突、反叛，與妥協因此被評論家視為由農業社會過渡到工業社會的轉型期現象。換言之，瓊瑤的人物特色是懷有半新不舊的價值觀，一方面嚮往現代社會的自由與浪漫戀情，但另一方面又拋不開親情孝道的包袱。尉天驄（一九八五：四七〇）指出：

> 而在這一轉型的社會發展中，一向受壓抑的女性固然隨著西方流行的生活觀念有著衝破現實的企圖，然而到最後卻仍然反抗不了舊有的生活觀念，於是她們嚮往著一種與工商業社會相適應的傳奇生活，也因此產生種種夢幻，結束雖有衝突、反抗、反叛，而最後不能不以妥協作為結束……如果我們用一個公式來說明，那應該是這樣的：
>
> 懷舊的鄉愁＋好萊塢式的傳奇＋都市小市民的夢幻＋社會轉型期的反抗與反判＋閨秀派的婉約＋農業社會殘存的道德妥協觀念＝瓊瑤。
>
> ……到了七〇年代以後，由於台灣消費社會高度的膨脹，和舊傳統的徹底崩潰，瓊瑤的世界也隨之倒塌下來，於是有如下之改變：

懷舊的鄉愁→海外的飄泊。社會轉型期的反抗與反叛→徹底的虛無。閨秀派的婉約（穿長裙）→新女性的任性（穿T恤）。農業社會的道德妥協→消費社會的兩性放縱。好萊塢式的傳奇→消費社會下的浪漫和夢幻。

這樣，便自自然然地由瓊瑤的時代而進入三毛的時代。

尉天驄的文章指出女性在傳統社會中受到許多壓抑，然而在他描述性的中立字眼之下，也稍帶一絲對女性妥協的批判與不以為然。這樣的心態其實和李敖早二十年前發表的文章有類似之處；那就是具有批判意識的男性知識分子對女性所受到的壓抑與局限，沒有充分的同情與了解，反倒是責怪女性作家筆下的女主角有太多的妥協。

此外，以世代衝突及親情衝突這樣的角度來看待瓊瑤的小說，也使得性別議題無法浮上檯面，女性所受到的壓迫是源自於「農業社會的封建道德」這種抽象的概念，似乎和男性一點關係也沒有。尉天驄的論文寫於八〇年代，他並沒有針對瓊瑤提出強烈的譴責及批評，然而對她的妥協意識形態頗不以為然。由於打從六〇年代開始，這便是瓊瑤持續受到的批評，女性主義學者李元貞（一九八七）針對此點替瓊瑤提出辯護。在〈女性主義文學批評下的台灣文壇〉一文中，李元貞以《窗外》一書為例，認為女主角江雁容向父母屈服是很符合當時的社會狀況的（一九八七：二三一）：

瓊瑤所塑造的女學生江雁容，在陷入親情與愛情的抗爭中而被親情降伏，以當時社會的保守觀念及江雁容純潔無知的個性來看，是相當寫實的。寫成江雁容跟著康南離家出走的叛逆個性的話，不但與小說上下文不合，而且會使故事更浪漫傳奇化。

根據李元貞的看法，瓊瑤早期小說中女主角的妥協屈服是很寫實的，男性知識分子（如李敖）如果期待女主角抗爭到底，那反而是一種虛幻不實的夢想。除了李元貞的觀點外，我在此進一步指出男性評論家的不足。他們忽略了很重要的一個文本訊息，那就是在瓊瑤中期小說中，妥協已變成是父母對子女妥協，父母成全子女的心願。瓊瑤在文本的層次對中國父權與家庭倫理做了很大的逆轉，把子女受父母控制倒過來成為父母順從成全子女的心願。她的小說肯定親情與家庭的重要性，但是親情裡的權利義務關係有了重大的改變。這樣的幻想其實反映出對父母威權的不滿，於是在想像的層次將父母的威權與控制轉化成照顧與寵愛。

多年來，評論家持續地對瓊瑤小說中妥協的主題有如此大的誤解，原因可能是大家沒有把她的作品視為必須仔細閱讀的文學文本，而是把它們視為社會文本。於是他們斷章取義，把小說中的片段加以截取，然後將其套在某種社會性的解釋概念中，比如說農業社會、工業社會、消費社會。這樣做的結果是，把「意義」從文本中驅逐出境，然後把它重新置放在孤立的文本片段以及外在的社會條件兩者之間。

當然，由於讀者反應理論的興起，堅持把意義視為完全存在於文本內部，這是一種過時的想法。然而，如果我們不對小說本身的人物、情節、敘述方法做詳細的研究，我們無從知悉，到底「反叛」或「妥協」的真正意義是什麼。從早期小說中女主角的妥協或是病故、自殺的結局，歷經中期小說父母的妥協與圓滿快樂的結局，到八〇年代初期親情主題的消失，我們可以看出妥協在不同時期有不同意義。在早期，妥協反映出女性所受到的壓抑與無奈，甚至以疾病或死亡的慘烈來傳達女性的委屈與抗議，而中期的妥協則是對美滿家庭與完美親情的想像。

此外，評論家的分析也完全放在小說的社會與意識形態層面，完全忽視了文本本身以及閱讀過程中，美感與感情經驗的層面。這一方面的不足可由大陸學者彌補，他們的分析相當重視小說中感性的成分，本章稍後會再討論大陸學者的看法。下一節我們討論八〇年代中瓊瑤現象的起伏漲落。

三、瓊瑤的愛情帝國：興盛或衰落？

八〇年代知識分子對瓊瑤現象的另一個關注點，是瓊瑤的小說是否因為過時而被時間淘汰？六〇年代及七〇年代瓊瑤每年至少出一本書，一年三、四本也非罕見。但是八〇年代以後她就產量銳減，平均一年不到一本，而「巨星」又結束營業，因此有不少人以為瓊瑤的王國已走下坡了。然而，大陸的瓊瑤熱正方興未艾，而一九八五年起的幾齣連續劇也創下極高的收視率。於是有人認為，瓊瑤單純美好的愛情故事符合人們懷舊的情緒，對疲倦的現代都會男女形成不小的吸引力。

不管是認為瓊瑤的愛情故事過時，或是認為這些故事仍能維持一定的吸引力，其共同之處就是認知到八〇年代的愛情觀、婚姻觀、兩性關係有了重大的變革。這種看法孟樊（一九八九甲）曾在〈後現代愛情篇〉一文中提出，並進而以此解釋瓊瑤連續劇之風靡（一九八九乙）。孟樊以「後現代」一詞來指涉八〇年代兩性關係的變化。他指出在後現代社會愛情兩字已有所改變，不再理所當然的指男女之愛，而包括了同性戀。其次，後現代文化是喪失歷史感的文化，愛情的濃度與時間無關，有的一拍即合，也有的交往千百個日子後煙消雲散。最後，感官需求抬頭，性愛在愛情中占了重要的地位；愛情與婚姻的關係不像過去那麼密切，愛情和性的關係卻更融入。由孟樊的看法可歸納出，「後現代愛情」具有肢體性、易變性、速成性、消費性、享樂性諸特點。

此處我們不必去深入討論八〇年代的台灣社會是否為後現代社會，也不必去探究後現代社會為何會產生上述的新愛情觀。我在此處只打算呈現出評論家在討論瓊瑤現象時，是如何建構並詮釋此現象所依附的整體社會脈絡。孟樊認為後現代愛情缺乏精神層面，偏向感官享樂，在情感空虛之下，反而會欣賞單純的瓊瑤式愛情：

> 性愛的空虛導致情愛的貧血，使人開始轉而嚮往那份瓊瑤式的「純情」，觀眾在觀賞戲劇之餘，心裡得到替代性的補償外，尚可獲得亞里士多德所謂的「淨化」的發洩，產生一種「無害的快感」。而瓊瑤割裂時空，脫離現實的小說情節，捏造出純潔性、理想性的愛情世界，正是它為何能同時盛行於六〇年代與八〇年代後期的癥結所在。（孟樊，一九八九乙：三四）

上述觀點和前面提過的《張老師月刊》真可說是大異其趣。《張老師月刊》認為瓊瑤的愛情觀過時守舊，所以她的浪漫帝國已經走下坡，而孟樊則認為正因為它不合時宜，陳義過高，所以使情感空虛的現代人更加嚮往。不管是那種說法，都有可能被讀者訪談的研究結果所推翻。我們都知道，台灣女性開始閱讀瓊瑤的年齡相當輕，不少人從小學或初中就開始涉獵，她們通常連實際的約會經驗都沒有，閱讀瓊瑤是在幻想層次上探索兩性關係。孟樊的看法可能較適合年齡層較大的讀者。

對於八〇年代後半的瓊瑤熱，上述的種種看法都是從整體的社會心理學現象著手。一個較直接——但常被忽視——的解釋觀念，則是電視連續劇的炒作。由於書籍出版市場的劇烈變化，言情小說出現了各種不同的風格與內容，打破了以往由瓊瑤作品獨領風騷的局面。而在電影方面，七〇年代末台灣電影工業就已出現重重危機，以至於到了八〇年代，一方面是香港娛樂片在台灣票房得利，另一方面則是「新電影」興起，展示新的題材及視覺語言，瓊瑤的文藝愛情片已無法在八〇年代的台灣電影市場立足。在八〇年代政治、經濟、文化、大眾傳播……各方面均有重大的變革之際，官控商營的三家電視台體制依舊不變，不必面對新的挑戰，因此電視台乃成了瓊瑤愛情帝國謀求新發展的好地盤。瓊瑤的電視劇以高額的預算，在服裝、布景、道具上力求製作精良，再加上知名演員的賣力演出，以及電視台全力配合宣傳，創下良好的收視率。假如電視台的市場經營結構也和當時的出版業或電影業一樣有重大改變，恐怕瓊瑤與平鑫濤就不是那麼容易取得電視市場的成功。

我們已討論過八〇年代台灣知識分子對瓊瑤現象的反應。他們以整體社會文化的角度來詮釋，由此投射出他們心目中不同階段的台灣社會的意象：所謂農業社會、工業社會、過渡期、現代社會、後現代社會……等等不同的名詞。到了九〇年代初期，齊隆壬（一九九二）更進一步以記號學理論，來分析瓊瑤小說中性別與族群關係的建構，如何反映台灣社會的工業化。他們其實不是在詮釋瓊瑤作品的意義，而是在建構台灣社會的集體認同，勾勒出台灣社會的風貌，並且賦與它一個名字（如後現代社會）。接下來我們看看大陸學者對瓊瑤小說的看法，他們是非常重視文本分析的。

貳、大陸學者的文學式閱讀

一、收編台灣文學

大陸學者對瓊瑤的分析往往能從作品的細部來欣賞，探討個別故事中人物性格的塑造、情節架構、寫作風格。他們認為瓊瑤的作品達到了雅俗共賞的境界，不像台灣知識分子往往從精英及批判的角度來譴責或嘲諷瓊瑤。此外，大陸學者也傾向於強調瓊瑤小說引起廣大讀者的共鳴，充分表達「中國人」的精神；換言之，瓊瑤小說的普遍共同性遠比其個別特殊性來得重要。

本章一開頭就提及格瑞斯溫(Griswold, 1987c)研究三個不同地區書評家對牙買加小說家拉明的看法。牙買加當地人傾向於把他的小說看成是關於自我認同與民族認同的追尋，而英國人則著重作家文學風格的分析，並把他的作品當成是整個「大英國協文學」的一部分，也就是說，大英國協文學不只是英國地區的創作，還包括澳洲、紐西蘭、印度、牙買加等世界各地前英國殖民地人民以英文書寫的作品。

在英國文學評論家心目中，不管國際政局如何詭譎多變，而國協各個成員也有其獨特的國情，但國協的文學家都具有一個共同普遍性：把他們特殊的經驗以共同的語言（英文）及英國文學的風格來表達。格瑞斯溫認為，這樣的現象不論是看作單純的對人性共同點的追求，或是一個強勢文化企圖去收編弱勢文化，都顯示出英國文評家在閱讀作品時，心目中存著一個源遠流長的英國文學傳統，他們以此為參考座標來衡量他們看到的作品。

同樣的現象也反映在大陸學者的身上。趙山林簡單明暸地指出：「瓊瑤小說與古典詩詞有著千絲萬縷的聯繫……瓊瑤小說、『瓊瑤熱』是應當放到中國文化這一大系統中加以研究和認識的。」（趙山林，一九八六）顧曉鳴從寫作風格上指出瓊瑤承續中國文學中意象與傳奇的傳統。古繼堂則從題材內容上認為瓊瑤的某幾部小說和中國現代史息息相關。大陸學者的評論有一共同特色，就是強調瓊瑤的文學風格是中國文學傳統的延續。

顧曉鳴（一九九二）在他的論文〈瓊瑤小說的社會意義——從小說自身角度（內涵、結構、手法）所做的分析〉中指出，瓊瑤深刻地掌握了中國小說戲曲「意象」的用法，也就是明代批評家茅元儀在《批點牡丹亭記序》中所說，角色的行動是「凡意之所可至，心事之所已至也」，也就是說，現實人物心象（內心的狀態）與外在現實的形象合而為一。

顧曉鳴舉出《在水一方》、《菟絲花》、《一顆紅豆》為例。這些並不只是借用古典詩詞中的美麗詞藻，而是和人物個性或故事主題有密切關係。如《菟絲花》以寄生並纏繞在松樹上的菟絲花來比喻過度依賴、柔弱的女性——女主角父親的情人。而「松樹」表面上是指女主角的父親，但是到了故事結尾，女主角卻領悟到真的松樹是她那堅強卻又沉默的母親。顧曉鳴藉著對菟絲花這個意象的分析，使讀者能深入了解故事人物的強弱對比及其互相關係，對故事的詮釋也就會超出一般的外遇或婚外情事件。

台灣的知識分子及社會大眾都對瓊瑤常人的誇張渲染抱著不屑或嘲笑的態度，認為這是荒謬不實，而顧曉鳴則仔細從情節上下文的安排著手，指出瓊瑤小說不但不荒謬，甚至是「情、理、夢的獨特結合」。瓊瑤小說情節的每一轉機，都由外在動作引出心理的變化和誤會，心理的誤會引出唐突的言語，又因此而生出新的動作。換言之，乍看之下太過誇張的動作（如爭吵或打耳光），其實都由瓊瑤埋下伏筆，點出人物的心理及情緒變化。

顧曉鳴更進一步指出，瓊瑤小說的內容都是「日常生活的哲理及倫理」，主要是反映在「自我」、「兩難」、「角色」之類的主題上。這一點恐怕對台灣讀者而言更難以接受了！我們都知道瓊瑤的人物，男主角也好、女主角也好，都一心追求愛情，何來自我可言呢？其實，女主角的自我意識就是在小說中種種戲劇性的衝突、矛盾、對立中萌芽的。在親情與愛情的衝突中，女主角開始意識到她不是父母的延伸，而是獨立於父母之外的個體。

此外，瓊瑤小說中常出現的一種情節設計是：女主角在無意中得知自己的原來身分——比如說她是父母領養來的，這其實也是一種對自我認同與自我身分的懷疑。整個瓊瑤式的情節架構——與父母的衝突以及與男主角的相戀與爭吵——一方面粉碎了女主角原先熟悉的世界，另一方面也帶引出女主角自我認同的問題，使女主角處於親情與愛情，以及自我與愛情的兩難局面。

顧曉鳴能穿透看似膚淺誇張的故事表面，發掘出其中的深刻意涵。台灣的讀者固然是受限於瓊瑤現象此一超文本，而無法以平常心看待原始的文本，然而顧曉鳴也未嘗沒有過分美化之嫌。我認為瓊瑤小說對「自我」的探索非常有限，主要是觸及「自尊」與「自卑」的問題。也就是說，在談戀愛的過程中所引起的種種情人間的誤會與衝突，會使女主角感到不受尊重，沒有得到男主角或者他家人全面的接受、欣賞，與寶愛。這是女主角的自尊問題，但是「自我」的內容及本質究竟是什麼？這不是瓊瑤小說的重點。而愛情的過程雖然有衝突、有矛盾，但愛情的本質或是小說的結局又把這些衝突矛盾所帶來的兩難困境化解掉了。真正的愛情使女主角受到尊重與保護，一旦她得到幸福美滿的婚姻與愛情，也就不必再去與自我認同、自我身分這類的問題掙扎。

顧曉鳴極力肯定瓊瑤小說的成就，他認為「真正博得億萬人民群眾好感，為人欣賞、為人模仿者，都含有『高』和『雅』的成分。當然，這種『高雅』並非前大眾社會由少數人獨霸文化藝術格局中的那種『高雅』」。顧曉鳴也強調瓊瑤小說的中國性，指出她「在西方化、美國化的世界主義文化氛圍中，竭力在民族文化中尋求自我和表現自我」，他尤其讚賞瓊瑤小說中的人物「弘揚了中國女性特有的氣質和品格」。

另一位大學學者古繼堂也和顧曉鳴一樣，肯定瓊瑤小說雅俗共賞的成就，並且把它們置放在整體中國文化的框架之中來詮釋，不過他是從中國現代史而不限於文學史的角度來看。在他的《台灣小說發展史》一書中，有一整章完全用來討論瓊瑤，稱她為「台灣愛情小說的集大成者」。在此章中，古繼堂以《煙雨濛濛》及《幾度夕陽紅》兩本小說為例，指出瓊瑤對歷史與人生的觀照。

《煙雨濛濛》是瓊瑤最膾炙人口的作品之一，女主角依萍的父親陸振華在大陸時曾是顯赫一時的軍閥，擁有萬貫家財及眾多的妻妾，來台後雖然衣食不缺，但也失去了昔日叱咤風雲的威風。《煙雨濛濛》藉著女主角依萍對父親的恨意與復仇計畫，描寫陸家由盛而衰、家破人亡的經過，也寫出依萍對父親愛恨交織的複雜心理。古繼堂因而認為此書：

以管窺的方式，客觀地反映了中國數十年的動亂歷史和演變狀態……當陸府的金匾無可奈何的落入塵埃之時，真有無可奈何花落去之感。從某種意義上講，瓊瑤的《煙雨濛濛》和白先勇的《台北人》具有同樣的思想內涵，因而不應當把這樣的作品當作純粹的言情小說來讀。（一九八九：三七三）

二、雅俗共賞的瓊瑤小說

對台灣讀者而言，《煙雨濛濛》裡跋扈的軍閥以及《幾度夕陽紅》裡的抗戰背景，只是增添了故事的戲劇性與故事的刺激高潮，然而古繼堂卻認為這就是瓊瑤小說中的歷史感，這些故事充分表達出在歷史動盪與時代變遷下，人們悲歡離合的種種境遇。古繼堂甚至把《煙雨濛濛》與白先勇的《台北人》相提並論，這是一個台灣文壇而言相當大膽的看法。

完全就題材而言，兩者的確是非常類似。那麼我們就必須問：表現手法及作者的人生觀有何不同呢？我不打算在這裡為這個問題提供令人滿意的答案，只是希望以提出這個問題來思索另外一個問題：純文學與通俗文學之別在那裡？有沒有一套可供操作的分析法，使我們能鑑定出兩者的不同？如果兩者的差異主要是寫作形式與方法，那麼由顧曉鳴的分析可看出，只要讀者有心，也可以從瓊瑤小說中找出優秀的寫作技巧；如果兩者的差異是題材，那麼由古繼堂的詮釋，我們可發現瓊瑤的小說不只是愛情，還有時代的動盪或是社會百態；如果兩者的差異是對人生現實立場之不同，知識分子常說純文學具有「批判與超越」的功能，而通俗文學則是「逃避現實」或是「向現實妥協」，那麼古繼堂及顧曉鳴二人也都能指出瓊瑤作品中的「批判」與「超越」。

在這裡，我提出的這一連串關於純文學與通俗文學之分的問題，用意是在顯示兩者之間並無內在本質上的差異，雅俗之爭其實是反映知識分子本身的意識形態。也就是說，知識分子藉著推崇某一類作品並排斥另一類作品，來鞏固自己所支持的文化品味與標準，並為它建立合法正當性。凡是不合乎這種標準的，就被冠以某種標籤——如通俗文學，並置放在象徵符碼秩序中的底層。

顧曉鳴與古繼堂對瓊瑤的看法是否有溢美之嫌這是另一回事，但是他們從實際的文本分析中所得的結論又是另一回事，值得我們深思。大陸學者從文學閱讀的過程中打破雅俗之分，而台灣的學者則是受到暢銷書排行榜及文化工業興盛所帶來的震撼，加上後現代理論的引進，才開始思索純文學與通俗文學，以及精英高級文化與大眾文化這類棘手的問題。而在思考過程中，台灣學者對大眾文化的接受仍是相當勉強。大陸學者則以相當傳統的文本分析，不挾帶任何新潮的西方理論，直接向雅／俗對立的二元文化觀挑戰，勇於熱烈擁抱瓊瑤所代表的雅俗共賞的文學。

當然，台灣與大陸兩邊的反應有如此大的差距，一個很簡單的因素是台灣社會已看了二、三十年的瓊瑤小說，即使當初有任何新鮮之感，長期下來不免覺得是陳腔濫調。以《煙雨濛濛》或《幾度夕陽紅》書中的所謂「歷史感」為例吧，到了八〇年代後期改編成電視連續劇，抗戰時期的大陸社會對八〇年代的台灣觀眾而言，並無實質意義，它不過是適合上演悲歡離合的奇情通俗劇(melodrama)最好的故事背景。

除了強調歷史面相外，古繼堂也認為瓊瑤小說是「愛情小說藝術成就的標誌」。他是以愛情小說本身的標準來判斷愛情小說。就這點而言，我們可參考卡維提(Cawelti, 1976)對通俗小說的看法。在《探險、神秘與浪漫》(*Adventure, Mystery, and Romance*)一書中，他分析小說「類型」(genre)的概念。他指出關於類型的研究取向有兩種：一種是探討類型與外在整體的歷史、社會、文化情境的關係，例如西部片與美國社會的關係。另一種研究取向則是把特定類型當作一種藝術與美學標準，以此來衡量個別的作品是否符合標準並發揮了此一類型的特色。

優秀的作品一方面符合類型約定俗成的規矩，但另一方面又有某些地方有所創新，發揮作者個人的寫作特色。反之，如果一味的因循舊習，類型作品就成了索然乏味的陳腔濫調，而這正是通俗文學最為人詬病之處；但是如果離類型特色太遠，又會使讀者難以接受。比如說，愛情小說的結局如果是男女主角反目成仇，互相傷害，那麼它即使是不錯的小說，但卻是一本失敗的愛情小說。由此觀之，卡維提對通俗小說並無歧視或批評之意，而是根據每一種特定類型的特色來判斷作品的好壞。他關心的是如何區分成功的通俗文學與失敗的通俗文學，而不是論斷通俗文學對社會的功過是非。

古繼堂在這方面的看法和卡維提很接近。他認為瓊瑤小說可說是「愛情的百科全書」，包含各種形態的愛情（一九八九：三七五～三七六）：

傳統的、過渡的和完全現代化的；各種年紀的：即老年、中年和少女；各種社會階層的：即學生、職業、企業家；各種時代：即封建社會、半封建半殖民社會、西化的資本主義社會等等。這些不同形態、不同階層、不同年紀、不同時代，處於不同精神狀態下的人們，他們對待婚姻戀愛的態度，他們的道德觀念，他們表達情感的方式，他們選擇戀人的角度，他們的文化修養和文明程度對婚姻愛情的影響，他們的社會意識對愛情的滲透，都有著極微妙的區別。要想把各種人的婚姻戀愛都表現得真切生動、合情合理，的確是一件不太容易的事，它是一項細緻的感情辨析和心理解剖過程。

由以上這段話看來，古繼堂的看法可說是和台灣絕大多數的知識分子大異其趣。台灣學者通常認為瓊瑤筆下的人物相當刻板，情節則流於公式化。然而，根據瑞德薇等人對言情小說讀者所進行的調查，言情小說迷能夠把不同故事、不同人物間微妙的差異區分得很清楚，局外人看起來大同小異，對小說迷而言，這些微妙的差異卻具有深刻的意義——比如說文靜內向的女主角就不同於活潑好動的女主角。古繼堂以嚴肅的態度看待言情小說這個文類，並進而評估瓊瑤是否把這個文類所能具有的藝術潛力都發揮出來。

也就是說，言情小說著重的是呈現男女主角間情感的交流，而偵探小說或武俠小說描寫的又是另一種截然不同的故事，我們應該以每一文類各自的標準來衡量。像古繼堂這樣的觀點，在台灣只有《張老師月刊》專輯提出類似看法。一般說來，瓊瑤的作品在台灣被視為大眾通俗文化的代名詞，人們談論她的方式是她的作品和嚴肅文學有何不同，而不是這些故事本身有何特色。

三、幻想、抗議、妥協：通俗小說對烏托邦的追求

另一位大陸學者顧曉鳴，除了和古繼堂一樣肯定瓊瑤的文學風格之外，也提出一個和台灣學者截然相反的論調：瓊瑤的小說隱含了對黑暗現實的批判。在〈理解瓊瑤和她那些美好的故事〉（一九八九）一文中，顧曉鳴認為，同樣是批判社會與人生的作品，可以著眼於美化詩化的理想世界，如《紅樓夢》中的大觀園，但另一種手法則是展示惡濁不堪、充滿色情暴力的世界，如《金瓶梅》。而《紅樓夢》恰恰是通過對美的世界的構築，把要抨擊的社會黑暗推到了小說的背景上。瓊瑤故事的第一動力都是社會的惡：如封建禮教，專橫的父親，拜金的上流社會；然而她以美化的、理想化的人物與故事來反襯社會與人生的黑暗腐敗。

瓊瑤小說一向被批評為太過於妥協，而顧曉鳴卻認為美與夢幻的背後是對社會黑暗的不滿與抗議。這兩種看似相反的觀點其實都沒錯，因而通俗文化包含一種雙重特色：意識形態與烏托邦。根據詹明信(Jameson, 1979)的看法，大眾文化對社會現狀及其主流價值抱著支持肯定的態度，將之視為自然的、不可改變的——這就是大眾文化的意識形態功能。但是在另一方面，大眾文化也觸及了人們在現實生活所經歷的種種衝突、矛盾、焦慮，並由此而展現對完美、對理想世界的渴求與追尋。詹明信認為這就是大眾文化對烏托邦的追求，而其根據正是對現實的不滿與焦慮。

詹明信進一步指出，大眾文化如果只有意識形態的一面（亦即對既存社會秩序的擁護支持），

那麼它必定無法引起共鳴或深入人心，成功的大眾文化都包含了焦慮與希望。社會制度本身的矛盾與不協調，使人們有許多心理上的焦慮，然而藉著虛構情節的鋪陳，這些矛盾一定能得到圓滿的解決，使人們充滿希望。大眾文化一方面提出對社會的不滿與抗議，但另一方面又在幻想、想像的層次來解決問題。閱聽人在看完一本小說或一部電影後，先前焦慮的情緒受到撫慰而不會轉化成反判的行為，並繼續支持現有的社會制度。換言之，大眾文化如果完全逃避現實或是一味地粉飾太平，反而不見得吸引人，一定要或多或少地觸及社會問題，然後再以圓滿的方式解決，這樣才能符合閱聽人的心理需求，並發揮大眾文化的意識形態效果。

以言情小說為例，它流露了女性對自身弱勢地位的不安全感，然後再以完美的愛情來彌補這種不安全感。就以男主角的形象為例，不少小說的男主角在小說一開始時顯得驕傲自大，脾氣暴躁，冷漠甚而有點殘酷。隨著情節的發展，讀者知道原來男主角在冷硬的外表下有顆脆弱敏感的心，他過去曾受過傷害，所以後來裹著堅硬的外殼。他對女主角的愛，使他終於放下武裝，呈現出溫柔體貼的真我。

男主角剛開始的形象，是父權社會所建構出的威權、霸道男性形象，對女性而言令人畏懼不安。然而這樣負面的男性特色，卻在小說中被解釋掉了(to be explained away)，被說成是受過傷害後的自我防衛，只要有真愛，他就會恢復成溫柔體貼的男性。在父權制度的長期薰陶下，男性從小就被教導著壓抑情感，冷漠似乎不只是外表，而是許多男性社會化過程後所形成的內在個性——然而這種看法是不會出現在言情小說中的。言情小說先是觸及女性在現實經驗裡對男性的畏懼不安，然後在幻想的層次把這些焦慮不安處理掉。

再以閱讀言情小說這個消費行為本身而言，根據瑞德薇(Radway, 1984)的研究，家庭主婦往往由於繁瑣的家務及育兒工作，而感到沒有屬於自己的時間與空間，同時妻子與母親的雙重角色促使她必須對丈夫與子女提供情感支持與撫慰，而自己的情緒與心理需求卻無人照管。閱讀小說等於是一種行動上的「獨立宣言」，求得數小時的清靜，並且藉由書中完美的愛情故事使自己得到情感的滋潤。瑞德薇因而認為這是父權社會性別角色分工所造成的女性對家庭生活的不滿與反抗。大眾文化之所以存在，其實正是因為人們對現狀的抗議。

大眾文化包含了焦慮與希望，然而早期知識分子對大眾文化的批判只看到了希望這一面，而這是一種幼稚淺薄，對改善現實毫無助益的希望，就像糖精一樣，味道雖甜，但無營養價值。詹明信提出了焦慮這個重要面相，使我們認識到大眾文化並不完全是逃避現實的夢囈，而是巧妙的觸及人們社會心理的需求。

八〇年代以來的文化研究者，比較願意去正視消費者如何在實際生活情境中，對通俗文化的文本提出主動積極的詮釋，不像過去那樣以精英姿態一味的譴責大眾文化的保守與妥協性格。但是以台灣的知識界而言，對瓊瑤小說持正面肯定看法的仍然不多。

大陸學者顧曉鳴認為瓊瑤小說含有對社會黑暗的抗議，這固然是有別於台灣學者的新鮮觀點，然而他走向另一個極端，就是忽略了瓊瑤在提出抗議以後所採取的回應之道是虛幻不實的，也就是說，在瓊瑤小說中愛情與親情就足以解決所有的問題。其實，她的小說所表達的抗議是針對特定個別人物，如跋扈的父親，占有欲強的母親，好色的壞男人，妖嬈的狐狸精，並非對整體社會制度的批判，因此其解決方式也是私人式的，以愛與寬容來戰勝與超越邪惡。

結論

瓊瑤小說一直被視為社會文本，而不是文學文本。在八〇年代以前，知識分子以她的作品為負面例子，來討論文學應該具有那些功能；八〇年代以後，論述方式從理想性與規範性逐漸轉變為分析性與解釋性。

不同的批評家從她的小說中抽出部分片斷，然後拿這個片斷去和他們心目中的台灣社會變遷相契合，以此來解釋瓊瑤小說的社會意涵。最常被強調的主題就是反抗與妥協，而這是由於從農業封建社會過渡到工業社會時，新女性對舊社會不滿，嚮往現代文明，因而有所反抗（表現在爭取戀愛自由），但又不能完全拋棄舊社會的包袱（表現在對親情倫理的依戀）。這主要是尉天驄的看法。瓊瑤在八〇年代所表現出的沒落與重振，則被孟樊以後現代社會的觀點來闡釋，九〇年代初期，齊隆壬更進一步以記號學理論，來分析瓊瑤小說中性別與族群的建構如何與整個外在社會發展相關聯。從這些人的論述裡，我們看到的不是對瓊瑤小說本身的分析，而是知識分子企圖透過瓊瑤小說來建構台灣社會的形象，追尋三十年來台灣社會變遷與發展的脈絡。

大陸學者則強調瓊瑤小說的文學風格，對文本的內容與特色詳加分析。他們以言情小說這個文類自身的標準來衡量，認為瓊瑤充分發揮了言情小說的藝術潛能，堪稱「愛情的百科全書」。值得我們注意的是，大陸學者一方面是採取文學觀點，著重實際的文本分析，但是另一方面則堅持文化民族主義，把瓊瑤的小說視為整個中國文化傳統的延續與發揚光大。

台灣學者與大陸學者的差異使我們看到，對瓊瑤小說的詮釋牽涉到「認同政治」(identity politics)。大陸學者認為瓊瑤小說表現了中國的民族文化與民族情感，而台灣社會則以過去三、四十年來的台灣社會背景來分析。我們在這裡看到一個弔詭的現象，那就是瓊瑤雖然多年來在台灣備受批評抨擊，然而她也被視為台灣社會文化現象中不可或缺的一環。

整體而言，到了八○年代台灣的知識分子已相當接受瓊瑤的作品。他們雖然不像某些大陸學者對瓊瑤推崇備至，但至少不像過去那樣施以嚴厲的譴責。他們通過瓊瑤小說來探索台灣社會的變遷，建構出「農業社會」、「工業社會」、「後現代社會」等不同的圖像。諷刺的是，女性的感受、女性的情感、女性的處境到底和這些不同的時代標籤有何關聯，這方面的探索仍付之闕如。言情小說是女性作家寫給女性讀者看的，然而有關言情小說方面的分析與論述，卻一直由男性發言者所掌握。我將在最後一章結論部分，討論言情小說對一般女性以及女性主義者的意義。

結論
言情小說、批判性詮釋，與女性主義文化政治

本書探討了過去三十年間以瓊瑤為中心的言情小說其生產狀況、文本內容，及讀者反應。在本章中，我首先對全書旅絡做一個綜合整理。其次，我將討論文化分析的最後一個階段——批判。由於言情小說受到廣大女性讀者的喜愛，我會著眼於批判性詮釋與女性主義文化政治兩者間的關係。最後，我提出社會學研究中關於意義與詮釋的各種不同的理論及研究取向，並比較各自的利弊。在本章中，我主要是強調瓊瑤的小說無益於女性主義文化政治。然而，我們也不應把文化批判的功能局限於工具理性或是衝突對立的層次，狹隘地認為凡是不符合進步思潮的文化產物都應加以譴責。畢竟，文學與藝術存在的價值並不一定要為某種意識形態或政治立場服務。愛情小說雖然不利於女性主義的推展，但我們可將文化批判的目的視為增進人與人之間的溝通與了解。女性主義者從對言情小說的分析中，可以更細緻地體會出女性的渴望與嚮往，以及由此而衍生的種種掙扎與努力。

壹、言情小說的生產、內容與讀者反應：三十年的回顧

一、六〇年代

過去三十年來，言情小說起了不少變化，這不僅反映了整個台灣社會快速的社會變遷，具體說來，則是浪漫愛的觀念經歷了不同的形態，而文學的生產與酬賞結構的變動也影響了小說生產者與讀者間的關係。就書籍的出版狀況而言，六〇年代延續五〇年代時政府對文學的掌控，使得政府及黨營文化事業在文化生產中扮演舉足輕重的角色，受雇於這些組織的文人（可粗略地稱為官方作家），占了六〇年代作家的三分之一。這些人以外省籍男性為主，他們所隸屬的官方機構組織性質穩定，沒有市場競爭壓力，這和那些異議分子所形成的小型文藝團體形成強烈對比。當時《文星》等鼓吹進步思潮的雜誌及出版社備受政治騷擾及迫害，生存不易。六〇年代的文壇尚無資本主義市場的壓力，文壇內的對立主要是代表保守勢力的官方作家與代表前進改革勢力的異議知識分子。

瓊瑤的小說受到平鑫濤的賞識，由於平鑫濤同時任《皇冠》雜誌及《聯合報》的主編，瓊瑤的小說得以在最強力有效的管道上發表，獲得熱烈的回響。但以當時的情況而言，言情小說本身仍是一個未充分商業化的文類，言情小說與一般文藝小說的區分相當模糊。社會大眾對瓊瑤小說的熱烈反應以及李敖等知識分子對她的抨擊，這些都可視為官方文人與異議分子二元對立下所擠壓出的第

三種空間。一般讀者厭倦於官方作家的反共文學，轉而支持情感流露的言情小說，而異議分子對所謂閨秀文學的輕鄙，其實是自身發表管道受到壓抑後產生苦悶與不滿，再向外投射。

很諷刺的是，瓊瑤的小說被視為「言情小說」，正因為在當時泛政治的氣候下，被李敖等異議分子建構出來的；言情小說與通俗文學，彷彿就是威權體系思想控制的另一面，藉以麻痺人民的思想。這樣的看法是對通俗文學持功能論及陰謀論，通俗文學本身的意義則被忽視。

那麼這個時期瓊瑤小說的文本意義為何？此時小說的主題著眼於愛情與外在社會力量的衝突，而後者通常以家庭及父母親為代表，他們所形成的阻撓反對力量蓋過了愛情的力量，使愛情以悲劇收場。小說中充滿了生病、發瘋、自殺、意外傷亡；女主角及其他女性人物無法掌握自己的命運，被男主角的濃情蜜意及傳統的禮教道德兩種極端的力量撕扯，最後不是屈服於禮教就是崩潰。

外遇與婚外情是瓊瑤小說中頻頻出現的主題或是副題，而通常是以介入他人婚姻的第三者的立場來寫。這些介入別人婚姻的第三者（有男性也有女性，但以女性居多）一方面充滿了罪惡感，但另一方面仍執著於愛情，無怨無悔。**這個時期瓊瑤所顯現的愛情觀，充分展現了女性的軟弱與無力感，但在極端無能中死命地攀住一段愛情，由此反而流露出一種堅忍不拔的毅力與耐力，瓊瑤把女性無力／有力的弔詭發揮得淋漓盡致。**

六〇年代初期，李敖等知識分子對《窗外》一書展開熱烈的討論與批判。這些批判表達了年輕人對封建父權的不滿，因此本質上是意識形態之爭，而非從作品的內在結構出發去分析作品的意義。《窗外》一書的女主角因為母親的強力阻撓而和老師愛人黯然分手，這樣的情節被視為對封建禮教的妥協屈服，在前進派人士看來此書無異於鼓吹反動保守的教條。這種看法就狹義的文本詮釋而言，是錯誤的；此書主旨其實是刻畫母女之情及其衝突，男女主角的戀情在小說已開始快二半時才發生，女主角因得不到母愛而轉向老師、墜入情網，男女主角的愛情其實分量不及女主角與母親間的親情關係。

但若就瓊瑤所寫的所有小說而言，在整體層次上，瓊瑤的確是著眼於女性的屈服與妥協。對什麼屈服？和誰妥協？從瓊瑤本人的觀點及文本的表面意義看來，是對父母的屈服與妥協，而其動機是情感；但從文本的深層結構及其社會意義而言，正如許多批評家所言，是所謂的父權制度。瓊瑤企圖以情感融化父權制度，但是弔詭的是，她所刻畫的情感越濃烈，其意識形態效果也越強。也就是說，更加強化了父權制度，使男性以及父母居於重要地位。

由李敖等人的批評可看出，對文學的詮釋並沒有一清二楚地對或錯、正確或不正確的二元對立。有力的詮釋能引起社會熱烈的反響，因為它觸動了一個文化體系的中心價值及問題，但它可能在狹義字面或文本詮釋上有所缺失。相反地，另一種詮釋也許正確地解讀字面意義，但不見得引起他人的興趣與共鳴。

二、七〇年代

到了七〇年代，瓊瑤的事業蒸蒸日上，除了繼續在《皇冠》及《聯合報》連載小說外，更與平鑫濤自組電影公司，拍攝一系列電影，締造了台灣電影史上文藝愛情片的黃金歲月。這段期間是瓊瑤將她的寫作事業以家庭企業的方式加以商業化。從寫小說到編寫劇本、拍成電影、寫主題曲歌詞……可說是一貫作業、一氣呵成。相較於其後文化工業勃興的八〇年代，瓊瑤這樣的作為在當時可說是文壇異數。

七〇年代的文學社區比起六〇年代來，獨立自主性較高，較能脫離政府的控制，而文學出版界由兩大報、皇冠、五小（爾雅、九歌、洪範、純文學、大地）等數家出版社主導，尚未出現競爭激烈的多元市場。五小等出版社營運方針穩健保守，並不求快速的利潤回收或是營業額的快速膨脹。專門供應消遣娛樂讀物的租書店，皆為低成本經營的小生意，雖是在商言商，畢竟仍非資本主義的性質。因此整體而言，文化生產在七〇年代其商業化程度仍然非常有限。言情小說的生產以數量而言，其主力在租書業，玄小佛是最具代表性的租書系統下的言情小說家，但以整體知名度而言，則非瓊瑤莫屬。

在七〇年代小說中，瓊瑤一方面持續其一貫的主題：愛情與親情的衝突，但這個時期她建構出一個重要的文化意象：愛情與親情的統合。在親密溫暖的家庭中，兩代間縱然有爭執，但一切衝突最後終會化解，年輕人的愛情得到父母的接納，故事在圓滿的結局中結束。這樣的模式逐漸演變成一個僵硬的公式：墜入情網→代間衝突→家庭解組→妥協→家庭重組，在早期小說中，瓊瑤將父母親反對兒女戀情的心理動機加以深刻的描繪，使他們的行為具有可信度；但是在中期小說中，父母的反對只成為一種推動情節的戲劇機制，使小說充滿戲劇張力與高潮。

在七〇年代這些圓滿結束的故事中，唯一的例外是《我是一片雲》。女主角掙扎於丈夫與舊情人之間，最後在丈夫墜樓死亡後女主角精神失常。在瓊瑤的愛情世界裡，女性若得不到愛情，不是得重病，就是精神失常，或是以死亡了結。這點在三十年來均未改變，不同的是，這樣的例子在七〇與八〇年代較少出現。

玄小佛的小說與瓊瑤大異其趣。她的女主角個性叛逆、脾氣火爆、行為乖張——根據一般世俗的標準。她的小說描寫受家人排斥誤解的少女如何經歷一連串奇遇，並因而成了事業成功的女強人。她的小說結合了愛情神話與事業成功的神話，呈現出積極進取、具有行動能力的女主角。就當時的社會風氣而言，開創了一種積極正面的女性形象。

七〇年代知識分子對瓊瑤的批判主要集中在純文學與通俗文學之分。「文學」一詞限定於純文學，通俗文學相當受到評論家的排斥。瓊瑤被批評為不配稱為作家，評論家藉由對她的批評進而討論「什麼是文學？」以及「文學的功能與使命是什麼？」這類層次較抽象的問題。其實，與其說是知識分子嚴肅到無法接受通俗文學，不如說是這是一個「劃清界線」、「占地盤」的問題。租書店的小說無論是多麼的充滿怪力亂神，或是情節人物荒誕不經，都不會引起知識分子的注意與關切。只有那些在生產與發表管道上鄰近精英分子場域的作家與作品才會受到攻擊，被視為有魚目混珠之嫌。

三、八〇年代

到了八〇年代，大眾文化的勢力已相當鞏固了，瓊瑤的爭議性大為降低。此時書籍的出版與零售起了很大的變革：連鎖書店的出現大大提高了書籍的流通量，並使書籍的宣傳行銷備受重視，書店推出的排行榜更成為炒作新書知名度的利器。此外，出版市場不但有更多出版社投入而形成激烈的競爭，他們更極力開發新的讀者群及讀者品味，因而出版不少以前不存在或不受重視的新書種，如漫畫、言情小說、星座手冊。

八〇年代的書籍出版及零售業蓬勃發展，可說是具備了文化工業的雛形，其特色為：第一，注重企畫包裝、行銷、宣傳。出版商針對特定讀者群及品味階層設計迎合其喜好的產品，因此書籍的寫作只是生產過程的一部分；第二，產品多元化與專精化，也就是說，文類的區分更加精細而明顯。例如小說又分為愛情、推理、商戰……等等。八〇年代以前，只有瓊瑤等少數言情小說作家的作品能經由一般出版社發行，大部分言情小說是由租書系統生產流通的。到了八〇年代，租書店沒落，而言情小說堂而皇之的進駐各大連鎖書店，接下來則又出現於遍布大街小巷的便利商店。這些言情小說可再細分為下列幾類：女強人奮鬥成功的故事、家族恩怨、情色性愛、異國戀情、偵探懸疑……等。此處我所指的「多元」，並不一定是寫作風格或主題意識的多元，而是指書籍作為一種商品，其市場區隔與定位力求鮮明，因此而使得書籍種類加以分化，形成商品多元的現象。

就瓊瑤個人的寫作生涯而言，八〇年代可說是產量銳減。一九八五年的《冰兒》和九〇年的《雪珂》可說是重要的分水嶺。《冰兒》是瓊瑤最後一本以當代時空為背景的小說。八五年起瓊瑤將戰場轉至黃金時段的電視連續劇，大部分是改編自早期小說，如《幾度夕陽紅》及《煙雨濛濛》，這幾年間瓊瑤不曾有任何創作。九〇年寫成的《雪珂》則以清末民初為背景，到大陸拍外景。一直到現在，瓊瑤的小說寫作已失去其獨立意義，成為電視連續續的附屬周邊商品。八〇年代後期到九〇年代，瓊瑤的小說及電視劇都以清朝或民初為背景，大量利用傳統社會與文化在視覺上所造成的效果，例如華麗的古裝、宏偉的宮殿、古色古香的花園。就主題及劇情而言，所謂的傳統社會，也提供一個絕佳的幌子，用以誇大渲染封建禮教對愛情的壓迫。

當我們習於一齣又一齣著古裝的瓊瑤電視劇時，八〇年代上半期的瓊瑤小說可能最易為人們所忽視遺忘，然而這一部分代表著瓊瑤想要努力配合社會潮流的企圖，相當值得我們重視。我認為她的努力失敗了，但是她嘗試改變的意願及其結果，有必要加以研究。

八〇年代上半期的改變主要是世代衝突的重要性大為減低，父母要不然居於從旁協助的角色，要不然就完全消失（如《冰兒》一書）。一旦失去了父母反對這樣的外來壓力，愛情本身的內在意義到底是什麼呢？在《匆匆、太匆匆》一書中，瓊瑤試圖處理愛情與自我成長的關係。此書女主角在整個故事中，數度三心二意，喜歡男主角以外的男性，當男主角去當兵時，她甚至萌生分手之意。她認為自己不斷的成長，經歷種種階段，而男主角熱情有餘、成熟不足。最後，女主角因罹患癌症而去世。

瓊瑤固然可以說，這是讀者提供的真實故事，然而，瓊瑤長期以來寫了數十本小說，它們形成一個一貫不變的文本邏輯，那就是愛情不會變、不能變、不許變。為了維持這個最高指導原則，不惜犧牲一切。《匆匆、太匆匆》的女主角頗具自我主體性及獨立意識，她有可能「背叛」男主角對她的愛情，於是瓊瑤進行一場文本謀殺，在真正叛變發生前讓女主角病死，以此來保全愛情的完整。

八〇年代上半期的小說可說是瓊瑤漫長寫作生涯的小小偏歧。它們和其他瓊瑤小說的不同處有兩點：第一，世代衝突不再具有重要性；第二，愛情本身具有內部矛盾，也有變化的可能。此二點顯示了瓊瑤想要使她的小說能和時代潮流配合，然而，這與她本人一貫的愛情小說觀距離太遠，她仍然無法跨越這種距離，不得不以文本謀殺的方式來解決一個她自己無法處理的愛情問題。同樣的例子見於《昨夜之燈》，男主角懷疑自己帶有不良的遺傳基因，最後死於車禍。其實男女主角仍可結婚而不生小孩，但瓊瑤仍以死亡來解決問題。

相形之下，八〇年代其他人寫的言情小說反而顯得前衛開放。亦舒的小說世界呈現出都會現代男女的疏離冷漠，她的人物善於自嘲嘲人，對愛情以及穩定的兩性關係抱著懷疑的態度。嚴格說來，亦舒的作品並非言情小說，因為她的作品對愛情迷思提出溫和的嘲諷與顛覆。

至於希代出版社出的一系列小說，大體上沿襲美國小說自七〇年代以來所風行的情色公式，對男女性行為有大膽而細膩的描寫，女主角藉著性意識的萌發而開始從事自我成長，追求感官與心靈雙重的探索。情色公式肯定女性性欲與性快感的重要性，就此點而言，可說是女性意識上的一大進步。不過，基本上它仍然不脫傳統言情小說的架構，那就是女性一生的幸福繫於另一個男性忠貞不變的愛情，男性仍扮演啟蒙領導的角色。

像希代小說這樣明顯地公式化、商品化，就如以前的租書店讀物一樣，並不會引起批評者的注意。八〇年代的知識分子對瓊瑤的反應，已不再像以前那樣充滿敵意，而是從分析及解釋的角度來探討為何她的小說廣受歡迎。評論觀點雖然不同於以前，仍然不變的是把瓊瑤小說的暢銷視為一個社會現象；批評者關注的對象是此社會現象，而非小說本身。藉著對這個存在已久的現象之省思，知識分子其實是在探尋過去數十年來台灣社會整體的本質。瓊瑤小說中所呈現的衝突與妥協主題，被視為女性由傳統農業社會過渡到現代工業社會時所經歷的矛盾。

在另一方面，七〇年代時針對瓊瑤而引起的純文學與通俗文學、藝術與商業之爭，到了八〇年代中期又出現一次，只是這次對象不是瓊瑤而是暢銷書排行榜上的女作家，而論爭時所使用的語言及概念比以前更專門化。暢銷書排行榜引發了文化界「魚目混珠」之懼，但是它雖然備受批評，仍然有不少評論者表示通俗文學值得正視。大致而言，到了八〇年代，知識分子較少使用道德性、規範性的字眼來描述文學應負的使命，對通俗文學的接受程度也較為提高。

整體說來，瓊瑤的小說有個公認的一貫主題——世代衝突。在過去三十年來，我們可以歸納出六種關於世代衝突的解釋：⑴父權意識形態，這是盛行於六〇年代的說法；⑵適合大量生產的小說公式；⑶農業封建社會殘存的道德觀，但在後現代消費社會中已顯過時——這是八〇年代開始出現的說法；⑷女性的幻想，藉由戀愛、世代衝突、妥協的過程，建構出男性對女性以及長輩對晚輩呵護寵愛的完美想像；⑸中國人民族性格的反映與刻畫；⑹最後一種看法是我在此書中提出的，將瓊瑤作品詮釋為「情感式家庭主義」，此點將於下一節裡詳細討論。

第一種看法和第三種看法乍看之下似乎頗為相似，其實兩者提出的時代與社會背景並不同。第一點是六〇年代異議分子面對威權體制，所產生的文化上與政治上的反父權抗爭，第三點則是八〇年代知識分子以反思的立場，回溯台灣社會過去數十年來的發展，企圖從不同階段的分期中找出過去與現在的不同。第二種看法——公式說——得到普遍的支持。第四種看法見於《張老師月刊》的專輯，牽涉到性別關係的詮釋，這種看法在八〇年代尚不多見，因為直到八〇年代，對瓊瑤小說的討論大都集中於世代關係而非性別關係。至於第五種看法，則是中國大陸的知識分子試圖將台灣社會的現象吸納收編進一個較大的中國文化整體。最後，我本人的看法則是綜合敘事結構以及感知結構二者而提出的。

文化分析所關心的問題不只是某現象的意義是什麼；更應包括在什麼樣的社會情境下，為了什麼樣的目的而建構出某一特定意義。本書已指出知識分子對瓊瑤小說的反應，牽涉到反父權以及雅俗之爭這兩種文化政治，而這兩者的意義在目前皆已消褪甚多。進入九〇年代，我認為我們應該開始檢視瓊瑤小說中的性別意識，並進而詢問愛情小說與女性主義文化政治有何關聯？

這個問題是下一節的主題，同時也牽涉到一系列大眾文化研究的中心議題：大眾文化具有怎樣的意識形態效果？閱聽人的自主性程度如何？他們在什麼樣的狀況下會提出抗拒或顛覆性的詮釋？最後，我也會指出文化批判的局限。我認為讀者在閱讀小說的過程中所從事的意義建構活動，包括增進自我了解以及情感的浸淫滋潤。批判理論過於著重權力關係、宰制、抗拒等政治性的面相，把文化現象所隱含的豐富層面化約為政治議題，這點是文化分析者所須注意的。

貳、通俗劇式想像、情感式家庭主義，以及女性主義的文化政治

一、瓊瑤世界的宿命觀與對幸福的許諾

通俗文化到底是呈現了保守的意識形態或是具有批判與解放的可能性？要回答這個問題必須從兩個層面著手——文本結構與閱聽情境。言情小說與電視連續劇恰好代表了兩種不同的案例。言情小說（尤其是歐美的羅曼史）具有緊湊而單一的敘事結構，很難從小說本身找出不同的觀點，也因此使言情小說在文本層次上較易展現主流宰制性的意識形態。然而，家庭主婦在家務繁忙之餘爭取時間閱讀小說，這個行為本身即顯示了女性對父權家庭制度的部分抗拒(Radway, 1984)。

至於電視連續劇，情形和言情小說不同，它的敘事觀點多元而複雜，但女性觀眾在觀看過程中未必受益於多元觀點，反而會產生一種宿命感(Ang, 1985)。瓊瑤早期的幾本小說如《煙雨濛濛》與《幾度夕陽紅》，情節複雜而又人物眾多，就文本特色而言類似電視連續劇，再加上自八〇年代以來，瓊瑤的主要影響力來自於電視而非小說，因此在這裡我想要介紹國外學者關於電視連續劇的研究，然後再回過頭來討論瓊瑤作品與女性主義文化政治的關係。

電視連續劇在歐美通稱為「肥皂劇」(soap opera)，通常在白天播出，以女性觀眾（尤其是家庭主婦）為訴求對象，其主題不外乎私人生活與家庭關係，具有多重的敘事觀點及複雜曲折的情節

(Brunsdon, 1981; Feuer, 1984; Modleski, 1984; Ang 1985)。由於歐美肥皂劇形式冗長，一演就是數年，因此劇本架構非常鬆散，重心在不同的人物間轉移，一系列事件如走馬燈般輪番出現，卻不見得有個水落石出、明顯的結局，甚至只有過程，而不交代事件的結尾。這樣的文本特色顯得較開放，有些女性主義學者因而認為這有助於觀眾從事自由多元的詮釋。

然而，實際的觀眾反應卻不見得如此。根據恩・昂(Ien Ang, 1985, 1987)對《朱門恩怨》*(Dallas)*觀眾所做的研究，女性觀眾看此劇時，往往被渲染出一種認命妥協的情緒——昂稱之為「悲劇性感知結構」(tragic structure of feeling)，也就是對人生抱著通俗劇式(melodramatic)的概念，認為人生就是由許多無解而糾纏不清的人際關係所組成，全面的快樂與和諧是難以企及的。

昂認為肥皂劇的精髓及情感本質就是一種「通俗劇式的想像」(melodramatic imagination)。通俗劇興起於十九世紀的西方劇場，針對中產階級觀眾，以誇張的方式強調劇中人（尤其是善良人物）所受的苦難，通常也連帶讚揚他們的美德，如忍耐、勞動、忠誠。在通俗劇中，個人日常生活裡種種喜怒哀樂的情緒，都以精緻而又誇張的方式淋漓盡致地鋪陳開來，尤其是痛苦、受難、悲哀這方面的情緒。通俗劇把個人所遭遇的不幸與苦難以誇張的方式呈現出來，這正意味著平常人的人生也深具意義，不能以平凡瑣碎等閒視之。大部分人一生中不見得會碰上戰爭、革命、饑荒等大災難，但這並不表示他們因而從無失落感或是不曾受苦受難。「通俗劇式的想像」即是面對凡俗人生的生老病死，以情感宣泄的方式來感受其意義。

由於通俗劇強調私人生活中人際關係的複雜糾葛，這對女性而言，更具吸引力。女性在日常生活中所感受到的種種限制、壓抑，與委屈，都可在通俗劇（包括電視肥皂劇）中得到情感的共鳴。再加上美式肥皂劇無止無休、懸宕未決的情節，使女性觀眾產生一種宿命感，覺得「人生就是這個樣子」，在夫婦爭吵、生病、車禍、流產、懷孕生產等輪迴中度過。這也就是為什麼學者昂會在*Watching Dallas* (1985)一書中指出，女性觀眾在觀看過程中培養出一種「悲劇性感知結構」。

瓊瑤的作品，不論是小說還是電視連續劇，都同時包含了羅曼史與肥皂劇的特色。歐美的羅曼史最大特色是：對幸福的許諾，結局幾乎沒有例外的為男女主角有情人終成眷屬；而肥皂劇則如前所述在生老病死、喜怒哀樂的輪迴中流露出個人生活的宿命觀。

宿命觀與對幸福的許諾，這兩者乍看之下互不相容，為何會是瓊瑤作品的雙重特色呢？先就宿命觀而言，瓊瑤的作品具有通俗劇的精神，以私人的、情感的觀點去看周遭的一切事物。瓊瑤早期小說中不乏以抗戰或外省人遷台等重大歷史事件為背景的故事，然而這些事件本身的歷史、社會、政治各方面的結構性意義並不重要，重要的是它們給故事中的男女主角帶來的種種悲歡離合。

除此之外，大部分的瓊瑤故事都和外在社會無明顯關係，而是私密的、個人的情境。整個瓊瑤世界因此可以說是一個由充滿各種情感的個人所組成的世界，但他們的生離死別與喜怒哀樂卻又不掌握在自己手中，而是掌握在別人手中（如父母）或是一股無形的巨大力量（巧合或是命運）。因此，就此點而言，瓊瑤作品具有通俗劇式的情感取向與宿命觀。

然而瓊瑤的愛情幻想又給這看似悲苦的宿命世界帶來救贖與希望。雖然她的故事中有很多並未以有情人終成眷屬為結局，反倒是充滿自殺或病歿，然而男女主角之間的愛情永遠堅貞不渝、絕無變質。個別人物的肉體生命雖然會死亡，愛情的精神生命仍然歷久彌堅，是一股超越與救贖的力量，通過堅貞的愛情，瓊瑤提出對幸福的許諾。我把這種許諾稱之為情感式家庭主義(affective familialism)。正如本書中一再強調的，瓊瑤世界中的男女愛情是依附於家庭親情的架構下，對愛情造成阻礙的是父母，提供救援的也是父母。在堅貞的愛情背後，是源源不絕的親情。不管女主角遭受多大的苦難，愛情與親情都是她最終的救贖。由於瓊瑤這種純然的私人取向與情感取向，我們很難從她的作品中找出任何批判的可能性。

二、瓊瑤文本並不具備「抗拒」功能

這並不是說瓊瑤的作品中沒有壞人。相反地，她的小說與連續劇中不乏壞人——尤其是壞男人——的角色，有少數幾個男主角不但不具備完美形象，反而令人愛恨交加，例如《在水一方》中眼高手低的作家丈夫，因寫作生涯不順利而沉迷於賭博。從早期的《紫貝殼》到中期的《海鷗飛處》，以至於後期的《雪珂》，我們都可以發現虐待妻子的丈夫，婚姻暴力乃至於性虐待都曾出現於瓊瑤小說中。

然而這並不構成對父權社會中男性權威的批判；相反地，作者情感取向的觀點使讀者覺得這是個別男性的性格缺陷造成女主角所受的折磨，當另一位溫柔體貼、聰明能幹的「真命天子」出現時，就可將她從困境中解脫。至於這些壞男人、不好的丈夫為何對自己的妻子如此殘忍？這也往往被解釋成他們內心深處其實很在乎自己的妻子，但是因為得不到她的愛，所以產生怨恨與嫉妒。一切的困難、一切的罪惡說到最後，都是因為渴望愛與得不到愛的緣故。

如果我們以「純正」的瓊瑤方式來閱讀她的作品——也就是運用通俗劇式想像(melodramatic imagination)，並且認同情感式家庭主義(affective familialism)，那麼想要有任何抗拒或顛覆性的解讀，其可能性都很藐小。瑞德薇(Radway, 1984)在她的研究中一再強調，家庭主婦爭取屬於自己的時間來閱讀小說，暫時脫離對丈夫與孩子的照顧義務，這種行為本身就是對父權文化的抗拒。其他學者(McRobbie, 1980; Delamont, 1980)也認為，閱讀羅曼史是一種抗拒男性宰制的女性儀式，或甚至是女性的反對文化(female counter culture)。

我們要仔細尋思的是：這樣的看法是否太過樂觀，同時又過分膨脹「抗拒」(resistance)的意義？霍蘭及艾森荷(Holland and Eisenhart, 1990)兩位人類學者以美國大學女生為對象，研究她們對愛情的態度。她們發現這些大學女生可稱之為實際主義者(pragmatists)，她們並不完全同意主流文化，但仍然一方面試著去適應與妥協，而一方面又偷偷保持一些與主流文化相左的看法。霍蘭及艾森荷認為，只有當我們誤信百分之百、完全的社會化，我們才會把人的態度與價值觀二分為服從或是抗拒，但事實上社會化永遠不可能是全面成功的，每個人都或多或少會有些與主流文化相異的看法或行為。

吉若(Giroux, 1983)因而認為，「抗拒」這個概念應有較嚴格的用法，只有以集體行動來向現存制度挑戰，才能被稱之為抗拒。同樣地，巴德等人(Budd et al., 1990)在談到電視文化方面的研究時，也提出不應該把「積極地觀看」(watching actively)和「政治上積極」(actively political)這兩者混為一談。由此可見，不管通俗文化的內容本身及閱聽情境是否具有批判與顛覆的潛力，這和以集體政治行動來促成制度改革仍是不一樣的。

再回過頭來談瓊瑤的作品，我們可從內容、敘事結構、感知結構三方面來檢視它們是否具有前進的潛力(progressive potential)。瓊瑤作品的內容包羅萬象，更不乏男性虐待女性的情節，這些原本可能有助於產生批判性詮釋，但是這些批判潛力都被相當固定而一致的敘事結構及感知結構給抵消掉了。

瓊瑤作品的感知結構包含三個成分：通俗劇式的想像(melodramatic imagination)；愛情幻想(romantic fantasy)；以及情感式家庭主義(affective familialism)。本書導論一章中已指出，感知結構(sturctures of feeling)此概念是雷蒙・威廉斯(R. Williams)所提出，有別於正式與抽象的思想體系或是意識形態，而是由日常生活中具體經驗與感受累積而成。通俗劇式想像指的是用一種個人的、私密的、誇張情感的方式來看待、解釋自己的生活，是一種將客體世界私人化與感性化的思維方式。愛情幻想則創造男性對女性全然奉獻的神話。而情感式家庭主義則認為家人間的親情是面對一切衝突與困難的最佳途徑。這三者結合在一起，所要面對的並不是如何處理外在社會結構所產生的種種問題，而是如 *Watching Dallas* 一書所言，面對人生潮流中那些起起伏伏、難以言詮的喜怒哀樂與悲歡離合，人如何順著人生潮流的推移而能求生自保甚而安然自得，這是瓊瑤的小說及許多通俗文學所共有的感知結構。

瓊瑤自己的一生似乎就是依循她小說中的邏輯而演繹。在自傳性甚濃的《我的故事》一書中，她敘述了顛沛流離的童年，從抗日戰爭時的逃難到後來國共內戰時全家渡海來台，這其間經歷不少生死關頭的險阻，幸好都適時得到援手而幸免於難。從一個身歷其境的小女孩而言，戰爭與革命的原因是什麼並不重要，重要的是如何在患難中藉由人與人之間的溫情得到幫助。弱者的無助與楚楚可憐喚起了強者的悲憫與垂憐，童年時期瓊瑤的心目中，就烙下對「曾連長」這樣在戰亂中伸出援手的男性保護者形象。她在《我的故事》中闡述如下的生活哲學（一九八九：二七〇～二七一）：

> 我依舊認為，人來世間，是一趟苦難之旅，如何在苦難中找尋安慰，是最大的學問，我一生中，坎坷的歲月實在不少，痛楚的體驗也深，我能化險為夷，完全靠我自己的迷信，迷信人們有「愛」就是最大的原因。假如有一天，我發現世間的人都失去了愛的本能，我相信，我的精神支柱也就會隨之倒塌了。我但願，這一天永不會來臨的！

三、愛情的雙重面相：保守與批判

瓊瑤對愛情的「迷信」，其執著與堅定的程度，真可說是奉愛情為宗教。宗教在精神層面上具有超越現實、淨化心靈的作用，然而在另一方面教會的組織形式仍舊是世俗世界的一部分，具有權力、利益、宰制等種種面相。同樣地，愛情既是救贖的力量，也是父權社會的意識形態控制。對瓊瑤小說的看法，若干大陸學者強調前者，他們認為瓊瑤小說反封建、反父權，而台灣的學者在九〇年代以前，則大都批評瓊瑤充滿妥協保守的性格。這兩種相反的觀點，各自呈現了部分真實。從追求愛情的**過程**而言，瓊瑤式人物是叛逆的，但是從**結局**而言，則是妥協。關於愛情的雙重面相（救贖超越／妥協保守），在此我想詳細引用孟悅與戴錦華在《浮出歷史地表：中國現代女性文學研究》一書中的看法：

> 既然五四時代「男女平等」的口號，並沒有真正地從本質上改變女性的歷史處境和歷史功能：那麼，女性借助愛這一哲學信念作為自身生存的理由是毫不足怪的，正如基督教乃是弱者用以牽制強者的宗教一樣。在這一意義上，愛已不是一種單純的情感概念或情感主題，它是一種更有悲憫性的、弱者的、反侵犯的文化的萌芽。它的目的旨在為包含女性在內的弱者／被統治者提供生存的文化依據……而且它與逆子們反封建的鬥爭完全合一。（孟悅、戴錦華，一九九三：七三）

上述看法很容易使人誤以為這和顧曉鳴等人的看法一樣，是在稱頌愛情的解放力量以及愛情對體制的批判。然而，孟悅與戴錦華進一步指出具有哲學內涵的愛，這和中國傳統社會的陰柔文化並不同（頁七三）：

> 愛的哲學信念……遠遠超出了「溫柔」的範圍……與在士大夫手中被世俗化了的陰柔文化，大相異趣。後者是以順從、奴隸性為內涵的，它體現的是種種依附性階級的怨、哀之緒，在這一意義上，它非但沒有閹割儒家統治性價值觀，反而加重了依附的色彩。相形之下，愛，雖也陰柔和緩，但卻無形中以一種新的理想對抗著已有的和潛在的文化主宰者，即非人的封建式的價值觀。

上述文字是在討論五四時期的女作家，和瓊瑤並無直接關係，但是卻可用來整合評論者有關瓊瑤式愛情的種種分歧觀點。言情小說中的愛情，在精神層次上可說是「為包括女性在內的弱者／被統治者提供生存的文化依據」，但是在具體實施的層次上，卻是「以順從、奴隸性為內涵，加重了依附的色彩」。

更精確地說，「女性」在言情小說中並非以整體的、抽象概念的方式存在，而是一個個具體的人物。由於瓊瑤故事中頗多兩女一男的三角關係，一個女性若因得到愛情而擁有幸福，勢必造成另一個女性的犧牲。就情節設計與人物關係而言，愛情使男主角與女主角結合，而同時也使女主角與另一個女性對立。身為父權社會裡的弱者，瓊瑤式女性一方面以男女之愛來依附男性強者（男主角），而另一方面則以柔弱無助的姿勢剝削女性強者（女配角／三角關係中的情敵），使其知難而退。

在過去，大眾文化批評者與女性主義者一味地譴責言情小說，這種批評忽略了愛情所具有的崇高精神與哲學內涵。然而，若是像部分大陸研究者那樣對瓊瑤一味地推崇讚揚，這未免矯枉過正。就三角關係的情節與敘事結構而言，瓊瑤式愛情就是孟悅與戴錦華所說的「溫柔」與「陰柔文化」。這是弱者的生存策略：以溫柔贏得男性強者，以溫柔擊敗女性強者。

言情小說其實並不適合成為女性主義者從事文化政治的工具，不管是以負面的觀點來批判它，或是持較樂觀的看法而寄望於它的顛覆潛力。恩・昂在〈通俗小說與女性主義文化政治〉(Ang, 1987: "Popular Fiction and Feminist Cultural Politics")一文中指出，主流女性主義者視文化批判與文化政治為一種意識形態改革，通俗小說是否有價值，就在於它是否適於成為喚起覺醒的工具。恩・昂並不贊同此現象，她認為不應將文化政治的目標與手段過分工具理性化。許多女性主義者認為由於言情小說的通俗性，它可成為接近與動員廣大女性人口的途徑。但是恩・昂表示言情小說的意義在於其虛構本質(fictionality)，以虛構的人物及情節使女性讀者在想像的層次上，對各種人際關係與社會互動的變化進行反思。恩・昂認為，把讀言情小說看作單純的宰制與被宰制的權力關係，這種狹隘的看法使女性主義者和廣大的小說讀者之間的鴻溝更深。她反對將讀小說的快樂泛政治化，並提出女性主義的文化政治不應過於工具理性化。

四、文化批判的實踐與誤用

本書所關切的是以言情小說為切入點，來分析男性與女性如何在文化的場域上爭取發言權與定義權：經由什麼是嚴肅文學、什麼是通俗文學的論辯，男性與女性之間進行一次次象徵性權力鬥爭。本節承續上一節對於女性主義文化政治的探討，並進一步指出溝通與對話的可能性，此處我的重點不是女性主義者與廣大的女性群眾如何溝通，而是女性主義者如何與男性知識分子溝通。

男性知識分子對女性文學的不滿、誤解與輕視，從六〇年代李敖對《窗外》一書的攻擊，一直延伸到八〇年代對文化工業與暢銷書排行榜女作家的批評。這些批評背後的時代背景與社會脈絡有所不同，但大致上不脫下列兩點中的一點：⑴對小說內容的批評，認為局限於兒女私情，缺乏較大的視野與胸襟，並由此而延伸至批評小說作者與讀者，認為女性自我設限，不關懷外在的社會；⑵

在抽象與整體的層次上批評文化工業與資本主義，認為大量生產的言情小說是文學商品化的最佳例證。這些看法有兩個重大的缺失：

首先，問問題的方式不應是「女人為什麼不關心政治、社會等公共事務？」。言情小說能引領我們思索另一個更具挑戰性的問題：「為什麼愛情、婚姻、家庭、兩性關係被藏私化(privatization)與女性化(feminization)？」

其次，對文化工業與資本主義的批判，忽略了組織中以及產銷流程中資源分配不均的現象。暢銷女作家也許賺了不少版稅，但這只是龐大產業結構的一環。若從實證角度來分析大型文化產業的擁有權與經營管理權，我們會發現男性仍是重要資源的擁有者及分配者。少數巨星級的作家也許聲名顯赫（如瓊瑤、三毛），大多數作家，無分男女，寫作收入有限，其功能不過是龐大文化工業中產銷鏈的一個環節。暢銷書女作家實不應背負太多罪名。

對言情小說及女性通俗文化的批評，不管是來自於男性知識分子或老牌女性主義者，都會產生下列四種惡性的意識形態效果。首先是使女性文化居於次等地位，較有精英意識的女性因而對它產生排斥與抗拒；其次是使男人從私人領域中缺席，人們不去質疑男人在兩性關係中所扮演的角色以及應負而未負的責任，也不去懷疑公共領域與私人領域的二元區分是如何形成的，反倒是去嘲笑貶低女人在感情上耗費精力。第三是個別女作家寫作的努力與誠心遭到抹殺，她們想要以寫作得到同儕團體的認可與接納，甚至因而邁向經濟上的獨立，女性以平凡的努力來建立自信與自尊，卻被冠上「商業化」等大帽子。第四是女性如何在文化組織中爬升至較高位階？這個問題受到漠視。女性在文化工業中的角色常是站在台前的作家，因而成了文化批評的最佳對象，幕後更有影響力的操縱者卻未被點名批判。

參、尾聲：文學社會學與批判性的意義詮釋

文學社會學以及廣義的文化社會學是個跨學門的整合領域，包含了各種不同的理論、研究方法與政治取向。在本書一開頭的導論，我就比較過各種不同研究取向的優點與缺點，我也指出這些繁雜豐盛的理論在兩個共同的關注焦點。第一是文化的儀式性分類(ritual classification)；主要是指高級文化與通俗文化的區分。這牽涉到合法正當性、階層化、資源的分配、聲譽的取得……等社會學裡的中心議題。第二是社會學如何從事意義的詮釋。在本書的結尾我想要討論一下，社會學的觀點對意義研究有何貢獻。

在本書中，我並不把意義視為以靜態而被動方式存在於文本之內的本質；相反地，意義是一種社會行動，由行動者在特定社會情境下基於特定目的而加以建構、動員、利用。研究者並不是要問：「這是什麼意思？」然後對自己找出的詮釋感到惶恐不安，不知這是否為正確恰當的詮釋。研究者要問的是：在什麼樣的社會條件及情況下，什麼形式的意義被生產出來並傳遞開來，然後再被什麼樣的行動者所動員。換言之，本書對意義採取一種局部化與區域化(localized)的概念。

最近的許多研究有一個共同發現，那就是任何一件文化產品都有多重的意義(Fiske, 1987)。學者

稱之為「文本多義性」(textual polysemy)。文本多義性的觀念對不同的學派都造成影響。正統老牌馬克思主義視通俗文化為意識形態洗腦，這種論調早已被揚棄。新馬克思論者接受葛蘭奇的霸權論，認為主流大眾文化具吸收性，可容納新的元素而又維持一個霸權思想框架。文本多義性的概念適足以為霸權論提供例證，但無法解釋社會變遷是如何發生的。自由多元論者歡迎並擁抱文本多義性，但忽略了並不是所有的意義都是具有同等的重要性與價值。女性主義者及關心次文化的學者則基於文本多義性，而尋求通俗文化中顛覆與解放的力量。

在此處我想要強調，文本多義性並不是詮釋上的無政府狀態(interpretive anarchy)，更不是指所有的詮釋都是同樣有效、同樣恰當的。相反地，我贊同斯區特在〈文本多義性、多元化，以及媒體研究〉(Streeter, 1989: "Polysemy, Plurality, and Media Studies")一文中的觀點，我們應面對兩個問題。首先，某個（或某些）意義是否比其他意義更具優先性？其次，什麼樣的情況造就了意義的穩定性？研究者必須認清某些意義比其他的意義享有較多的優勢，因為在文化生產與傳遞的領域裡，由於結構位置的不同，某些行動者比其他行動者更具影響力與顯著性。研究者必須分辨出眾多意義所形成的次序。以瓊瑤小說為例，愛情的意義以及兩性關係並非最重要的；李敖對《窗外》的看法也許有許多技術層面上的誤解，但他把此書置放在世代衝突與妥協的架構裡，這個詮釋在當時的文學社區引起熱烈的反應。

由此研究者可進一步詢問，為何某些意義較為持久且強而有力，其他意義卻短暫薄弱？藉由這個問題，可深入探討不同意義所依附的社會脈絡彼此之間的權力關係，研究者也因而更清楚自己要選擇那一種研究策略及政治立場。在瓊瑤小說裡，家庭關係與兩代的衝突比性別關係更重要，本書一方面尊重不同意義所形成的優先次序，另一方面也基於女性主義文化政治的立場刻意凸顯性別關係的面相。

文學社會學已由早期著重市場分析到近年來開始處理意義詮釋的議題，並因而借用不同學門的理論與觀點。理論來源的豐富多元是個令人興奮的現象，但研究者也因而須防備漫無準則、漫無目的的多元與自由。文化研究者應該對下列問題深思熟慮：概念性議題為何？什麼樣的方法能研究這個概念性議題？要達成何種目標的文化批判？本書並不試圖去解決不同學派與觀點之間的分歧矛盾，而是指出研究者應具有高度的自覺性，以便認清自己在眾多學派間占據何種發言位置。

附錄
分析瓊瑤電視劇：觀眾對《梅花三弄》的反應

壹、《梅花三弄》情節架構

《梅花三弄》以及瓊瑤其他的小說、連續劇都呈現出正－反－合的情節架構，主要是處理愛情與親情的對立與統合。親情又包含了具體的親子關係以及抽象的社會與倫理秩序，這在文本一開始時是一體的兩面，但是隨著衝突的發生，兩者開始分裂，通常母親代表親情，而父親則代表社會秩序。在歷經種種衝突後，父母雙方都會妥協並提供協助，解決了愛情與社會的矛盾。親情因此可視為愛情與社會秩序的中介協調者。

大眾文化的研究學者已改變過去認為大眾文化的內容是簡單、單調這樣的看法，大眾文化的一個特色文本內往往包含了許多互相矛盾的論述(MacCabe, 1981)。這些矛盾的訊息固然有助於文本多義性(polysemy)，但是不同的訊息形成一套「論述階序」(hierarchy of discourses)，使某種論述享有優先權(priority)，而其他論述則受到壓抑或排擠，由不同論述在論述階序中的排名位置，即可看出文本的意識形態(Fiske, 1987: 25)。《梅花三弄》包括了愛情、親情、社會秩序、她者／他者(the other)各種不同的論述，愛情具有優先性，其次是親情，再來是社會秩序，最後是她者。

「她者」（異己，the other）在瓊瑤文本中占醒目的位置。她者是基於男女主角的角度看來，威脅其愛情的第三者。第三者也可能是男性（兩男一女的三角關係），但通常是兩女一男的三角關係引發較多戲劇衝突。她者與愛情、親情形成下圖的關係：

圖附・一：《梅花三弄》的情節架構

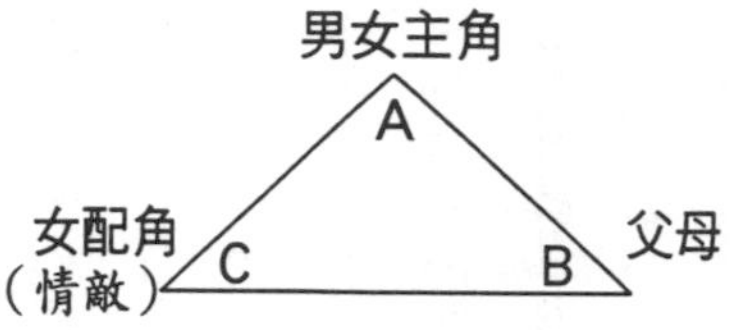

A：愛情

B：親情／社會秩序

C：她者／異己

A—B：對立與統合→父母讓步與成全

A—C：對立或統合→配角讓步與成全

B—C：對立或無關

我將三角關係中的第三者稱為她者／他者，主要是為了強調這個角色在瓊瑤文本中的異質性。瓊瑤努力調和愛情與親情的對立，使兩者在最後取得和諧；然而，她者在一弄《梅花烙》中始終維持「異己」的地位，無法被文本論述所融合。到了第三弄《水雲間》，她者在文本架構中由異己逐漸轉變為具正面形象的角色，但這是因為她犧牲自己、成全男女主角的愛情。她者因此可說是父權意識形態運作於女性文化上所顯現的效果：將父權社會結構的問題轉嫁到她者身上，使她者成為女主角受苦受難的原因，例如將《梅花烙》中皇族婚姻制度所造成的問題轉化為公主的嫉妒與殘酷；反之，她者若能犧牲自己、成全男女主角，她就會受到肯定。這可說是父權意識形態中的「誤識作用」(misrecognition)，將抽象制度以及具體男性所造成的錯誤歸咎於特定女性。以下我們開始討論觀眾對《梅花三弄》的看法。

貳、《梅花三弄》的觀眾分析

一、研究方法

本研究針對女性電視觀眾，進行十五次訪談。每次訪談的進行方式是由訪員至受訪家中，與受訪者及其家人一同觀看電視，並記錄下觀眾的當場反應。觀視過程本身通常是家庭群體的情境，例如母親與其子女共同觀看。但節目結束後的訪談本身則集中於一位主要受訪者。這十五位女性受訪者背景如下：⑴大專未婚上班族：七位；⑴大學在學女生：二位；⑶高職畢家庭主婦，有小孩：四位；⑷祖母，有兒孫，不識字：二位。

本研究屬於初探性質，為日後更深入的觀眾研究做準備；因此這個研究並不打算使用民生誌(ethnography)的方式，對觀眾的生活情境做深入觀察，也不去分析觀眾的職業、教育、年齡等社經與人口背景。本研究關心的是製碼與解碼的關係，也就是我先認定在特定範圍內電視劇文本會對觀眾有影響，然後再去探究這種文本影響的運作機制是如何進行的？同時並尋找出這個文本運作的「特定範圍」到底是怎樣的一個範圍？最後，如果觀眾產生與製碼方式相異的解讀，我們如何去解釋這個現象？因此，在此處我著重的是不同背景的觀眾，其反應所呈現的共同性，她們的歧異性則非本章的重點。

二、「很極端、很強烈、很誇張」的意義

每一位受訪者都異口同聲地說：「瓊瑤的連續劇很誇張，不真實」。不過，如果我們從整體印象進入對個別角色與戲劇事件的討論，則會發現情況之不同，「極端、強烈、誇張」不純然是負面的評價，觀眾也可能喜歡誇張的表現。把這類形容詞置放在它們（在訪談中）出現的上下文脈絡裡可看出，受訪者常將過去與現在拿出來比較。過去是指《梅花三弄》的虛構世界（因為此劇以清朝及民初為背景），而現在意味著觀眾自己的生活以及她認知中的外在世界。將兩者加以比較，受訪者常感慨現代人對愛情的態度飄浮不定、吝於付出，而過去的人對愛情堅定執著：

瓊瑤的男女主角感情都很強烈，不會像一般九點或十點播的……現代愛情劇，好像不會說很堅持喜歡一個人或愛一個人……比較會妥協，不會愛得很強烈。瓊瑤的男女主角表達感情很直接……可是現代的人好像……很少（感嘆狀），很少會這樣，好像不是喜歡一個，是同時喜歡好幾個人，是不是現代人比較複雜一點？

這三個故事從清朝一直到民國，瓊瑤大概是想詮釋那時候比較封建的社會的感情衝突吧……像民國那個時候如果真的這個樣子的話（感情強烈），我想會有的。那個時候女孩子也好，男孩子也好，剛好就是西洋觀念過來，什麼自由戀愛呀，所以他們愛上一個人要跟你一輩子，然後還碰到這麼多困難……如果說我們現在的人，大概就會這樣子放棄。

孟樊（一九八九乙）針對八〇年代後期瓊瑤連續劇風靡一時的現象提出評論，他認為這是後現代社會對過去的鄉愁，身處變化快速的都會，兩性關係轉而懷念嚮往過去單純執著的愛情。由受訪者談話可知，她們對極端與強烈的戲劇表達方式持肯定態度，因為這意味愛情的堅定與執著。不過，如果把她們對男女主角的看法分開來看，會發現她們較喜歡的是男主角對女主角的堅定執著，而女主角表達情感強烈的方式——如跳樓——則受到批評。我認為這種現象的發生，是因為瓊瑤女主角的行為表現方式不是自虐就是自殘，使得女性觀眾無法就此做深入詮釋而又維持正面評價。

此外，當受訪者被問到這樣的愛情在現實中有沒有可能發生時，每位受訪者均表示有可能，雖然不會發生在她們自己的生活裡。從受訪者談話中的上下文脈絡看來，她們表示瓊瑤式愛情有可能發生，其實是她們願意維護某種關於愛情的理想。由此看來，所謂的強烈與誇張不一定就意味著荒謬可笑，而是迎合觀眾心目中的理想與憧憬，吸引觀眾對戲劇人物與情節投注較多的感情，並因而使觀眾有能力從內涵意義(connotative meaning)的層面去從事較深的詮釋。反之，誇張與強烈若牽涉到女主角上吊自殺或是跳樓受傷，觀眾較無法接受而停留在外延意義(denotative meaning)的層面。在下一節我開始討論受訪者對劇中角色的看法，尤其是男女主角與男女配角所引起的觀眾方面不同程度的文本涉入(involvement with the text)。

三、觀眾對角色的詮釋：觀眾好惡情緒的分布與配置

在這一部分，我的作法是首先由訪談資料中找出她們對各個角色的好惡：喜歡誰、不喜歡誰；然後所有受訪者的回答集中起來並檢視其分布狀況，也就是正面的反應（喜歡）集中在那些角色身上，而負面的反應（不喜歡／討厭）又集中在那些角色上面；最後再回過頭去檢視每位受訪者的訪談紀錄，看看她們如何解釋喜歡或不喜歡某些角色。換言之，受訪者固然提供了她們自己對角色的詮釋，然而本研究呈現的是我對她們的談話的再詮釋(re-interpretation)，而我的再詮釋使用的方法，是將受訪者談話當作文本，分析文本中個別元素彼此間的關係，由此而衍生出我的再詮釋。

觀眾對角色的好惡及其涉入程度可說是一種「精神投資」。精神投資這樣的概念意味著，假如我們對某種主體位置(subject position)已接受較長時間的社會化、投注較多的時間與資源，那麼凡是符合我們主體位置的論述，就比較能引起我們的正面反應，反之則令我們有受威脅或焦慮不安的感

覺。觀眾將正面或負面的情緒投注在某個角色身上，是根據這樣的投注是否強化了她已熟悉的主體位置。換言之，在有報酬的情況下才會有精神投資，而所謂報酬，意味著在觀看過程中，觀眾所熟悉的閱讀位置與社會位置能受到強化肯定。如果我們把所有的角色視為一套架構，那麼我們可以進一步去研究觀眾的正面與負面反應是如何分布於這個角色架構中。

觀眾對角色的反應可分為三大類：正面、負面、有轉變（由負面而正面）。在正面反應中，又可分為三種。第一是欣賞、崇拜、贊許，大部分集中於福晉身上（一弄裡女主角的母親）；第二是對女主角投注同情、可憐的情緒，一弄裡發瘋的公主也得到同情；第三是喜歡與贊同，但是沒有崇拜的情緒，主要是針對男主角朋友或奴僕，他們幫忙出點子來清除談戀愛的障礙。

就負面反應而言，主要集中在憎惡那些破壞男女主角戀情的人身上，例如一弄的公主及崔嬤嬤（公主的奶媽）、三弄的汪子默。三弄的杜父（女主角之父）對男主角橫加阻撓，但並未引起觀眾太大的反感，觀眾頗能以自己身為母親的位置來支持瓊瑤文本中的親情論述。

第三類反應是由負面轉為正面，針對三角關係中的第三者，主要是一弄的公主、三弄的汪子璇，與三弄的汪子默。這些第三者由於對男女主角的戀情具有破壞與「攪局」（觀眾的用語）作用，若再加上被拒絕之後憤而報復，會引起觀眾的負面評價。然而，《梅花三弄》中的第三者並未被描寫成十惡不赦的壞人，他們往往被賦與轉變與自省的機會，並因而扭轉觀眾原先的反感。

三弄的汪子璇則是一個備受推崇的第三者。起初有的受訪者並不喜歡她，因為她「勾引」梅若鴻（男主角）。梅若鴻與杜芊芊（女主角）定情後，汪子璇感到羞辱與憤恨。很諷刺的是，她妒恨而寬容這個轉變發生在她發現自己懷孕而差點流產之後：

當醫生告訴她，胎兒保住了的時候，她的狂喜和感恩，簡直無法形容。她不再自憐了，她不再沮喪了。對於自己和若鴻那段情，已變得雲淡風清了。她，重新「活」過來了。活出另一種自信，另一番天地！因而，當芊芊和若鴻來的時候，看到的是一個全新的子璇。她滿足的靠在一大堆枕頭裡，臉上是一片光明與祥和。（《水雲間》，頁一五九）

眾人都知道汪子璇懷的是梅若鴻的孩子，但是她堅持孩子不是任何人的，只屬於她自己一個人。她拋掉煩惱與恨意，沐浴在母愛的「光明與祥和」之中，對梅若鴻及杜芊芊前嫌盡釋，重修舊好，恢復了原先的友誼。受訪者如此表示：

她處理事情很清楚、很明快，知道自己要什麼。她很有度量。

汪子璇剛開始時主動接近梅若鴻會被觀眾詮釋為「勾引」，但同時觀眾也都注意到女主角杜芊芊也主動對梅若鴻表達愛意，受訪者以中立或正面的方式來表達「杜芊芊她敢愛敢恨」，沒有人會說杜芊芊她「勾引」梅若鴻。

為何會有這種差別待遇呢？最直接的因素是文本製碼的方式影響觀眾詮釋。女主角的所作所為在瓊瑤文本中都具有合法正當性，主動向男主角示愛被視為「敢愛敢恨」，而女配角主動接近男主角，其文本功能是攪局及製造衝突，因而被視為「勾引」。

但是，角色的行為如何被觀眾詮釋，並不單純是由角色在文本結構上的位置所決定的，行為本身的方式與特質也同樣重要。我把觀眾的反應模式與角色的行為及行為情境加以對照，製作成下表。我們可由此進一步分析女性角色的行為意義。

表附．一：觀眾對《梅花三弄》角色的反應

角色／觀眾	負面反應（－）	正面反應（＋）
一弄 女主角 vs. 女配角	施虐	受虐
三弄 女主角 vs. 女配角	主動引發性行為	刺青
女配角轉變之後	拯救男主角	受苦（發瘋） 寬容（成為母親）

在此我要特別聲明的是，此表所列出的「正面反應」與「負面反應」，只是要把觀眾的一般印象以二元對立(binary opposition)的方式加以操作，從而得出意義。正面反應事實上包括沒有負面反應，例如三弄女主角在身上刺青，於胸前刻一朵梅花，這並不曾被受訪者以正面方式提起。這個行

動本身在受訪者敘述中缺席，但我不把它歸為負面而是歸為正面，因為受訪者曾以正面肯定的口吻表示杜芊芊「主動追求男主角」並且「敢愛敢恨」。同樣地，一弄女配角（公主）拯救男主角免於死刑，觀眾並沒有說這是不好的事，但是這個行動本身是好的，被觀眾遺忘，呈現正面反應的缺乏，因此我將它放入左欄的負面反應。換言之，正面與負面不一定指行為本身的意義，而包括在其行為情境之下，「缺乏」及「被遺忘」所凸顯的意義；正面反應包括負面反應的缺乏（如刺青），而負面反應包括正面反應的缺乏（如拯救男主角）。

以女性主動追求男性為例，三弄女配角汪子璇趁男主角在床上休息時主動接近他，並與他發生性行為，而女主角杜芊芊則是在胸前刺了一朵紅梅，然後在梅若鴻面前將上衣掀開，對他說：「畫我！」事實上，杜芊芊的這個動作本身在觀眾的觀看過程中，引發驚嘆與譏嘲之聲，這被視為太過誇張煽情；但是配合其他情節的搭配，觀眾在事後的回憶認為杜芊芊主動追求男主角，這不是不好的事，而汪子璇「勾引」梅若鴻則受到輕視。一個是主動爬上床，另一個是刺青之後說「畫我」，兩者的行為有何不同的意義呢？

約翰‧貝格(John Berger)於《看的方法》(*Ways of Seeing*)一書中指出，在西方繪畫傳統中，女性身體的文化意涵是召喚觀視者（男性）使其在想像的層次上對女體進行行動（如觸摸），而男性身體則意味著一個行動主體，向外散發力量、完成動作。杜芊芊在此劇中一共說了兩次「畫我」，第二次是故事最後，梅若鴻悲痛過度而神智不清，杜芊芊再次以「畫我」喚醒梅若鴻。杜芊芊「主動」提出要求，然而這個要求是要讓自己成為男性行動（繪畫）的客體(object)。**主動的讓自己成為**

男人愛欲的客體，可說是瓊瑤女主角的行為特質所顯現的弔詭，而成為客體的方式通常是以自己的身體從事自虐與自殘（如刺青）。杜芊芊與汪子璇可說是同樣以自己的身體主動展開愛情的追求，但杜芊芊的主動是以身體受苦成為「畫我」的接受客體，而汪子璇的主動是以自己的身體追求雙方的快樂，因此她對梅若鴻說：「讓我們享受青春」，她是享受的主體，她也邀請梅若鴻一起來成為快感過程的主體，因此使用「讓我們」這樣的語句。

我們深入分析女主角與女配角行為本質之差異後，發現女主角的行為模式是受苦原則加上客體原則（一弄、二弄、三弄皆如此），**而女配角汪子璇的行為模式是享樂原則加上主體原則**。這充分符合父權社會對女性角色的規範與期許：壓抑女性在行使權利及享樂方面的主體性，但是突出女性在自虐、自殘、把自己成為男性行動客體的主動積極性。

整體而言，上表所顯示的正／負兩種面相的行為，其各自的特色與意涵可做如下的解釋。引起觀眾負面評價（或是正面評價之缺乏）的是主動的、可單獨成立的一個動作，引起觀眾正面評價（或是負面評價之缺乏）是持續的存在狀態，二者可說是action、doing與being、becoming之別。前者是行動者自己發動展開一個動作，企圖控制局面，使事情朝對她自己有利的方向進行，但是這種行動通常是失敗的；後者則是行動者使自己成為一種持續存在的狀態，接受他人施加於自身的動作（接受虐待；成為畫畫的模特兒以及畫家愛欲投射的對象；處於瘋狂狀態；處於懷孕狀態）。

在此處我們可重新檢視公主與白吟霜之間施虐與受虐的關係，觀眾雖然很清楚這是一種文本機制(textual device)──「公主如果不殘忍，那就沒有戲可演了！」──但施以酷刑本身仍具有相當強的情感渲染力，使公主在觀眾認知中被歸類為「壞女人」，而壞女人正如羅蘭・巴特(R. Barthes, 1975)所說的，是一種象徵角色(figure)，它以一個具體的形象來代表一種整體的、抽象的文化主題，而此種文化主題又是包含了社會與政治價值。

約翰・費斯克(John Fiske, 1987: 154)延續巴特的概念，把對角色的詮釋當作是一種「言說閱讀」(discursive reading)，亦即視電視大眾文化的角色為主流意識形態的體現(embodiment)，不同角色之間的戲劇衝突就是社會矛盾的演出("conflict between characters as an enactment of social conflict," Fiske, 1987: 159)。壞女人這個象徵角色是父權文化中對有行動能力及權力欲的女人所做的抹黑，而好女人與壞女人之間的衝突表現方式是前者被後者虐待，這是意識形態作用中的誤識(misrecognition)與移位(displacement)，也就是說，把造成男女主角不幸的真正原因（父權社會中沒有選擇自由的婚姻制度）轉嫁到壞女人身上，使壞女人要為男女主角的不幸負責。誠如一位受訪者所言：「公主她太沒度量了，如果她能接受白吟霜，那麼駙馬爺就會對她好一點，她不至於落到如此淒慘的下場。」

壞女人是中外戲劇中一個永恆而吸引人的角色，Modleski(1984)以精神分析的角度來詮釋美國電視肥皂劇的壞女人(villainess)。她認為女性觀眾在潛意識層面喜歡並且需要壞女人，藉由觀看壞女人為了追求自身利益而野心勃勃的從事許多陰謀，女性觀眾克服了身為女人的被動性與無力感(Modleski, 1984: 97-8)，亦即壞女人滿足了女性觀眾對權力的幻想。此外，肥皂劇的文本特色使女性觀眾有如寬宏大量的母親，一直去寬恕劇中人物的過錯（如改過自新的浪子或是有外遇的丈夫），但是在壞女人的角色上，觀眾可將種種不滿的情緒發洩到她身上。由於女性的憤怒在父權社會中常受到壓抑，因此肥皂劇裡的壞女人提供了一個疏洪管道，用Modleski的話說，女性的憤怒被導向壞女人，由此而產生了惡性循環。簡言之，壞女人對女性觀眾有兩種功能，其一是滿足女性的權力幻想，其二是提供女性發洩憤怒的管道。

和壞女人形成強烈對比的是好女人，而好女人的特色為：(1)犧牲、忍耐、受難，把他人的福祉（尤其是男主角）置放於自己的福祉之前；(2)以母親的身分發揮寬容原諒的精神。言情小說和電視肥皂劇最大的不同在於，前者提出一個兩性關係的理想形式，而後者則以家庭為背景，呈現家庭內種種的矛盾衝突，然後再要求觀眾對人性的弱點採同情了解的態度，包容各種人物的行為過失(Modleski, 1984: 93)。

以三弄為例，梅若鴻一共與三個女人有關係：翠屏（由父母安排成婚的妻子）、汪子璇與杜芊芊。瓊瑤本人在《梅花三弄》小說中寫道，她透過梅若鴻來寫一個「不太神話」的人，也就是一個充滿缺點的男主角，然而，「這本書中的三位女性，芊芊、子璇、翠屏，都是近乎『神化』和『理想化』的！我深愛她們每一個！」（瓊瑤，《水雲間》，頁二六一）汪子璇獨自承擔起懷孕與育兒的辛苦；翠屏為了成全丈夫與杜芊芊的愛情而投水，投水前對熟睡中的梅若鴻「投去十分憐惜的、愛意的目光」；芊芊原諒有重婚罪的丈夫，以一句「畫我」的懇求，將發狂的梅若鴻喚醒。這三位女人以其犧牲與寬容得到正面肯定，實為父權社會中女性文化的特色。當然，觀眾並不是對女性自虐與自殘行為表示讚賞與敬佩，我所要強調的是大眾文化對觀眾的認知圖像有重大影響，電視劇的影響方式不是使觀眾產生模仿行為，而是強化既有認知圖像中的價值分類體系，例如善／惡、好／

壞、可憐憫的／應譴責的、令人厭惡的／令人喜愛的(Hall, 1977; Gitlin, 1979)。

觀眾對角色的評價表面上看來頗為多樣化，而最主要的原因，是觀眾並不見得完全遵循文本作者的製碼方式去解碼，這就牽涉到觀眾與文本所要求的閱讀位置的疏離。在下一節我以定位的概念來討論觀眾如何從事抗拒性閱讀(resistant reading)。

我發現受訪者把汪子璇懷孕後的轉變視為獨立、自主、自信、堅強的表現；寬容作為一種父權文化之下的女性美德，本來包含了忍耐與犧牲的成分，在三弄中它脫離了忍耐與犧牲，以健康樂觀的未婚媽媽形象出現，受訪者中不論是只有專科教育的家庭主婦還是研究所的學生，都很支持這樣的角色，並表示這是「女性堅韌的生命力」。因此我們可以說這個角色充分顯示了霸權(hegemony)的作用。**Hegemony** 一詞目前在國內均譯為霸權，我認為用「懷柔收編」一詞較能精確地傳達它的原意。宰制性意識形態若能適時配合社會變遷，選擇性與局部性地吸收某些異質元素，以便稀釋反對力量，並更加強化鞏固原先的領導中心，這就是一種霸權——懷柔收編——的運作(Williams, 1971; Gitlin, 1981; White, 1987; Thompson, 1991)。未婚懷孕而且又拒絕結婚，這原本被視為傷風敗俗，然而現在不但不會受到觀眾的道德譴責，反而由於汪子璇的寬容大方，被視為是一種正面的女性力量。不過，對於觀眾欣賞子璇懷孕後的變化，也許可以解釋成現代女性追尋獨立自主的勇氣。受訪者對《梅花三弄》所呈現的事件都說與現實生活很遠，唯獨對汪子璇當未婚媽媽一事，紛紛表示「現在這種事很多」，甚至「我也可能做同樣的事」：

> 妳知道小孩子的父親不是愛妳的，那何苦要去抓住他。假如我的經濟能力許可的話，我也會自己養小孩，然後我也不會把這件事說出來，不要去傷害到無辜的女主角吧！因為另一個女性是不知情的，當初妳跟他做愛的過程是妳心甘情願的，之後有後果的話，就算不是妳所能預料，妳也不能說是別人強迫，在那個當刻是妳心甘情願，所以妳得為妳的後果負責，如果自己不願負責，那大不了去墮胎，可是若選擇要養他的話，就盡量減少的傷害，我會這樣覺得。

受訪者將汪子璇的行徑看作是堅強獨立的新女性，但是我從研究者及批評者的立場加以再詮釋(reinterpretation)，卻認為這正是男性霸權(hegemony)的作用，使女性的認知模式擺盪在「利人利己」與「利人損己」的個人道德抉擇中，這種個人化與道德化的思考，使得抽象的社會結構與具體的男性得以不被檢視批評。

四、定位(positioning)：閱讀位置與社會位置

根據言說理論，每一種言說都隱含說話者及說話的對象(addresser and addressee)。說話的對象也就是一個文本以其文本結構（如敘事方式或鏡頭運用角度）所建造出來的一種「閱讀位置」(reading position)。一個讀者或觀眾必須能夠採取文本所替她安排好的閱讀位置，才能夠讀懂此文本，並因而得到閱讀（或觀看）的樂趣。如果讀者不能充分將自己置放在文本所要求的閱讀位置，其結果就是讀者所抱怨的「不好看」、「不知道這本書到底在說什麼」、「看不懂」。如果讀者堅持採取

一個不符合文本要求的位置（例如美國原住民以其本身的社會位置來觀看西部片），這就產生了霍爾(Stuart Hall)所稱的「抗拒式解讀」(resistant decoding)，也就是讀者顛覆了文本中的主控意識形態，提出批判性的異議(Hall, 1980)。

採取文本所要求的閱讀位置，這在概念分析的層次上是一個複雜的動態過程，也就是所謂的「定位」——positioning。不過，由於閱聽人都已非常熟悉大眾文化的各種類型——言情小說、連續劇、科幻電影、警匪片——因此定位過程的產生往往是不自覺而且又輕鬆簡單。大眾文化的吸引力之一，就在於閱聽人不須經過刻意學習即可輕易進行定位，採取文本所要求的閱讀位置；反之，較具前衛性質的文本往往令讀者不知所措，這不只是因為內容難懂，也是因為讀者無法掌握前衛文本所要求的閱讀位置。文化研究及批判理論的學者因而認為，大眾文化所產生的輕鬆定位，使閱聽人在閱聽過程中融入文本架構，而失去反思反省的空間(Fiske, 1987: 35; MacCabe, 1981: 310)；如果閱聽人能與閱讀位置疏離——例如以自己的社會位置質疑文本所建構的閱讀位置，那麼就可以對大眾文化中所包含的宰制性意識形態提出批判與挑戰。

如果瓊瑤電視劇其清楚而僵硬的敘事結構，造成一個相當固定的閱讀位置（亦即採取女主角的立場），那麼這是否表示觀眾接受文本的「召喚」並且也接受了其中的意識形態？反之，如果觀眾一致認為瓊瑤電視劇太誇張、太極端，並紛紛表示自己及周遭的人都不會有類似的行為，這是否表示瓊瑤文本不具備意識形態效果？觀眾在解讀瓊瑤文本時所採取的閱讀位置和本身的社會位置重疊程度如何？兩者是否有距離？如果有，這種距離有何意義？是否如霍爾等學者所言，能造成抗拒性與顛覆性解讀？對於這些問題，我的研究發現顯示：

(1)觀眾都成功地採取文本所要求的閱讀位置，尤其是對三角關係的詮釋，都站在女主角的立場來看第三者與男女主角的關係，並以此來評判第三者的好壞。

(2)觀眾也能離開閱讀位置而採取自己的社會位置。這種情形發生於詮釋男女主角與父母的關係。部分觀眾以自己身為母親的經驗而同情、支持劇中阻撓兒女戀情的父母，而這些父母根據文本結構所要求的閱讀位置，是屬於較負面的角色。

(3)社會位置與閱讀位置的疏離，不但不會產生顛覆性解讀，反而更符合父權意識形態。

在這裡我開始對上述三個現象提出詳細的分析與解釋。首先，觀眾毫無例外的全部採取《梅花三弄》所要求的位置，而站在男女主角的立場來詮釋劇情——也就是接受瓊瑤文本的召喚。不過，此處須格外注意的一點是，把自己定位於女主角並不等於是和女主角認同(identification)。認同是指讀者把自己內在的某些心理狀態（如需求與欲望），向外投射於文本中的角色，和這個角色合而為一。認同作為一種心理機制，其功能是讀者一廂情願地達到願望的替代式滿足，因為他／她在現實中無法實現的欲望（例如擁有美貌、財富、權勢），都可經由認同對象達到。

以《梅花三弄》而言，女主角固然容貌出眾、氣質不凡，但在大部分故事情節中一直處於受苦受難的狀態，這使得觀眾對女主角的關係處於同情憐憫狀態，而非羨慕崇拜，因此觀眾對女主角並無認同可言。雖然她們不認同女主角，但是閱讀位置是站在女主角這邊的，因此我們可以說，觀眾與女主角的關係是「同盟」而非認同。其次，她們也與男主角同盟（尤其是在一弄的單元）。由於瓊瑤文本是關於代間衝突而非兩性衝突，因此基本上其閱讀位置是與男女主角同時有同盟關係。與男女主角同盟最顯著的詮釋結果，就是討厭破壞男女主角戀情的人物，而喜歡對男女主角伸出援手的人物。換言之，愛情的兩種主要障礙，三角關係與父母反對，前者比後者更能引起觀眾的負面情緒。而在這種負面情緒中，由於觀眾的閱讀位置是與男女主角同盟，因此第三者（尤其是她者）往往被視為造成男女主角災難的罪魁禍首。用一位受訪者的話來說，第三者「攪局」。一位受訪者談到一弄中的公主：

> 公主在欺負白吟霜（女主角）那一段，我看了真的會吐血……其實她大可不必這樣子，她如果好一點的話，馬景濤（飾演男主角的演員）搞不好還會接受她，這樣子不是可以兩全其美？公主她沒有度量，一點度量都沒有。

由上文可得知，採取瓊瑤文本的閱讀位置就意味著在三角關係中男女主角的「責任豁免權」，而由第三者（尤其是她者）擔當起罪過。

如果我們比較一弄的她者（公主）與三弄的她者（汪子璇），會發現觀眾反對公主而欣賞汪子璇。公主自始至終堅持要贏得丈夫的愛與尊重，因而與女主角白吟霜站在敵對立場，並對白吟霜施以酷刑。相反地，汪子璇雖然也深愛男主角梅若鴻並懷了他的孩子，她卻有成人之美，勇敢地當一個未婚媽媽，並堅持否認肚中的胎兒是梅若鴻的。汪子璇得到許多觀眾的支持讚賞，一位受訪者表示：「她受的傷害很深，可是復元得很快」。然而，我們若從性別權力關係的角度去考察文體結構與閱讀位置，不難發現責任分配的不平均；男主角本人不必負任何責任，而女配角不是因極力爭取而背負惡名，就是以犧牲自己、成全別人來得到美名。很弔詭的是，汪子璇離經叛道的新潮作為（當未婚媽媽），其精神內涵卻是傳統女性的犧牲退讓。

這意味著在父權社會裡，愛情方面的磨難起源於女人與女人之間的矛盾衝突，而非男人與男人，或是男人與女人之間；在這樣的情形之下，肯退讓的女人被戴上道德的光環，而不願退讓的女人則下場淒慘。

我們已討論過閱讀位置對三角關係的詮釋具有重大影響力，但是在兩代間關係的詮釋上則決定力量微弱許多。觀眾對阻撓男女主角愛情的情敵感到憤慨，對氣勢洶洶、大發雷霆的父母卻頗為支持同情。此時觀眾對自己的社會位置有相當高的自覺意識——尤其是身為母親的身分。一位受訪者如此評論三弄中身為藝術家的男主角梅若鴻：

> 他很神經質，稍不如意就大吼大叫。愛情和麵包也是要兼顧的嘛，我覺得那個梅若鴻，他只是為了他要畫畫，要畫畫，都沒有考慮到以後他生活怎麼辦……他的物質生活好像都是那個子璇在接濟的是不是？這個比較有點說不大過去，大男人都三十幾歲了……啊，這像個什麼？芊芊（女主角）她爸？很勢利眼！……誰願意自己的女兒去受苦，如果我的女兒我也不願意這樣，畢竟他畫畫還沒闖出一片天地出來嘛！其實他們父母的行為在現實考慮上滿正確的。

上述這位受訪者形容女主角的父親為「勢利眼」，表示她起初依據閱讀位置來判定父親的態度與行為。後來，她主要是採取自己的社會位置（母親），而非閱讀位置。由於與閱讀位置疏離，觀眾會低估文本所要表達的負面父母形象，甚至非常支持父母的所作所為。我們以劇中暴力場面為例，對觀眾而言，暴力（杜父毆打男主角）是一個意符(signifier)，她們不贊成暴力，卻了解暴力的意涵(signified)——父親保護女兒的心意。反之，在公主虐待白吟霜時，觀眾充分融入劇情之中，同情白吟霜而唾棄公主。

在兩代關係這一面相上，一弄的福晉（女主角的母親）是個正面人物，極力保護男女主角並且幫助他們，因此觀眾不會經歷到閱讀位置與社會位置的距離與衝突，紛紛對福晉這個角色表達由衷的讚美與支持。二弄中女主角的母親及三弄中女主角的父親雖然被描寫成強烈反對女兒的戀情，但觀眾仍認為父母這樣做是合理的。許多受訪者會以母親或是假設是母親的身分去批評三弄的男主角（例如，「我有女兒也不會願意她嫁這種不負責任又沒出息的男人」），但是僅有少數幾位受訪者會以單身女性的位置去批評他。「母親」作為一種詮釋位置所發揮的抗拒性解讀，也表現在某位受訪者對一弄中崔嬤嬤的看法。一弄中的公主都是因為聽了崔嬤嬤（她的奶媽）的建議，而去對付女主角白吟霜，崔嬤嬤因此被刻畫成陰險狠毒的女人，普遍受到觀眾反感。某位受訪者卻表示：

> 崔嬤嬤是公主的奶媽，一手把她帶大，就好像是她母親一樣，她這麼做是為了保護公主，為了她好。我自己是個母親，我的小孩在外面被別的小孩欺負了，我一定是先保護自己的小孩。

由此可見，不管是同情文本建構中的壞女人（崔嬤嬤），或是貶低男主角（三弄中脾氣暴躁前途不定的藝術家），觀眾都是以母親或假設為母親這樣的位置來遠離閱讀位置，產生抗拒性解讀。值得注意的是，瓊瑤文本的抗拒性解讀並沒有自由前進的精神，反而是社會主流意識形態的流露，與霍爾(Hall, 1980)的看法並不一樣。如何解釋這種現象呢？

文化研究及批判理論的學者通常假設大眾文化再現(represent)社會的主流價值與宰制性意識形態，因此若讀者能夠從事與文本意涵相異的抗拒性解讀，也就是對主流意識形態的批判與顛覆。然而，瓊瑤的文本卻有一個特色，那就是對父權意識形態的部分轉化。她的文本中包含愛情、親情、社會秩序三套論述，三者有所衝突矛盾，在結局時則達成妥協或統合，愛情享有優先性，高於親情及社會秩序這兩種論述。這與其說是瓊瑤在批判父權制度，不如說是她對父權制度提出的協商(negotiation)；她並未放棄親情與社會秩序，只是把它們排在愛情之後。

由於她在文本結構上重新安排不同論述的優先性，當觀眾從事與文本相異的詮釋時，對文本的抗拒(resistance)恰好成為對文本之外的主流社會的服從，觀眾重新去肯定親情與社會秩序的優先性。採取與閱讀位置相異的詮釋觀點是較辛苦的事，觀眾會使用她們原本就較熟悉、而且又具備正當性的位置（如母親）；動用社會接受程度較低的位置（如以一個獨立自主女性的觀點去批評三弄中自私的男主角），並對文本以及文本以外的社會制度進行雙重批判，這是相當困難的事，並未發生在我的受訪者中。觀眾只有以母親的身分才能輕鬆自在的批判三弄男主角「沒出息」、「沒擔當」。總而言之，觀眾基於閱讀位置而對男女主角有正面評價，牽涉到負面評價時，則採取母親的位置進行批評。

在我們對觀眾的反應做了詳細的分析後，我們發現到觀眾在三角關係上採取閱讀位置，與女主角同盟；在親情關係上則混合使用閱讀位置與社會位置。當她們採取閱讀位置時，會特別注重女人與女人的敵對（一弄），或是女人與女人的友愛（三弄）。當觀眾採取社會位置時（母親），她們對男主角的批判程度會提高。然而，這樣的批判是建立在父權社會中母權的合法正當性（用以統御兒女）。由此可見，由瓊瑤文本所形成的詮釋架構中，疏離閱讀位置並不見得會有顛覆解放的力量，顯然瓊瑤連續劇具有相當強烈的意識形態效果。

參、文化批判的再省思：權力關係vs.溝通對話

本文從女性主義立場對《梅花三弄》提出許多批評，但這並不表示我對此劇抱持譴責與否定的態度，更不是要主張進步女性應該棄絕大眾文化。我認為文化批評的作用在於以大家所熟知而又習焉不察的現象做出發點，形成一個對話、爭議、思辨的場域。文化一向被定義為「共享的信念」或是「集體認同」，然而，誠如斯坦納(L. Steiner, 1988: 13)所言，文化表達何嘗不是「拒絕我們所不認同的身分，並且與我們所不欲居住不良善的世界脫離關係」。換言之，由於大眾文化中以男性為中心、替男性利益服務的父權意識形態，不斷遭受女性主義的質疑與挑戰，我們在女性所共享的女性次文化中進行拒絕(rejection)與脫離關係(repudiation)；但是在另一方面，閱聽行為與閱聽情境本身又是一種女性所共享、充滿愉悅與快感的活動。這兩者（負面的批判與正面的支持）如何調和是目前

女性主義文化研究的一大癥結，有待其他研究者繼續深入思考。

近年來在文化研究與批判理論的領域裡，許多學者開始從事自我反省，檢討此研究領域是否過分強調權力關係與權力衝突？並進而思索學術研究、文化消費，與政治行動的關係。電視連續劇其實並不適合成為女性主義者從事文化政治的工具，不管是以負面的觀點來批判它，或是持較樂觀的看法而寄望於它的顛覆潛力。恩・昂(**Ien Ang**)在〈通俗小說與女性主義文化政治〉(**"Popular Fiction and Feminist Cultural Politics"**, 1987)一文中指出，主流女性主義者視文化批判與文化政治為一種意識形態改革，通俗小說與肥皂劇是否有價值，就在於它是否適於成為喚起覺醒的工具。恩・昂並不贊同此現象，她認為不應將文化政治的目標與手段過分工具理性化。許多女性主義者認為由於言情小說與電視劇的通俗性，它可成為接近與動員廣大女性人口的途徑。但是恩・昂表示，小說與電視劇的意義在於其虛構本質(**fictionality**)，以虛構的人物及情節，使女性觀眾在想像的層次上對各種人際關係與社會互動的變化進行反思。電視劇常被識為充滿逃避與幻想，但是恩・昂卻表示，逃避與幻想與其說是對現實的否認，不如說是「玩弄它」(**play with it**)。從事虛構的幻想就好像在玩一場遊戲，從中使人探索各種想法與行動的可能性，並試探安全與危險、可行與不可行的界線。這樣的看法也見於費斯克對電視文化的研究(John Fiske, 1987: *Television Culture*)。恩・昂認為，把讀言情小說與看電視劇看作單純的宰制與被宰制的權力關係，這種狹隘的看法使女性主義者與廣大的小說讀者之間的鴻溝更深。它反對將讀小說的快樂泛政治化，並提出女性主義的文化政治不應過於工具理性化：

> 與其想要利用通俗小說來改革女性以便符合女性主義的前衛信仰，倒不如將女性主義文化政治的目標，放在使閱讀小說的快樂成為一種更集體而公開的經驗，作法是特意地將閱讀言情小說頌揚為女性所共享的文化。通俗小說可創造並強化女性社區，在這裡女性的友誼與團結欣欣向榮。
> （1987: 658）

恩・昂指出，在文化消費這一層次上，並沒有一個固定的標準可以衡量某種形式的幻想是否「前進」。在女性主義論述中，個人的即政治的，但個人與政治這兩者卻不一定總是契合無間(1985: 136)。

蘭博和塔克(Lembo and Tucker)在對文化研究的批判中也表達了類似的看法：他們指出文化研究將文化化約為一個單一次的層次——權力。批判理論將文化意義的詮釋置放在衝突與對立的架構中，卻忽略了去探討集體的團結與互相支援的力量是如何形成的。他們對批判理論與文化研究有如下的評語(1990: 101-104)：

> 對宰制性意義的抗拒只是為了使被壓迫的團體得到自強的力量。但是如何創造相互了解的新形式，這點卻尚未被研究；而經由個人或群體之間共享對話以達成彼此的相互啟蒙，這更是不可能。由於一切的互動都由權力所形塑，於是互動的本質都是戰略性與對立性的。然而對意義的詮釋也可能是為了追尋和諧及自然的整體，或是為了在工具理性的社會之外另闢一個空間，或是根本就想遁

入幻想之中。詮釋活動並不能完全以論述與文本層次上的宰制或對立這樣的語言來形容與解釋。

恩・昂以及蘭博和塔克等學者紛紛對批判取向的文化研究提出質疑與反省，認為文化研究——尤其是在對意義的詮釋上——不宜過分注重權力關係此一單一面相，而應多思索如何建立個人或群體之間溝通對話的管道，由互相了解中達成感情的凝聚與思想的啟蒙。我們不必寄望於以任何顛覆性的閱讀策略來給予瓊瑤文本較正面的評價；但是在另一方面，我們也不必因為這些作品無益於女性自覺就加以譴責，而是將女性對言情小說與電視劇的喜好視為女性文化中很重要的一部分，是女性追求快樂的權利。

由本節所呈現的討論可看出，女性主義者對女性通俗文化的立場已脫離早期那種清教徒式的嚴峻態度——也就是以工具理性的觀點來挑剔感性的快樂。現在更有許多學者厭倦於批判理論及文化研究對權力與宰制關係的專注，他們進而呼籲溝通、對話、相互了解的重要性。在這裡我要指出，這樣的呼籲可能會流於太過天真與一廂情願；我們必須仔細思考到底在什麼樣的條件與狀況下，才可能使處於不同結構位置的群體（如男性與女性）能發展出真正平等的對話？如果我們對此問題不做具體實際的考慮，所謂的溝通、所謂的對話、所謂的互相了解，不過是把公共領域內的政治行動轉化為社交場合的友善談話。

蘭博和塔克並未說明到底是什麼樣的人要加入溝通與對話：是研究者與其研究對象之間的溝通？還是優勢團體與弱勢團體之間的溝通？如果是前者，近年來大眾文化的研究已逐漸出現一個趨勢，那就是研究者盡量放下精英分子的身段，不管對文本中的意識形態有多嚴厲的批評，對觀眾與消費者的觀視經驗卻十分尊重，並不等閒視之。尤其是在女性通俗文化的研究上，女性主義者都十分肯定並支持女性享受快樂的權利，並極力為女性休閒娛樂的正當性辯護。如果是後者，優勢團體與弱勢團體既然處於不平等的結構位置，如何使優勢團體的成員願意傾聽不同的意見並進行溝通呢？恩．昂以及蘭博和塔克並沒有觸及到這個問題，他們對文化研究的批判因而顯得不夠有力。

以《梅花三弄》及文藝愛情連續劇為例，研究者與研究對象的溝通正是研究過程本身的一部分。然而，從批判研究的目的與動機而言，恐怕最具挑戰性、最有意義的溝通應該是女性主義者與男性——尤其是男性知識分子的對話。本研究顯示，《梅花三弄》的情節儘管誇張荒謬，但它推崇母愛、寬容、犧牲自己成全別人，可說是情感取向的人倫精神與人文主義。如果我們不去思索在什麼樣的社會條件下道德理想才得以實現，也不去檢視處於什麼樣結構位置的人容易成為美德實踐者，而什麼樣的人容易成為美德受益者，如果我們只是從個人層次來推崇美德，那麼人倫精神與人文主義其實是充滿了宰制與剝削的效果。批判理論學者以及女性主義者常被批評為只關心權力鬥爭而漠視人倫關係，由《梅花三弄》此劇所顯示的意識形態來看，它所提倡的愛、寬容與諒解，正符合一般人對人倫親情的嚮往，然而本文的分析指出，這種人倫親情是奠立在男性的責任豁免權以及女性的自我剝削。這是本研究所提出的批判，但是根據蘭博和塔克的主張，文化研究也應多加考慮溝通與相互了解，本文如何回應這樣的呼籲？

我認為所謂的溝通與相互了解，如果是因為女性厭倦了對父權社會一再進行單方面的批判（例如分析言情小說的意識形態），由此轉而想向男性解釋女性為何喜歡看電視劇，並進一步去關心男性為何不喜歡它，甚至探詢男性的焦慮與不安，那麼我認為這可能造成良性而成功的社交談話，但並非文化政治領域裡的溝通。真正的雙向溝通及相互了解，起於男性對女性主義者提出的質疑與批判有所回應——而且是根據女性主義者提出問題的方式來回應，在這個步驟之後，接下來才是男性以自己的方式表達意見。文化研究過分強調權力關係固然是個缺陷，然而處於劣勢的一方，若在平等尚未達成前就率先強調對話與溝通，在實際效果上就是把對制度的討伐與改革轉移成個人關係裡的善意寒暄。不論是支持或是反對女性主義，雙方都應重新檢討與思索人倫精神及人文主義。人倫精神如何免於以女性的自我剝削來替男性利益服務？對這個問題認真思考，才能形成真正的兩性溝通。

（本文節錄自〈觀眾研究初探：由《梅花三弄》談文本、解讀策略，與大眾文化意識形態〉，發表於第一屆廣電學術與實務研討會，政大廣電系主辦，一九九四年六月舉行。全文請參見《新聞學研究》第四十九期，一九九四年。）

附註：《梅花三弄》劇情簡介

《梅花三弄》係以梅花簪及白狐為引子，貫穿三個故事。《梅花三弄》又名《梅花烙》，《梅花二弄》又名《鬼丈夫》，《梅花三弄》又名《水雲間》。《梅花烙》以清朝王府為背景，福晉（王爺的元配）為了確保自己的地位，在生下女嬰後偷龍轉鳳，抱進一個男嬰，而將女嬰以燒紅的梅花簪烙上印記，送出王府。女嬰長大後成為賣唱女白吟霜，與王爺的兒子貝勒爺（皓禎）相戀，貝勒爺遂將白吟霜帶進王府中冒充丫鬟。不久後皇帝將公主配給皓禎，婚後公主發現皓禎心有所屬，於是私下虐待白吟霜，並動用私刑。福晉將白吟霜救出，又發現了她背上的梅花烙，於是母女相認。同時，公主懷疑白吟霜是白狐化身，在恐懼之下變得神智不清。福晉護女心切，情急之下說出當年偷龍轉鳳的秘密，皇帝下令將皓禎斬首。白吟霜在皓禎行刑時刻自縊而死，皓禎卻由於公主向皇帝求情，在刑場得到赦免。皓禎返家後決定遁入山林。全劇最後一個鏡頭是林間的兩隻白狐。

《鬼丈夫》以民初為背景，女主角樂梅與男主角起軒相戀。樂梅母親起初強烈反對，最後終於同意兩人的婚事。訂婚不久後，起軒家中發生火災，起軒面部灼傷並成為殘廢，於是要家人向樂梅謊稱起軒已死，但樂梅堅持要嫁給起軒的牌位。婚後起軒戴上面具，常於深夜徘徊於樂梅窗下。起軒為了讓樂梅徹底死心，掀下面具與樂梅相認。樂梅仍然深愛起軒，不因起軒毀容而改變。全劇以男女主角團圓為結尾。

《水雲間》以民初為背景，男主角梅若鴻為畫家，與好友汪子默等人組成畫會，在西湖邊寫生。汪子默的妹妹汪子璇充當眾人的人體模特兒。杜芊芊（女主角）加入畫會後，汪子默與梅若鴻都愛上杜芊芊，而杜芊芊與汪子璇則喜歡梅若鴻，四個人形成兩套三角關係。汪子璇主動與梅若鴻發生性關係，不久後杜芊芊在胸前刺上一朵紅梅，主動要求成為梅若鴻的模特兒。杜芊芊不顧父親反對，堅持要和梅若鴻在一起；汪子璇發現自己懷孕，為了成全杜芊芊與梅若鴻，堅稱孩子不是梅若鴻的。梅若鴻與杜芊芊成婚不久後，出現一位鄉下女子翠屏，帶著一個十歲的女孩，原來是梅若鴻多年前在鄉下由父母作主娶的媳婦。梅若鴻要收留翠屏及女兒，杜芊芊憤而出走。翠屏不願成為累贅，投湖自盡。梅若鴻心生愧疚而神智不清。畫會眾人將杜芊芊找回，杜芊芊對著梅若鴻說：「畫我！」喚醒他的意識。雖然有翠屏的投水自盡，但全劇在「皆大歡喜」的情境下結束。

瓊瑤年表

一九三八　出生於四川成都，父親陳致平，湖南衡陽人；母親袁行恕，江蘇武進人。

一九四二　四歲　隨家人由成都遷回故鄉湖南。

一九四四　六歲　八年抗戰戰火蔓延至鄉間，為了躲避日軍，全家離開湖南向四川前進。長途跋涉，備嘗顛沛流離之苦。

一九四五　七歲　抵達重慶，抗戰勝利。

一九四七　九歲　舉家遷上海，於上海《大公報》發表生平第一篇小說〈可憐的小青〉。

一九四九　十一歲　舉家遷台灣台北。父親任教於師大國文系，母親任教於建國中學。

一九五四　十六歲　發表小說《雲彩》出版於「晨光」雜誌。

一九五七　十九歲　就讀於台北第二女中三年級，愛上國文老師，發展為師生戀，但戀情為母親所阻。

一九五九　二十一歲　結婚。丈夫畢業於台大外文系，有志於寫作，兩人因對寫作的共同興趣而結合。

一九六一　二十三歲　生子，初為人母。

一九六三　二十五歲　在《皇冠》上刊出《窗外》，不久後出單行本，為瓊瑤出版的第一本書。同年開始在《聯合報》副刊連載《煙雨濛濛》。初識平鑫濤。

一九六四　二十六歲　因丈夫嗜賭而離婚。一年內出版六本書：《煙雨濛濛》、《六個夢》、《幸運草》、《幾度夕陽紅》、《菟絲花》、《潮聲》。

一九六五　二十七歲　作品首度搬上銀幕。一年內有四部改編自瓊瑤小說的電影推出：《婉君表妹》、《煙雨濛濛》、《菟絲花》、《啞女情深》。

一九六八　三十歲　成立火鳥公司，拍攝《月滿西樓》與《陌生人》（改編自小說《幸運草》）兩片。

一九七六　三十八歲　平鑫濤與元配離婚。成立巨星公司，首部電影為《我是一片雲》。

一九七九　四十一歲　與平鑫濤結婚。距她本人離婚已有十五年之久。

一九八三　四十五歲　巨星公司結束，所拍最後一部電影為《昨夜之燈》。

一九八五　四十七歲　出版《冰兒》，唯一沒有父母親角色的小說。

一九八六　四十八歲　推出電視連續劇《幾度夕陽紅》。

一九八八　五十歲　離鄉三十九年後，首度回大陸。

一九九〇　五十二歲　出版《雪珂》，首部歷史古裝長篇小說。

一九九四　五十六歲　出版「兩個永恆」之一《新月格格》、之二《煙鎖重樓》。

一九九七　五十九歲　出版《蒼天有淚》、《還珠格格》的同時，開拍電視劇，一改以往先寫小說後改劇本的操作方式，專門創作劇本。

一九九九　六十一歲　出版《還珠格格》第二部。《還珠格格》第一、二部電視劇在兩岸三地，造成「還珠現象」、「格格熱」風潮。

二〇〇一　六十三歲　出版《情深深雨濛濛》及開拍電視劇。

二〇〇三　六十五歲　傳出計畫撰寫新作品《雪與火》。

二〇〇四　六十六歲　傳出有意重拍《幾度夕陽紅》（未獲證實）。宣布休息，暫時停產，希望利用時間好好的陪伴家人。由大陸長江文藝出版社出版的《瓊瑤全集》六十四卷，號稱是迄今為止最完整的瓊瑤作品集；首批發行十卷（《窗外》、《燃燒吧！火鳥》、《雁兒在林梢》、《我是一片雲》、《月朦朧鳥朦朧》、《在水一方》、《煙雨濛濛》、《金盞花》、《水靈》、《一顆紅豆》），預計二〇〇五年出齊。

瓊瑤小說作品一覽表

	年份	書名
1	一九六三	窗外
2	一九六四	六個夢
3	一九六四	煙雨濛濛
4	一九六四	幸運草
5	一九六四	菟絲花
6	一九六四	幾度夕陽紅
7	一九六四	潮聲
8	一九六五	船
9	一九六五	紫貝殼
10	一九六六	寒煙翠
11	一九六七	月滿西樓
12	一九六七	翦翦風
13	一九六八	彩雲飛
14	一九六九	庭院深深
15	一九七〇	星河
16	一九七一	水靈
17	一九七一	白狐
18	一九七二	海鷗飛處
19	一九七二	心有千千結
20	一九七三	一簾幽夢
21	一九七三	浪花
22	一九七三	碧雲天
23	一九七四	女朋友
24	一九七四	在水一方
25	一九七五	秋歌
26	一九七六	人在天涯
27	一九七六	我是一片雲
28	一九七七	月朦朧・鳥朦朧
29	一九七七	雁兒在林梢
30	一九七八	一顆紅豆
31	一九七九	彩霞滿天
32	一九七九	金盞花
33	一九八〇	夢的衣裳
34	一九八〇	聚散兩依依
35	一九八一	卻上心頭
36	一九八一	問斜陽
37	一九八一	燃燒吧，火鳥
38	一九八二	昨夜之燈
39	一九八二	匆匆、太匆匆
40	一九八四	失火的天堂
41	一九八四	不曾失落的日子
42	一九八五	冰兒
43	一九八八	剪不斷的鄉愁
44	一九八九	我的故事
45	一九九〇	雪珂
46	一九九一	望夫崖
47	一九九二	青青河邊草
48	一九九三	梅花烙
49	一九九三	鬼丈夫（彭樹君執筆改寫）
50	一九九三	水雲間
51	一九九四	新月格格、煙鎖重樓
52	一九九七	還珠格格第一部（陰錯陽差、水深火熱、真相大白）、蒼天有淚（無語問蒼天、愛恨千千萬、人間有天堂）
53	一九九九	還珠格格第二部（風雲再起、生死相許、悲喜重重、浪跡天涯、紅塵作伴）
54	二〇〇三	還珠格格第三部（天上人間）

瓊瑤小說改編電影一覽表

編號	電影片名	書名	首映日期
1	婉君表妹	六個夢（追尋）	一九六五年八月二十四日
2	菟絲花	菟絲花	一九六五年九月二十五日
3	煙雨濛濛	煙雨濛濛	一九六五年十月二十九日
4	啞女情深	六個夢（啞妻）	一九六五年十二月三十日
5	花落誰家	六個夢（三朵花）	一九六六年五月六日
6	窗外（黑白片）	窗外	一九六六年五月十二日
7	幾度夕陽紅（上集）	幾度夕陽紅	一九六六年九月四日
8	幾度夕陽紅（下集）	幾度夕陽紅	一九六六年十月八日
9	春歸何處	幸運草（黑繭）	一九六七年二月二十二日
10	尋夢園	幸運草（尋夢園）	一九六七年五月二十五日
11	紫貝殼	紫貝殼	一九六七年八月十八日
12	窗裡窗外	幸運草（迴旋）	一九六七年九月十五日
13	遠山含笑	潮聲（深山裡）	一九六七年十二月九日

14	第六個夢	六個夢（生命的鞭）	一九六八年二月十一日
15	月滿西樓	月滿西樓	一九六八年四月二十六日
16	陌生人	幸運草（陌生人）	一九六八年五月二十四日
17	深情比酒濃	六個夢（夢影殘痕）	一九六八年六月十三日
18	明月幾時圓	六個夢（歸人記）	一九六八年夏（約）
19	女蘿草	幸運草（晚晴）	一九六八年六月二十二日
20	寒煙翠	寒煙翠	一九六八年八月十四日
21	晨霧	潮聲（晨霧）	一九六八年八月二十二日
22	船	船	一九六九年二月二十九日
23	幸運草	幸運草（幸運草）	一九七〇年五月十六日
24	庭院深深	庭院深深	一九七一年八月十九日
25	彩雲飛	彩雲飛	一九七三年六月三十日
26	心有千千結	心有千千結	一九七三年十月二十五日
27	海鷗飛處	海鷗飛處	一九七四年六月二十九日
28	一簾幽夢	一簾幽夢	一九七五年二月十一日
29	翦翦風	翦翦風	一九七五年三月一日
30	窗外	窗外	台灣未放映
31	女朋友	女朋友	一九七五年三月二十八日
32	在水一方	在水一方	一九七五年七月三十日

33	秋歌	秋歌	一九七六年二月一日
34	碧雲天	碧雲天	一九七六年七月十日
35	浪花	浪花	一九七六年十月七日
36	我是一片雲	我是一片雲	一九七六年十二月三十一日
37	月朦朧・鳥朦朧	月朦朧・鳥朦朧	一九七七年二月十八日
38	人在天涯	人在天涯	一九七七年三月二十五日
39	奔向彩虹	水靈（五朵玫瑰）	一九七七年六月二十五日
40	風鈴風鈴	水靈（風鈴）	一九七七年七月一日
41	一顆紅豆	一顆紅豆	一九七八年二月七日
42	雁兒在林梢	雁兒在林梢	一九七八年三月二十九日
43	彩霞滿天	彩霞滿天	一九七九年一月二十八日
44	金盞花	金盞花	一九八〇年三月二十九日
45	聚散兩依依	聚散兩依依	一九八一年二月五日
46	夢的衣裳	夢的衣裳	一九八一年三月二十九日
47	卻上心頭	卻上心頭	一九八二年二月二十五日
48	燃燒吧火鳥	燃燒吧，火鳥	一九八二年二月二十五日
49	問斜陽	問斜陽	一九八二年九月二十五日
50	昨夜之燈	昨夜之燈	一九八三年三月二十六日

瓊瑤自製電視連續劇一覽表

1 一九八六年一月 幾度夕陽紅
2 一九八六年八月 煙雨濛濛
3 一九八七年五月 庭院深深
4 一九八八年一月 在水一方
5 一九八九年二月 海鷗飛處、彩雲飛
6 一九九〇年二月 六個夢（婉君、啞妻、三朵花）
7 一九九〇年十二月 雪珂
8 一九九一年三月 望夫崖
9 一九九二年四月 青青河邊草
10 一九九三年十月 梅花三弄（梅花烙、鬼丈夫、水雲間）
11 一九九四年 兩個永恆（新月格格、煙鎖重樓）
12 一九九五年 一簾幽夢（改編自一簾幽夢及浪花）
13 一九九八年 兩個天堂（還珠格格、蒼天有淚）
14 一九九九年 還珠格格第二部（還珠格格第二部）
15 二〇〇一年四月 煙雨濛濛（情深深雨濛濛）
16 二〇〇三年七月 還珠格格第三部（天上人間）

中文參考書目

子　子　一九七四　〈我該是個好的見證吧！〉，《文藝》六四期：頁一六九～一七一。
王淑慧　一九七四　〈美麗的夢：一個高商女生的自由〉，《文藝》六四期：頁一七三～一七四。
中國時報　一九八六　〈暢銷書排行榜〉，十二月二十日，八版。
中國論壇編委會　一九八六　《台灣地區社會變遷與文化發展》，台北：聯經。
文　訊　一九八七　〈文學一九八六〉，二八期：頁一六四～一六五。
文　訊　一九八八　〈文學新人的調查與分析〉，三八期：頁九二～九五。
尹雪曼　一九八四　《中國現代文學的桃花源》，台北：商務。
古繼堂　一九八九　〈台灣愛情小說的集大成者瓊瑤〉，《台灣小說發展史》，台北：文史哲。
民生報　一九八八甲　〈香港通俗小說寶島展魅力〉，六月十五日，九版。
民生報　一九八八乙　〈江山果真代有人才出？〉，七月十日，十四版。
民生報　一九八九甲　〈出版界爭取市場一決勝負時代近〉，四月九日，十四版。
民生報　一九八九乙　〈編書講求企畫點子吸引讀者〉，三月二十五日，二十六版。
民生報　一九八九丙　〈書市街頭戰白熱化，行銷前哨深入大街小巷〉，一月二十九日，十四版。

江　兒　一九八八甲　〈十日藤蔓・千年巨木——國內各文化機構、媒體對新人的開發與養成〉，《文訊》三八期：頁七三～八四。

江　兒　一九八八乙　〈一種出書・兩種心情——今昔文學新人出書之比較〉，《文訊》三八期：頁八五～九一。

仲　云　一九七四　〈瓊瑤小說真那麼受人怨？〉，《文藝》六四期：頁一六六～一六七。

曲岡英　一九七二　〈大專青年異性交友傾向調查〉，《中國家政》一期：頁四六～五四。

余英時　一九八六　〈文化危機與趣味取向〉，《辨思與擇取：一九八六台灣文化批判》，台北：敦理。

余德慧　一九八七　《中國人的愛情觀——情感與擇偶》，台北：張老師月刊社。

何復言　一九七四　〈海鷗季節〉，《書評書目》十六期：頁一三〇～一三二。

呂正惠　一九八八甲　〈閨秀文學的社會問題〉，《小說與社會》，台北：聯經。

呂正惠　一九八八乙　〈現代主義在台灣——從文藝社會學的角度來考察〉，《台灣社會研究季刊》一卷四期：頁一八一～二〇五。

呂玉瑕　一九八〇　〈社會變遷中台灣婦女之事業觀〉，《中央研究院民族學研究所集刊》五十期：頁二五～六六。

呂榮海、陳家駿　一九八七　《從出版現場了解——著作權、出版權》，台北：蔚理。

李元貞　一九八七　〈女性主義文學批評下的台灣文壇——基於一九八六年的省察〉，許津橋等編，《一九八六台灣年度評論》，台北：圓神。
李祖琛　一九八六　〈大眾媒介與大眾文化〉，《中國論壇》，二六九期。
李祖琛　一九八七　〈到底要聽誰的聲音？傳播媒體的扭曲性格〉，許津橋等編，《一九八六台灣年度評論》，台北：圓神。
李　敖　一九六五　〈沒有窗，哪有「窗外」〉，《文星》九三期：頁四～一五。
李　敖　一九九三　〈開窗以後〉，《窗與窗外》，台北：遠流。
李薰楓　一九八一　〈台北市印刷出版業之調查與分析〉，《台灣銀行季刊》三一卷四期：頁一九六～二〇一。
吳　建　一九六五　〈走出「象牙塔」：給蔣芸的一封信〉，《文星》九八期：頁六〇～六二。
吳惟滋　一九六九　〈青年學生與父母之相處關係〉，《思與言》六卷五期：頁二九～三四。
周伯乃　一九七四　〈瓊瑤的「窗外」與「銀花」〉，《文藝》六四期：頁一五三～一六一。
周浩正　一九八六　〈書香與書市〉，《中國時報》七月二日，十二版。
林芳玫　一九九四　〈雅俗之分與象徵性權力鬥爭〉，《台灣社會研究季刊》十六期，頁五五～七八。
林惠生　一九八三　〈婚前性行為〉，台灣省家庭計畫研究所研究報告，第十六號。
林義男　一九八四　〈家庭與婚姻問題〉，楊國樞等編，《台灣的社會問題》，台北：巨流。
杭　之　一九八六　〈大眾文化的流行透露了什麼？〉，《中國論壇》二六九期。

杭　之　一九八七甲　〈總論——從大眾文化觀點看三十年來的暢銷書〉，久大編委會編，《從「藍與黑」到「暗夜」——三十年來的暢銷書》，台北：久大。
杭　之　一九八七乙　〈苦悶的鎮靜劑〉，久大編委會編，《從「藍與黑」到「暗夜」——三十年來的暢銷書》，台北：久大。
孟　樊　一九八九甲　〈後現代愛情篇〉，《中國時報》五月十六日
孟　樊　一九八九乙　〈瓊瑤絕地大反攻〉，《後現代併發症》，台北：桂冠。
孟悅．戴錦華　一九九三　《浮出歷史地表：中國現代女性文學研究》，台北：時報。
易　水　一九七四　〈我看瓊瑤小說〉，《文藝》六五期：頁一六五～一六八。
胡台麗　一九八二　《媳婦入門》，台北：時報。
姚鳳磐　一九六五　〈訪青年女作家瓊瑤〉，《徵信月刊》，一月二十三日。
祝咸仁　一九七八　〈性別隔離與異性交友——台灣大學生交友調查之分析〉，《民族社會學報》十六期：頁一四七～一六八，台北：政治大學。
恨　土　一九六四　〈評半本小說「窗外」：兼論作品的「深度」與「廣度」〉，《作家》一卷二期：頁五四～五五。
高　翔　一九七四　〈為文藝招魂〉，《文藝》六四期：頁一四四～一五〇。
徐秋玲、林振春　一九九三　〈台灣地區文化工業的檢證——以文學部門為主分析與解讀〉，《思與言》三十一卷一期：頁一八五～二四〇。

韋政通　一九八五　〈三十多年來知識分子追求自由民主的歷程〉，《台灣地區社會變遷與文化發展》，台北：聯經。

許南村　一九八三　〈大眾消費社會和當前台灣文學的諸問題〉，《文季》一卷三期：頁一七～二三。

舒　昊　一九七四　〈純文學和大眾文藝的分野〉，《文藝》六五期：頁一五〇～一五七。

黃　仁　一九八二　〈國片的風光盛世：六〇年代的國片與其社會、文化背景〉，蔡國榮編，《六〇年代國片名導名作選》，中華民國電影事業發展基金會。

黃俊傑　一九七七　〈台灣十年來家庭變遷的研究〉，《輔仁學誌》九期：頁一～二五，台北：輔仁大學。

黃道琳　一九八六　〈大眾文化的本質〉，《中國論壇》二六九期。

尉天驄　一九八五　〈三十年來台灣社會的轉變與文學的發展〉，《台灣地區社會變遷與文化發展》，台北：聯經。

郭秋霖　一九八六　〈剖開暢銷書排行榜的操縱體質〉，《南方》，一九八六年十月，頁四～七。

莫昭平　一九八八　〈排行榜新青春偶像派爭議多〉，《中國時報》五月八日，二十三版。

張老師月刊　一九八九　〈瓊瑤帝國興亡史〉，二三卷五期：頁四二～六一。

張　遜　一九八五　〈暢銷的迷思與文藝的迷失〉，《時報雜誌》三一四期：頁二一～二四。

張潤冬　一九六五　〈從窗外到象牙塔：讀李敖、蔣芸二位先生大作有感〉，《文星》九七期：頁七五。

陳克環　一九七四甲　〈曲低謗眾的污染〉，《書評書目》一八期：頁八七～九〇。
陳克環　一九七四乙　〈瓊瑤的困惑？〉，《文藝》六四期：頁一四七～一五二。
陳國祥、祝萍　一九八七　《台灣報業演進四十年》，台北：自立報系。
陳國章、陳慧明　一九八三　〈台北市書店的區位與消費者購買行為〉，《國立台灣師範大學地理研究報告》九期：頁一～一九。
陳銘磻　一九八七甲　〈四十年來台灣的出版史略（上）〉，《文訊》三二期：頁二五九～二六八。
陳銘磻　一九八七乙　〈四十年來台灣出版史略（下）〉，《文訊》三三期：頁二四三～二五〇。
陳曉林　一九七八　〈我論瓊瑤〉，《浪莽少年行》，台北：四季。
焦　桐　一九八六　〈票房副刊？票房作家？從問卷調查看報紙副刊〉，《文訊》二二期：頁六七～七三。
楊　孝　一九七七　〈少女戀愛和婚姻態度分析〉，《幼獅月刊》四五卷三期：頁三一～三六。
楊懋春　一九八八　〈中國的家族主義與國民性格〉，李亦園、楊國樞主編，《中國人的性格》，台北：桂冠。
楊國樞　一九八八甲　〈中國人之緣的觀念與功能〉，《中國人的蛻變》，台北：桂冠。
楊國樞　一九八八乙　〈中國人之孝道的概念分析〉，《中國人的蛻變》，台北：桂冠。
葉石濤　一九八七　《台灣文學史綱》，高雄：春暉。

詹宏志　一九八九　〈出版業一九八九行銷前瞻〉，《中國時報》一月二日，二十二版。

詹婉玲　一九八八　〈專業書店走向漸被看好〉，《中華日報》三月三十日，六版。

道　明　一九七四　〈我從這一面看到瓊瑤的小說〉，《文藝》六四期：頁一六一～一六四。

蔡文輝　一九六四甲　〈中國家庭制度之演變〉，《思與言》二卷一期：頁二〇七～二一五。

蔡文輝　一九六四乙　〈中學生對家庭婚姻態度之研究〉，《思與言》二卷三期：頁三九～四二。

蔡國榮　一九八四　〈從「金馬獎」看文學電影何去何從〉，《文訊》一五期：頁一一〇～一二四。

蔡國榮　一九八五　《中國近代文藝電影研究》，台北：電影圖書館。

蔡詩萍　一九八六　〈文學良心與市場流行——「通俗文學」討論會〉，《文訊》二六期：頁七〇～九三。

蔡詩萍　一九九二　〈小說族與都市浪漫小說〉，林燿德、孟樊主編，《流行天下——當代台灣通俗文學論》，台北：時報。

蔡源煌　一九八九　〈一九八八年文化體驗：誰是大贏家？〉，《海峽兩岸小說的風貌》。台北：雅典。

梁瑞宏　一九六五　〈評「窗外」〉，《作家》一卷七期：頁一二。

梁　良　一九八六　〈中國文藝電影與當代小說〉，《文訊》二六、二七期。

湯宜君　一九六四　〈訪瓊瑤，談寫作：轉載大華晚報記者湯宜莊的一篇專訪〉，《皇冠》二二卷二期：頁四六～四七。

齊邦媛　一九八四　〈江河匯集成海的六〇年代小說〉，《文訊》一三期：頁四三～六七。

齊邦媛　一九八五　〈閨怨之外：以實力論台灣女作家〉，《聯合文學》一卷五期：頁六～一九。

齊隆壬　一九九二　〈瓊瑤小說中的性別與歷史〉，林燿德、孟樊主編，《流行天下——當代台灣通俗文學論》，台北：時報。

源　源　一九七四　〈瓊瑤小說讀後感〉，《文藝》六五期：頁一六一～一六三。

趙山林　一九八六　〈瓊瑤小說與古典詩詞〉，《新民晚報》，十一月十一日，上海。

趙　剛　一九六五　〈《窗外》電影的前奏曲〉，《空中雜誌》一一二期。

廖仁義　一九八六　〈街景繽紛書卷寂寞：兩個文化現象的省思〉，《中國時報》一月一日。

廖朝陽　一九九四　〈觀看、認同、模擬：從《香蕉天堂》看電影機器〉，文學／電影研討會，台大外文系主辦，五月二十八日台北舉行。

劉金田　一九六五　〈閨秀派吶喊了：「象牙塔外是什麼」讀後〉，《文星》九七期：頁七六～七七。

鄭林鐘　一九八七　〈急速成長中的文化產業〉，《中國時報》十二月三十日，八版。

鄭為元・廖榮劉　一九八五　《蛻變中的台灣婦女》，台北：大洋。

謝秀芬　一九七五　〈台灣和日本大學生對婚姻角色的態度之比較研究〉，《社會建設》二五期：頁三九～四五。

謝秀芬　一九八〇　〈現代家庭婚姻的角色結構研究〉，《東海學報》一二期：頁一七三～一八九，台中：東海大學。

謝碧玲　一九七六　《大專學生婚姻態度之研究》，台北：華岡出版部。

應鳳凰編　一九八四　《中華民國作家作品目錄》，台北：行政院文建會。

蔣　芸　一九六五　〈象牙塔外是什麼：讀「沒有窗，哪有窗外」有感〉，《文星》九六期：頁七二～七三。

鍾　雷　一九六四　〈一年來的中國文壇〉，《作家》一卷三期：頁四～六。

薛菊秀　一九八九　〈漫寫瓊瑤五戲〉，《華視週刊》九〇二、九〇三期。

薛茂松　一九八四　〈六〇年代文藝作家名錄〉，《文訊》一四、一五期。

魏子雲　一九六四　〈從「窗外」觀之〉，《皇冠》二一卷二期：頁三二～四二。

蕭新煌　一九八七　〈暢銷書的內涵質素〉，《從「藍與黑」到「暗夜」——三十年來的暢銷書》，台北：久大。

蕭毅虹　一九七六　〈風花雪月評瓊瑤〉，《生命的喜悅》，台北：先知。

瓊　瑤　一九八九　《我的故事》，台北：皇冠。

顧曉鳴　一九八九　〈理解瓊瑤和她那些美好的故事〉，《現代人尋找丟失的草帽》，台北：桂冠。

顧曉鳴　一九九二　〈瓊瑤小說的社會意義——從小說自身角度（內涵、結構、手法）所做的分析〉，林燿德、孟樊主編，《流行天下——當代台灣通俗文學論》，台北：時報。

龔鵬程、廖輝英和柏谷　一九八六　〈女作家難為？〉，《聯合報》，八月十二日。

英文參考書目

Ang, Ien. 1985. *Watching Dallas: Soap Opera and the Melodramatic Imagination*. New York: Mathuen.

——. 1987. "Popular Fiction and Feminist Cultural Politics." *Theory, Culture & Society*. 4: 651-658.

Armstrong, N. 1987. *Desire and Domestic Fiction: A Political History of the Novel*. New York: Oxford University Press.

Barrett, M. 1982. "Feminism and the Definition of Cultural Politics." In R. Brunt and C. Rowan eds., *Feminism, Culture, and Politics*. London: Lawrence & Wishart.

Barthes, Roland. 1975. *The Pleasure of the Text*. London: Jonathan Cape.

Becker, Howard S. 1982. *Art Worlds*. Berkeley: Univ. of California Press.

Bennett, Tony. 1986. "The Politics of 'the Popular' and Popular Culture." In T. Bennett, C. Mercer, and J. Wollacott eds., *Popular Culture and Social Relations*. Milton Keynes, England: Open University Press.

Berger, John. 1973. *Way of Seeing*. New York: Viking.

Borthwick, Sally. 1985. "Changing Concepts of the Role of Women From the Late Qing to the May Fourth Period." In David Pong and Edmund S. K.Fung eds., *Ideal and Reality*. New York: University of Press of America.

Bourdieu, Pierre. 1983. "The Field of Cultural Production, or: The Economic World Reversed." *Poetics*. 12: 311-356.

——. 1986. "The Production of Belief: Contribution to an Economy of Symbolic Goods." In Richard Collins et al. eds., *Media, Culture, and Society: A Critical Reader*. London: Sage.

Brooks, Peter. 1976. *The Melodramatic Imagination*. New Haven, CT:

Yale University Press.

Brunsdon, Charlotte. 1981. "'Crossroads': Notes on Soap Opera." *Screen*. 22, 4: 32-37.

Brunt, R. 1984. "A Career in Love: The Romantic World of Barbara Cartland." In C. Pawling ed., *Popular Fiction and Social Change*. New York: St. Matin's Press.

Budd, Mike, et al. 1990. "The Affirmative Character of U.S. Cultural Studies." *Critical Studies in Mass Communication*. 7:169-184.

Burger, Peter. 1985. "The Institution of 'Art' as a Category in the Sociology of Literature." *Cultural Critique*. 2: 5-33.

Cancian, Francesca M. 1985. "Gender Politics: Love and Power in the Private and Public Spheres." In Alice S. Rossi ed., *Gender and the Life Course*. New York: Aldine.

——. 1987. *Love in America: Gender and Self-Development*. Cambridge:Cambridge University Press.

Cawelti, J. 1976. *Adventure, Mystery, and Romance*. Chicago:Univ. of Chicago Press.

Cernada, George P. et al. 1986. "Implications for Adolescent Sex Education in Taiwan." *Studies in Family Planning*. 17:181-187.

Chin, Ai-li. 1948. "Some Problems of Chinese Youth in Transition." *American Journal of Sociology* 54: 1-9.

——. 1970. "Family Relations in Modern Chinese Fiction." In Maurice Freedman ed., *Family and Kinship in Chinese Society*. Standford, California: Standford University Press.

Christian-Smith, Linda K. 1990. *Becoming a Woman Through Romance*. New York: Routledge.

Chow, Rey. 1991. *Women and Chinese Modernity: The Politics of Reading Between West and East*. Minnesota: University of Minnesota Press.

Clark, Priscilla P. 1978. "The Beginnings of Mass Culture in France:Action and Reaction." *Social Research*. 45: 277-291.

Coser, L., Kadushin, C., and Powell, W. 1982. *Book: The Culture and Commerce of Publishing*. New York: Basic Books.

Dai, Bingham. 1941. "Personality Problems in Chinese Culture."*American Sociological Review.* 6: 688-696.

Davis, Lennard J. 1987, *Resisting Novels: Ideology and Fiction*. New York: Methuen.

Delamont, Sara. 1980. *Sex Roles and the School*. London: Methuen.

DeVault, Marjoriel. 1990. "Novel Reading: The Social Organization of Interpretation." *American Journal of Sociology.* 95: 887-921.

DiMaggio, Paul. 1977. "Marker Structure, the Creative Process, and Popular Culture." *Journal of Popular Culture*. 11: 436-453.

——. 1987. "Classification in Art." *American Sociological Review*. 52: 440-445.

——. 1991. "Social Structure, Institutions, and Cultural Goods: The Case of the United States." In Pierre Bourdieu and James S. Coleman eds., *Social Theory for a Changing Society*. New York: Russell Sage Foundation.

Dudovitz, Resa L. 1990. *The Myth of Superwoman*. London: Routledge.

Edelman, H.S. 1985. "The Architecture of Fantasy: A Structural Analysis of Romance Fiction." *Journal of Popular Literature*. 2:57-83.

Fang, Po. 1988. "Traditional Virtues and Modern Sensibility: Conflicts between Old and New Values in Contemporary Women's Novels of Taiwan."*Teaching and Research*. 10: 201-227. Taipei: College of the Humanities, National Taiwan Normal University.

Feuer, Jane. 1984. "Melodrama, Serial Form and Television Today." *Screen*. 25.

Escarpit, Robert. 1965. *Sociology of Literature*. Painesville, Ohio:The Lake Erie College Press.

Fiske, John. 1987. *Television Culture*. New York: Methuen.

Gans, Herbert J. 1974. *Popular Culture and High Culture*. New York:Basic Books.

——. 1985. "American Popular Culture and High Culture in a Changing Class Structure." In J. Balfe and M. Wyszomirski eds., *Art, Ideology, and Politics*. New York: Praeger.

Garnham, Nicholas. 1986. "Contribution to a Political Economy of Mass-Communication." In Richard Collins et al. eds., *Media,Culture, and Society: A Critical Reader*. London: Sage.

Giroux, H.A. 1983. "Theories of Reproduction and Resistance in the New Sociology of Education: A Critical Analysis." *Harvard Educational Review*. 53: 257-93.

Gitlin, T. 1979. "Prime Time Ideology: The Hegemonic Process in Television Entertainment." *Social Problems*. 26: 251-266.

Goode, W.J. 1963. *World Revolution and Family Patterns*. New York: The Free Press.

——. 1969. "The Theoretic Importance of Love." *American Sociological Review*. 34: 38-47.

Grieder, Jerome. 1981. *Intellectuals and the State in Modern China*. New York: The Free Press.

Gripsrud, Jostein. 1990. "Toward a Flexible Methodology in Studying Media Meaning: Dynasty in Norway." *Critical Studies in Mass Communication*. 7: 117-128.

Griswold, Wendy. 1981. "American Characters and the American Novel." *American Journal of Sociology*. 86: 740-765.

——. 1986. *Renaissance Revival*. Chicago: Univ. of Chicago Press.

——. 1987a. "A Methodological Framework for the Sociology of Culture." *Sociological Methodology*. 14: 1-35.

——. 1987b, "Continuities and Reconstructions in Cross-Cultural Literary Transmission." *Poetics*. 16: 327-351.

——. 1987c, "The Fabrication of Meaning: Literary Interpretation in the

United States, Great Britain, and West Indies," *American Journal of Sociology.* 92: 1077-1117.

——. 1989. "Formulaic Fiction: The Author as Agent of Elective Affinity." In Craig Calhoun ed., *Comparative Social Research: A Research Annual*. vol. 11. Greenwich, CT: Jai Press.

Hall, S. 1977. "Culture, the Media, and the Ideological Effect." In J. Curran, M. Gurevitch, and J. Woollacott eds., *Mass Communication and Society*. Beverly Hill: Sage.

Hall, S. and Jefferson, T. eds. 1976. *Resistance Through Rituals*. London: Hutchinson.

——. 1980. "Encoding/Denoding." In S. Hall et al. eds. *Culture, Media, Language*. London: Hutchinson.

Hebdige, Dick. 1979. *Subculture: The Meaning of Style.* London: Methuen.

Hirsch, Paul M. 1972. "Processing Fads and Fashinons: An Organizational-Set Analysis of Cultural Industry System." *American Journal of Sociology*. 77: 639-659.

——. 1977. "Occupational, Organizational, and Institutional Models in Mass Media Reseairch." In *Strategies for Communication Research*. Beverly Hill: Sage.

——. 1978. "Production and Distribution Roles Among Cultural Organization: On the Division of Labor Across Intellectual Disciplines." *Social Research*. 45: 315-330.

Holland, Dorothy C. and Eisenhart, Margaret A. 1990. *Educated in Romance: Women, Achievement, and College Culture*. Chicago: University of Chicago Press.

Holland, Norman N. 1968. *The Dynamics of Literary Response*. New York: Oxford University Press.

Huang, Lucy. 1956. "Dating and Courting Innovations of Chinese Students in America." *Marriage and Family Living.* 18: 25-29.

Hume, Kathryn. 1984. *Fantasy and Mimesis: Responses to Reality in Western Literature*. New York: Methuen.

Jameson, F. 1977. "Ideology, Narrative Analysis, and Popular Culture." *Theory and Society*. 4: 543-559.

——, 1979. "Reification and Utopia." *Social Text*.1: 130-148.

Kapsis, Robert E. 1989. "Reputation Building and the Film Art World: The Case of Alfred Hitchcock." *Sociological Quarterly*. 30:15-35.

Kurian, G. ed. 1979. *Cross-Cultural Perspectives of Mate Selection and Marriage*. Westport, CT: Greenwood Press.

Lakomski, G. 1984. "On Agency and Structure: Pierre Bourdieu and Jean Claude Passeron's Theory of Symbolic Violence." *Curriculum Inquiry*. 14: 151-63.

Lembo, Ronald, and Tucker, Kenneth H. 1990. "Culture, Television and Opposition: Rethinking Cultural Studies." *Critical Studies in Mass Communication*. 7: 97-116.

Lang, Gladys E. and Lang, Kurt. 1990. *Etched in Memory: The Building and Survival of Artistic Reputation*. Chapel Hill: The University of North Carolina Press.

Lang, Olga. 1946. *Chinese Family and Society*. New Haven: Yale.

Laurenson, Diana, and Swingewood, Alan, 1971. *The Sociology of Literature*. Longdon: MacGibbon & Kee.

Lee, Leo Ou-fan. 1973. *The Romantic Generation of Modern Chinese Writers*. Cambridge, Massachusetts: Harvard University Press.

——. 1980. "Modernism and Romanticism in Taiwan Literature." In J. L. Faurot ed., *Chinese Fiction from Taiwan: Critical Perspectives*. Bloomington: University of Indiana Press.

Lee, Leo and Nathan, Andrew J. 1985. "The Beginning of Mass Culture: Journalism and Fiction in the Late Ch'ing and Beyond." In David Johnson, Andrew J. Nathan, and Evelyn S. Rawski eds., *Popular Culture in Late Imperial China*. Berkeley, California: University of

California Press.

Levy, Marion J. 1968. *The Family Revolution in Modern China.*New York: Atheneum.

Lin, Ching-hsiang. 1981. "Premarital Pregnancy: Common Ideas VS Facts." *Tunghai Journal*. 22: 181-197. Taichung: Tunghai University.

Link, Eugene Perry. 1981. *Mandarin Ducks and Butterflies: Popular Fiction in Early Twentieth Century Chinese Cities*. Berkeley: University of California Press.

Long, Elizabeth. 1985. *The American Dream and the Popular Novel.*Boston: Routledge & Kegan Paul.

Lowenthal, Leo. 1961. *Literature, Popular Culture, and Society.*Englewood Cliffs, N.J.: Prentice-Hall.

MacCabe. C. 1981. "Realism and Cinema: Notes on Brechtian Themes." In T. Bennett et al. eds., *Popular Television and Film*. London:British Film Institute.

McRobbie, Angela. 1980. "Settling Accounts with Subcultures: A Feminist Critique." *Screen Education*. 34: 37-49.

McRobbie, Angela, and Garber, J. 1976. "Girls and Subcultures." In Stuart Hall and Tony Jefferson eds., *Resistance Through Rituals: Youth Subcultures in Post-War Britain*. London: Hutchinson.

Mann, Peter H. 1985. "Romantic Fiction and Its Readership."*Poetics*. 14: 95-105.

Markert, John. 1985. "Romance Publishing and the Production of Culture." *Poetics*. 14: 69-93.

Marsh, Robert M. and O'Hara, Albert R. 1961. "Attitudes Toward Marriage and the Family in Taiwan." *Americal Journal of Sociology.* 67:1-8.

Modleski, Tania. 1984. *Loving with a Vengeance: Mass-Produced Fantasies for Women*. London: Methuen.

Mukerji, Chandra and Schudson, Michael. 1991. "Introduction: Rethinking Popular culture." In Mukerji and Schudson eds., *Rethinking Popular Culture: Contemporary Perspectives in Cultural Studies*. Berkeley: University of California Press.

Mussell, K. 1984. *Fantasy and Reconciliation: Contemporary Formulas of Women's Romance Fiction*. Westport, CT: Greenwood Press.

O'Hara, A.R. 1979. "Actual Changes Follow Attitudinal Changes Toward Marriage and the Family in the Republic of China." *Journal of Sociology*. 13: 83-97. Taipei: National Taiwan University.

Ohmann, Richard. 1983. "The Shaping of a Canon: U.S. Fiction, 1960-1975." *Critical Inquiry*. 10: 199-223.

Pawling, C. 1984. "Introduction: Popular Fiction: Ideology or Utopia?" In C. Pawling ed., *Popular Fiction and Social Change*. New York: St. Matin's Press.

Podmore, D. and Chaney, D. 1979. "Attitudes towards Marriage and the Family Among Young People in Hong Kong, and Comparisons with the United States and Taiwan." In G. Kurian ed., *Cross-Cultural Perspectives of Mate Selection and Marriage*.

Powell, Walter W. 1982. "From Craft to Corporation: The Impact of Outside Ownership on Book Publishing." In Ettema and Whitney eds., *Individuals in Mass Media Organizations: Creativity and Constraint*. Beverly Hill: Sage.

Radway, Janice, 1981. "The Utopian Impulse in Popular Literature: Gothic Romances and 'Feminist' Protest." *American Quarterly*. 33: 140-162.

——. 1984. *Reading the Romance*. Chapel Hill: University of North Carolina Press.

Rodden, John. 1989. *The Politics of Literary Reputation: The Making and Claiming of 'St. Georgi' Orwell*. New York: Oxford University Press.

Schatz, T. 1986. "The Structural Influence: New Directions in Film Genre Study." In B.K. Grant ed., *Film Genre Reader*. Austin: Univ. of Texas Press.

Schwarcz, Vera. 1986. *The Chinese Enlightenment: Intellectuals and the Legacy of the May Fourth Movement of 1919*. Berkeley, CA: University of California Press.

Seidman, Steven. 1989. "Constructing Sex as a Domain of Pleasure and Self-Expression: Sexual Ideology in the Sixties." *Theory Culture & Society.* 6: 293-315.

Shlapentokh, Vladimir, 1990. *Soviet Intellectuals and Political Power: The Post-Stalin Era*. Princeton, New Jersey: Princeton University Press.

Shorter, Edward. 1975. *The Making of the Modern Family*. New York: Basic Books.

Snitow, A.B. 1983. "Mass Market Romance: Pornography for Women is Different." In A. Snitow, C. Stansell, and S. Thompson eds., *Desire: The Politics of Sexuality*. London: Virago Press.

Sobchack, U. 1982. "Genre film: Myth, Ritual, and Sociodrama." In S. Thomas ed., *Film/Culture: Exploration of Cinema in its Social Context*. Metuchen, N.J.: The Scarecrow Press.

Stacey, Judith. 1983. *Patriarchy and Socialist Revolution in China*.Berkeley, California: University of California Press.

Statistical Yearbook of the Republic of China. 1989. Taipei: Directorate-Geneal of Budget, Accounting and Statistics.

Steiner, L. 1988. "Oppositional Decoding as an Act of Resistance." *Critical Studies in Mass Communication.* 5: 1-15.

Stone, Lawrence. 1977. *The Family, Sex, and Mariage in England, 1500-1800*. New York: Harper & Row.

Streeter, Thomas. 1989. "Polysemy, Plurality, and Media Studies."*Journal of Communication Inquiry*. 13(2): 88-106.

Swidler, Ann. 1980. "Love and Adulthood in American Culture." In N.

Smelser and E. Erikson eds., *Themes of Work and Love in Adulthood*. Cambridge, Massachusetts: Harvard University Press.

Templeton, Alice and Groce, Stephen B. 1990. "Sociology and Literature:Theoretical Considerations." *Sociological Inquiry*. 60:34-46.

Thompson, John. B. 1990. *Ideology and Modern Culture: Critical Social Theory in the Era of Mass Communication*. Standford, CA.: Standford University Press.

Thorton, Arland, Chang, Ming-Cheng, and Sun, Te-Hsiung. 1984. "Socical and Economic Change, Intergenerational Relationships, and Family Formation in Taiwan." *Demography*, 21: 475-499.

Thurston, C. 1987. *The Romance Revolution: Erotic Novels for Women and the Quest for a New Sexual Identity*. Urbana: University of Illinois Press.

Todorov, Tzvetan. 1990. *Genres in Discourse*. New York: Cambridge University Press.

Tuchman, Gaye. 1978. "The Symbolic Annihilation of Women by the Mass Media." In Gaye Tuchman ed., *Hearth and Home: Images of Women in the Mass Media*. New York: Oxford University Press.

Tuchman, Gaye and Fortin, Nina E. 1989. *Edging Women Out: Victorian Novelists, Publishers, and Social Change*. New Haven: Yale University Press.

Watt, I. 1957. *The Rise of the Novel*. Berkeley: Univ. of California Press.

Whyte, Martin K. 1988. "Changes in Mate Choice in Chengdu." The Working Paper Series, Center for Research on Social Organization. Ann Arbor:University of Michigan.

Williams, Raymond. 1977. *Marxism and Literature*. New York: Oxford University Press.

Wright, W. 1975. *Sixguns and Society*. Berkeley: Univ. of California Press.

Wuthnow, R. 1987. "Beyond the Problem of Meaning." In *Meaning and Moral Order*. Berkeley: Univ. of California Press.

Yeh, Wen-hsin. 1990. *Alienated Academy: Culture and Politics in Republican China, 1919-1937*. Cambridge Massachusetts: Harvard University Press.

解讀瓊瑤愛情王國

著作者◆林芳玫
發行人◆王學哲
總編輯◆施嘉明
責任編輯◆李俊男
美術設計◆吳郁婷
校對人員◆呂佳眞

出版發行：臺灣商務印書館股份有限公司
台北市重慶南路一段三十七號
電話：(02)2371-3712
讀者服務專線：0800056196
郵撥：0000165-1
網路書店：www.cptw.com.tw
E-mail：cptw@cptw.com.tw
網址：www.cptw.com.tw

局版北市業字第 993 號
初版一刷：2006 年 2 月
初版二刷：2006 年 5 月
定價：新台幣 320 元

ISBN 957-05-2026-4

解讀瓊瑤愛情王國 ／ 林芳玫著. -- 初版. --
臺北市 ： 臺灣商務， 2006[民 95]
面 ； 公分
參考書目：面
ISBN 957-05-2026-4(平裝)

1. 陳喆 - 作品評論

857.7 94026105

廣　告　回　信
台灣北區郵政管理局登記證
第 6 5 4 0 號

100臺北市重慶南路一段37號

臺灣商務印書館　收

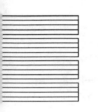

對摺寄回，謝謝！

傳統現代　並翼而翔

Flying with the wings of tradition and modernity.

讀者回函卡

感謝您對本館的支持，為加強對您的服務，請填妥此卡，免付郵資寄回，可隨時收到本館最新出版訊息，及享受各種優惠。

姓名：________________________ 性別：□男 □女

出生日期：______年______月______日

職業：□學生 □公務（含軍警）□家管 □服務 □金融 □製造

□資訊 □大眾傳播 □自由業 □農漁牧 □退休 □其他

學歷：□高中以下（含高中） □大專 □研究所（含以上）

地址：□□□____

____

電話：（H）______________________（O）______________________

E-mail：____

購買書名：____

您從何處得知本書？

□書店 □報紙廣告 □報紙專欄 □雜誌廣告 □DM廣告

□傳單 □親友介紹 □電視廣播 □其他

您對本書的意見？（A／滿意 B／尚可 C／需改進）

內容______ 編輯______ 校對______ 翻譯______

封面設計______ 價格______ 其他____________________

您的建議：

____

____

____

臺灣商務印書館

台北市重慶南路一段三十七號 電話：（02）23713712轉分機50～57

讀者服務專線：0800056196 傳真：（02）23710274・23701091

郵撥：0000165-1號 E-mail：cptw @cptw.com.tw

網址：www.cptw.com.tw